本书为广东外语外贸大学外国文学文化研究中心研究成果，获广东省“211 工程”三期重点学科建设项目“人文学中心建设——比较文化视野的文学通化研究”经费资助

人文学丛书 第三辑

主编 栾栋

# 乔叟文学思想研究

李安 著

暨南大學出版社
JINAN UNIVERSITY PRESS

中国·广州

图书在版编目（CIP）数据

乔叟文学思想研究/李安著．—广州：暨南大学出版社，2014.3
（人文学丛书·第三辑）
ISBN 978－7－5668－0919－3

Ⅰ.①乔… Ⅱ.①李… Ⅲ.①乔叟，G.（1343—1400）—诗歌研究
Ⅳ.①I561.072

中国版本图书馆CIP数据核字（2014）第022526号

………………………………………………………………………………

乔叟文学思想研究
著　　者：李　安

丛书策划：史小军
责任编辑：林丽旋
责任校对：梁嘉韵　吕翠华

地　　址：中国广州暨南大学
电　　话：总编室（8620）85221601
　　　　　营销部（8620）85225284　85228291　85228292（邮购）
传　　真：（8620）85221583（办公室）　85223774（营销部）
邮　　编：510630
网　　址：http：//www.jnupress.com　http：//press.jnu.edu.cn
排　　版：广州市天河星辰文化发展部照排中心
印　　刷：佛山市浩文彩色印刷有限公司
开　　本：787mm×960mm　1/16
印　　张：13
字　　数：215千
版　　次：2014年3月第1版
印　　次：2014年3月第1次
定　　价：30.00元

# 总 序

栾 栋

克服“单面人”生产和突破“块垒式”教学，探索宽基础、大口径、深层次培养通识通才的途径，是世界所有高校的重大难题，也是广东省建设文教大省不可回避的关隘之一。从2003年12月起，我们以省普通高校人文社会科学重点研究基地外国文学文化研究中心为依托，进行了集约性融通的尝试，一系列成果聚焦于“人文学中心建设——比较文化视野的文学通化研究”。2008年底，我们以此为题，获省“211工程”三期重点学科建设项目立项，一个融通人文学科的核心实践在广东外语外贸大学拉开序幕。2012年底，该工程经省发改委、教育厅、财政厅组织专家审核，顺利通过验收，这一项“从无到有的创制”首战告捷。

何谓人文学？从学科脉络上讲，她是研究文史哲互根的学问；从学术本质上看，她是求索中西学融会的艺术；从学理辐射而论，她是探讨教科文贯通的方略；从学丛变数展望，她是文科大类场域趋通的津渡。我们将之作为文学化感通变的“核心加速器”，从“比较文化视野”多向度运作，以推动中外语言文学的通化性研究。这是我们创新团队数十年的精心设计，是我校长期师资建设和学术积累的集成绽放，是我校的比较文学在本科、硕士、博士学位授权点和博士后流动站配套后的新拓展，尤其是我校作为省属涉外型重点大学对“明德尚行，学贯中西”校训的认真践履。

“人文学中心”是广东省文科基地（外国文学文化研究中心）重点项目建设的一个工作站。本中心面向海内外招聘学术带头人和教研骨干，大力推动国内外同行间的多向交流，旨在打破近代以来人文领域分科治学人为分界的局限，同时坚守合理的规则，以具有长远规划、长期积累和趋向性影响的重大项目实施，带动人文主干学科的多面建设。

从省文科基地已经完成的“人文学研究”成果和全校人文力量的整合情况来看，以“人文学中心建设——比较文化视野的文学通化研究”为题，全面推进省“211 工程”三期重点学科建设项目的效率日益加强。广东外语外贸大学的人文人为学校、全省和全国高教界践履这一历史使命作出了突出的成绩。这个工程已经如期结项，然而其积极的成果还在源源不断地涌现，科研成果的实践性转化也在与时俱进地展开。

本团队积极进行中外语言文学的教研改革，力求在人文学探索上有较大的突破，把中心建成教学科研、学术交流和资料信息的综合平台，努力实现省内领先、国内出色的目标，扩大在国际学术界的知名度。增强实力，协调运作，承担对本学科发展具有中长期导向作用的重大课题，使本中心成为国内外有一定影响力的人文学高层次人才培养基地和文史哲通化研究的资料中心。

“人文学丛书”是“人文学中心”建设的一个信息窗口，她将本项目的水平标高展现给社会。“人文学丛书”也是“文学通化研究”的一个交流平台，她把本团队融贯文史哲和勾兑中西学的成败利钝呈现出来，与学界同仁品鉴。这套丛书包含三个方面的内容，其一是人文学原理与方法探要，其二是中外文史通义问题求索，其三是中外文学通化现象研究。毋庸讳言，这样一套丛书的编著，连同上述“人文学中心”建设的重大任务，都属于既“吃螃蟹”又“尝蜘蛛”的艰险行动。但是全球化的历史潮流迫使我们斗胆进取，面对国际教科文演变的一道难题，中国的人文学者总得交出自己的答卷。

“人文学丛书”第一辑的 10 部著作已于 2011 年问世，第二辑 10 部著作在 2012 年出版发行。第三辑即本系列 15 部著作整装待发。本辑的第一本是张进教授的《历史诗学通论》。“历史诗学”问题是一个跨越学科语际和时代国别界线的理论和实践问题，关系到当前文艺发展的命脉和全局，但目前尚没有一部打通如上界线的“通论”性质的专题著述。《历史诗学通论》旨在打通学科界线、时代界线和国别界线，对古今中外的“历史诗学”思想资源进行综合比较和通化研究。在文学与史学相贯通的基础上，打通人学与史学、文本学和审美学之间的学科壁垒，对论题展开科际整合研究；在综合古今相关思想资料的基础上，通过历史诗学形态的历史比较研究，揭示其历史演替和范式转换的过程；在跨越国别语际界线的意义上，对中国、英美和俄苏的历史诗学作宏观统照，通过对相关思想的文化比较研究，阐发历史诗学的思想内涵和多重取向，进而实现对历史诗学问题向心式挖掘与横向性贯通相统一的研究目标。在综合比较基础上的通论研究和通化研究是本书的基本特色。

第二本是张进教授的《新历史主义文艺思潮通论》。新历史主义是20世纪70年代末期以来崛起于英美等国的一种跨学科、超国界、多流派的文艺文化批评运动。80年代末，这一"外生"批评运动与中国文艺文化领域"内生原发"的历史文学书写活动策应互动，渐次演变成一种声势浩大的新历史主义文艺思潮，至今仍方兴未艾。它所提出的问题涉及历史哲学观念和历史理性精神的价值取向，关乎文艺文化发展的命脉和全局。本书在当代世界文论和国内文艺的实践背景上，通过对历史文学、历史转向和新历史主义及其间复杂关系的具体研究，以及历史哲学、批评流派与创作实践之间的对勘互证，全方位、立体式地考察这一思潮的精神风貌、思想谱系、文学观念、创作实践、批评探索和价值效应等问题，探索历史理性与人文精神、诗性智慧与历史逻辑的深层对话和整合会通的可能途径，规范和引导历史文学的理论与实践，推动新历史主义文艺思潮在中国文化传承创新过程中发挥出更大的正能量。全方位的会通研究是本书在内容和方法上的主要特色。

第三本是冯晓莉老师的《人文通识教育新论》。人文通识早先被理解为对一般人文知识的撷取。20世纪末叶，人文精神的讨论将之推进到人文思想的层面，近十多年渐次成为国内外高校教育改革和教学研究的重要内容。本书以"人文学"研究为主脉，以当前中国高校的通识教育改革为切入点，全面而深入地探讨了人文通识教育的关键问题，包括人文通识教育的人文学内涵、中西方人文通识教育的历史渊源、外语类大学人文通识教育的实践经验、全球化背景下加强人文通识教育的现实意义等方面。本书内容分为三大部分，共十二章。三大板块分别聚焦于人文通识教育的历史演变、人文通识教育的案例分析、人文通识教育的多向突围。其中关于广东外语外贸大学人文学建设的跟踪研究，可谓人文学前沿的实录和通识教育创新的亮点。

第四本是李安博士的《乔叟文学思想研究》。杰弗里·乔叟（Geoffrey Chaucer，约1343—1400）是中世纪向文艺复兴转变时期的文学翘楚，是英国文学史上里程碑式的人物。他在英语文学中的历史地位，一如但丁之于意大利文学。面对法、意文化的碰撞和思想新潮的冲击，乔叟可谓第一个自觉用本民族语言进行创作的英国作家。乔叟在西方世界很受关注，相关研究颇为活跃。国内的兴趣点主要集中于《坎特伯雷故事集》和《特罗勒斯与克丽西德》两部作品。再早一点的作品几乎被学界忽略。本书作者力求全面观照乔叟的文学思想，将其早期诗歌和后来的作品作整体理解，不仅深入释读《公爵夫人之书》、《声誉之宫》、《百鸟议会》，而且细致剖析作家同期短诗和法语文本《玫瑰传奇》的翻译活动。从意气风发的王室家臣到沉郁顿挫的海关税收官，乔叟经历了始而高举理想、继则怀疑迷惘、最终重立信念的过程。《乔叟文学思想研究》生动地再现了诗人在基督教传统和人文主义过渡中的矛盾性格，扼要地勾勒出了他在贵族阶层理想与历史批判眼光之间的取舍过程。乔叟的诗作曾借女神立言："因此我——自然女神——宣判，我不会撒谎；/我不会对任何阶层有所偏袒。"李安博士赞赏诗人博大的胸怀和对新世界的憧憬，其知人论世的严谨治学和以意逆志的诗学情采，都为本书增色不少。

第五本是陈穗湘教授的《莫里哀戏剧话轮研究》。作者从莫里哀戏剧的对话话语层面，尤其是话轮交替层面突显实现人际意义的语言手段，揭示语言手段所折射出来的社会层面的人际意义。本书的核心是人物的社会身份决定人物采用的语言手段以及非语言手段，譬如：手势语、肢体语言（非语言手段由剧作家对演员的演出指示。反之，语言手段的选择反映人物身份以及社会地位，换言之，人物语言特征取决于人物的社会地位）。本书着重分析了权势者和弱势者人物的语言特征，聚焦于两组人物的对话：主人与仆人、父亲与孩子。莫氏戏剧中的主人和父亲代表权势者，而仆人和孩子象征弱势群体。主仆呈对立关系，主人主宰仆人，仆人唯有服从主人。观察这两组人物采用的语言策略，人物的性格特征也可见一斑。

第六本是袁兆文博士的研究成果——《〈恶之花〉及其现代性研究》。自《恶之花》问世以来，层出不穷的研究大都集中在诗学角度，本书作者重点关注"诗"与"思"融通视域下的思想文化特征。循《恶之花》由诗向思的推进，本研究揭示了波德莱尔精神世界的纠结，揭示了诗人所展现的悖谬的现代性样态，揭示了启蒙现代性与审美现代性的矛盾冲突。作者给我们勾勒出了波德莱尔症结的历史看点，即现代社会深层的现代性焦虑。正如栾栋所言："波氏诗作和波氏焦虑是互为表里的同一个文化现象，其中隐含着现代性张力，昭显出现代性历史阵痛在'这一个'作者身上的种种表现。美与丑交织，美与恶同源，美与资本勾结，美与进步错位。《恶之花》的发表象征了审丑的崛起，同时提出了审恶的话题。这本书是思想文化演变的重要节点。而且，《恶之花》引出的审丑论为矫治审美贵族化倾向作出了深一层的解说；《恶之花》体现的应和论为万物相似性作出了神秘性的诠释。"概言之，《恶之花》是人类文明史上的奇葩，在意识上是审丑文艺的生发和扬厉，在创作上是象征方法的凝练和凸显，在思想上是现代主义的溃疡和痼疾，在文化上是自由情感的红杏出墙，在心理上是欲念根底的沉渣泛起，在人性上是精神提升的反面推力。袁兆文的《〈恶之花〉及其现代性研究》在这些方面有明显的突破，其深度和创新程度值得学界关注。

第七本是杨劼博士的《白璧德人文思想研究》。这本著作借鉴栾栋先生人文学思想中的"櫽栝理论"，从"文史哲互根"和多元文化涵养通和的思路，深入地论述了白璧德学说的核心思想。白璧德非常关注现代社会分裂人格的问题，提倡内在超越的生命哲学，主张以"人之法则"克制"物之法则"的僭越，并且殚精竭虑地推进二者的调和。他借鉴东方体验、省思的方法，洞察内在超越的生命根源。其"更高意志"是"知性直觉"所感悟到的始源事实，也是一种超越庸常的"道德想象"。在美国崛起的时代背景下，白璧德的人文构设有引领美国和世界文化的理论诉求，其思想有着和平的人文旨归。万物相櫽栝，宇宙本超然。作者把工具理性纳入人文理性之中观照，对白璧德学说的研究，多了几分多元文化生态的意味，增加了许多现实性的考量。从这个角度重新审视"五四"学人和"五四"文化，对当今中国梦的构建无疑具有积极的作用。

第八本是雷晓敏博士的《苦闷文学反思——以厨川白村与鲁迅为枢纽》。厨川白村与鲁迅都是各自民族的脊梁，也都是人类文学文化的翘楚。他们在文学本质及其功能问题上有着惊人的吻合。本书从两位思想家的内在联系和时代背景等方面爬梳剔抉，深层次地解读了中日文化交流中这一奇特的"共鸣"现象。作者从《苦闷的象征》中挖掘出了厨川白村隐性的思想源头，即他对马克思主义部分元素的吸收。将苦闷问题与命运问题、人文精神问题统合圆观，特别是把这些问题与厨川白村和鲁迅的多舛人生以及艰难的奋斗经历交叉互证，新见迭出，妙趣横生。值得称道的还有文学理论方面的多元探索。从模仿说、实证说、象征说一直到檃栝思想，作者对文艺理论的钻研可谓锲而不舍，如剥笋，似观澜，又像登山，给读者展现的是丰富多彩的学术进路。读者或可从中领悟到这样的看点："文学是'为人生'活动的写照，文学也是'非人生'事物的提炼，在出生入死和钩深致远的意义上，文学是多面神，是九头怪，是星云曲。人类不可无文学，因为她是想象的摇篮；文学不能弃人类，因为人类是文学的真正的载体。"（栾栋语）本书或可为一记佐证。

第九本是张平功教授主编的《全球化与文化身份认同》。国内外学术界对全球化与身份的研究方兴未艾。本书旨在介绍全球化与文化身份的基本理论，呈现该理论在中国语境下的接受和发展趋势，内容包括全球化的形成及其后果，针对全球化与文化传播、多元文化主义、大众文化研究、海外流散文学、文化形象建构、中国影视、传统医学、休闲方式以及"迪斯尼化"等方面的问题展开了细致分析。与此同时，在充分吸收国内外现有分割式研究成果的基础上，也对全球化与文化身份认同的理论和实践进行了综合探讨。本书深入浅出、言简意赅地揭示了全球化与身份研究的超领域和跨学科性质。一方面可以适应专业课及通识课的教学参考之需，另一方面也希望为那些对全球化和身份研究感兴趣的读者提供具有一定纵深性和广延性的著作，为全球化多角度的文化释读提供新的可能。

第十本是裴云博士的《波德里亚理论及其在中国的传播》。波德里亚是西方后现代主义的代表人物之一。他的学说在欧美广为传播，进入21世纪之后，其文化生产与消费的思想引起了更多领域的关注，诸如文化的符号特征、爆裂方式、虚拟生成、替代关系等方面的见解，在国际学术界内外都有所反响。波德里亚理论在20世纪末叶逐渐传入中国。国内学者对他的思想有研究，但是深度和广度都有待发展。作者认为，我国正处于大力发展文化创意产业的起步阶段，波德里亚对符号政治经济学的批判、拟像与拟真学说、象征性交换理论，对我国发展文化产业具有重要的启示作用和借鉴价值。该书系统地梳理了波德里亚理论在中国传播的过程和本土化情况，对其思想内涵和学术特点有深入的发掘，为学界深入研究提供了很好的基点。借他山之石以攻玉，研究波德里亚可为中国如何实现现代化寻找更多的参考点。就思想文化的互动性而言，本书也是一个有意义的个案研究，读者或可从中披阅出20世纪中西方文化交流的新特点。

第十一本是张向荣博士的《跨越空间的对话——波伏娃与张爱玲文学的女性意识之比较研究》。本文主要对法国的西蒙娜·德·波伏娃和中国作家张爱玲进行比较研究。波伏娃与张爱玲作为不同文化背景下的女性文学典范，让人看到"作家即文化演变的产儿"这一历史真言。阐释二者独特的文学思想是本书的思想进路。作者对波伏娃和张爱玲文学中的女性意识进行了系统的分析，揭示了波伏娃概念化的、超越性的女性意识，比对了张爱玲作品作为女性命运的"苍凉"注脚的意蕴。在整个文明发展史上，女性是弱性，波伏娃称之为"第二性"。社会实际往往把女性当异类，对于这一点，波伏娃的理论解析颇为深刻，其小说创作则比较概念化。张爱玲与之相反，她的理论思考很少，但是文学作品却入骨三分，对女性的不幸遭遇有许多穿透历史谎言的真切描述。张氏作品不啻女性悲惨命运史和女性被歪曲历史的矫正史。可以再补一句，张爱玲一生的经历和结局，本身就是女性特别是中国女性命运的一个缩影。张向荣博士对波伏娃和张爱玲均有深切的理解，对女性的生存和尊严有多方面的探讨，对当今世界的拜物倾向和精神空虚问题有认真的思考，这些研究都是很有现实意义的文学观照。

第十二本是马利红的译著《副文学导论》。这本书的法文作者是达尼埃尔·库埃尼亚斯（Daniel Couégnas）。作者以质疑副文学既定的身份属性为出发点，分别从副文学作品中的重复形式、参照错觉、意义解读、主导性叙述和人物分类五大方面对副文学作品进行了详细的诗学分析，通过"副文学模式"和"副文学标准"的建构，深层探讨了副文学性和副文学话语存在的逻辑前提，论证了副文学品种及其样态的必然性与合理性。就其学术特色而言，《副文学导论》是第一部从诗学的角度观照副文学现象及其作品的法文著作。这部著作首次提出了诸如"副文学模式"和"副文学标准"等比较新颖的原创性文学批评观点。该书的翻译旨在向广大的汉语读者提供完整的译本，推动国内学界对法国副文学理论的研究。翻译者马利红是广东外语外贸大学培养的文学博士，研究方向为法国文学与比较文学。她目前是暨南大学外国语学院副教授、广东外语外贸大学外国文学文化研究中心兼职研究员，在“人文学丛书”第一辑出版有专著《法国副文学学派研究》。这本《副文学导论》译著和马利红研究法国副文学思想的专著，是目前国内外国文学思潮研究的一个新动态，即栾栋所说的“文学他化于烈为今”，“文学非文学于今为烈”。马利红的译介和研究印证了这一文学变数。这些成果对我国的外国文学研究和广义的文学批评都将产生积极的影响。

第十三、十四两本书是马歌东教授编选、校点的《日本诗话二十种》（上、下卷）。日本大正九至十一年（1920—1922）相继出版了日本唯一的诗话总集《日本诗话丛书》全十卷，共收载日本诗话59种，其中和文诗话29种，汉文诗话30种，本书从其汉文诗话中精选出20种，加以校点，以飨读者。日本诗话伴随着日本汉诗千余年发展史，其作者为日本古代著名汉诗人、汉学者。日本诗话奉中国诗话为圭臬，其内容既品评我国古代诗歌，亦品评日本汉诗，并探究二者的渊源关系。本书的出版对于我国古代诗歌与诗话域外繁衍史研究、国际汉学研究、中日文化交流史研究等多项基础研究及理论研究，都将提供珍贵的文本资料。而诗话这种形式本来就因富于知识性、趣味性与可读性在我国拥有永久的读者，本书所选日本诗话置我国古代诗话中几可乱真，熟悉的格调语言，新颖的内容趣味，加之首次被引入国内，一新耳目，故其读者几可涵盖我国古代诗话读者群。

第十五本是张宪生教授主编的《东亚近世历史与思想的地平线——差异·冲突·融合诸相》。这是中日两国学者合力完成的学术成果。中方主要撰写者还有日本文史专家韦立新教授及赵晓亮、姚奇志等中青年学者。日本作者是立命馆大学桂岛宣弘教授、神户女学院滨下昌宏教授。韩国作者有东西大学李元范教授。这三位日韩专家均为日本历史与思想史研究领域的著名学者，其中桂岛宣弘曾任日本思想史学会副会长。他们都有丰硕的学术成果，受到学界广泛关注。更为难能可贵的是，桂岛宣弘教授与滨下昌宏教授均对近代以来日本国家的路线持质疑态度与批判立场，在研究近世历史与思想时，也表现出强烈的批判精神。进入17世纪，日本民间知识界习儒风气日益浓厚，与此同时，日本知识分子的主体意识也在觉醒。国学派等日本本土思想与作为外来思想的儒学之间产生了明显的冲突，这个变化构成了日本近世思想史的重要内容，并影响了日本历史的走向。作者选取了其中一些重要事例作为切入点，既注意微观层面的实证研究，又重视宏观方面的理论概括，以日本为聚焦点，描绘出一幅近世东亚思想空间中多种观点冲突交错与融合的复杂图景。本书选题新颖，资料翔实，论证深刻，许多章节都有所创见。作为国际合作的学术著作，本书的出版为我国日本文史研究领域贡献了一项重要成果，展示出中、日、韩学术界同行交流的最新动向，为国内外读者提供了了解日本近世社会历史和思想文化的前沿成果。

上述十五种论著从不同角度阐发了人文学的一些大的方面。表面上看，这些著作云行雨施，各有所专，与建设“人文学中心”的主旨若即若离，实际上都很切近人文学思想的大主题，每部书都从治学理路上体现“文史哲互根”的命题，从学术格局上注重“中西学融会”的方略，在学科交叉上追求“教科文通化”的目标。细心的读者可以从每本书的字里行间看到文史与哲理的磨合，看到思想与逻辑的链接，看到学问与学科的切磋。人文学在茁壮成长。

这套丛书的主编是广东外语外贸大学外国文学文化研究中心主任栾栋教授。他是广东省“211 工程”三期重点学科建设项目“人文学中心建设——比较文化视野的文学通化研究”的首席学者。该丛书的总策划是暨南大学出版社总编辑史小军教授。

“人文学丛书”的出版渐入佳境。外国文学文化研究中心的工作焕然一新。仅从这套丛书的出版情况即可看出，不仅人文学研究循序渐进，外国文学文化研究中心的三大主攻方向也有新的成色。国别研究又有收获，比较研究进入熔铸研究的阶段；人文学研究上了一个新的台阶，原理研究与专题研究均有突破；跨文化语言研究有了新的拓展，从戏剧到诗话，由文学而文化，东亚协奏，中西共鸣。在本辑的 15 部著作付梓之时，另一个系列著作的撰写也在有条不紊地进行。诸如栾栋教授的《人文学举要》、《文学通化论》等书稿业已竣工。此外，人文学研究“走出去”的思路也在酝酿中。

我们不难看出，外国文学文化研究中心为人文学研究奠定了在全球化大潮中拼搏的平台，人文学研究为外国文学文化研究中心带来了脱胎换骨的改造。人文学的创制，从学术凝练、学科变革和学人培植等方面为外国文学文化研究中心开创了走向未来的新格局。对于广东外语外贸大学的人文学者而言，外国文学文化研究中心是他们实现良性全球化的工作站，人文学中心建设是打造这个工作站的核心工程。它们是合二为一的学术擘画，也是持之以恒的学术追求。这套丛书的研发是外国文学文化研究中心发展的标志性成果，凸显了省文科基地的一个里程碑路段。人文学研究未有穷期。

2013年5月27日于广州白云山麓

# 前言

在中西方的文学史教材和各类著作中，英国最伟大的文学家之一杰弗里·乔叟（Geoffrey Chaucer，约 1343—1400）的时代归属是不太好确定的。因为他的写作语言是中古英语（Middle English），加之当时的英国社会基本上仍处于中世纪的氛围中，虽然人们一般把他归入欧洲中世纪作家群，但他的作品中文艺复兴的色彩如此之浓，使这种归类总显勉强。此外，从诗人生活的时间和所受的影响来看，他比意大利的彼特拉克（Francesco Petrarca，1304—1374）和薄伽丘（Giovanni Boccàccio，1313—1375）年轻，而且他对但丁（Dante Alighieri，1265—1321）和薄伽丘的作品如此熟悉，让他的思想在一定程度上超出了英格兰本土的步伐。换个角度来看，任何归类都有其片面之处，尤其是对于一位优秀的、有自己独特风格的作家来说，他天然地难以局限于某一个时代或某一个群体。让好的文学作品尽情地展露自身，是对作家本人最大的尊重。

乔叟在英语文学史中的地位几乎与但丁在意大利语文学史中的地位相当。综观乔叟的诗歌作品，其中包含了中世纪骑士意识、基督教传统神学、古希腊罗马哲学，以及新旧交替时代的世俗追求等多种价值观，这些价值观和谐地共存于乔叟的作品之中，在很大程度上共同构成了欧洲文艺复兴早期的普遍人生态度。本书着力对这位诗人早期的三部诗作（《公爵夫人之书》、《声誉之宫》、《百鸟议会》）进行文本细读，通过分析乔叟本人的创作过程来探寻其人生观念的变化轨迹，揭示多种价值观念在其作品中的生成、组合和互动方式，进而更为具体地认识作为人文主义诗人的乔叟对于人生的关怀和思考。

本书的“绪论”介绍乔叟生活时代的社会状况、人文主义运动的起源和本质，乔叟的个人经历、创作活动、思想倾向，国内外乔叟研究的历史和现状，并提出本书的研究主题。第一章讨论《公爵夫人之书》提出的人生理想。乔叟在诗中通过两位主要人物黑衣骑士和他的意中人热情地赞美了人、人性之美和神性的自然，阐述了最理想的爱情因为与婚姻的结合而使理想的人生与现实的人生合二为一。第二章分析《声誉之宫》中出现的彷徨和反思。从对古典传奇故事中的埃涅阿斯和狄多的爱情悲剧的价值判断，到对消息（谣言）和声誉产生、传播过程的重新思考，质疑了过去权威的观点和结论。第三章阐述《百鸟议会》中所作的重建人生理想的工作。通过详细分析众多的鸟类就爱情问题所作的辩论，介绍乔叟在诗中提出的幸福的爱和痛苦的爱这两种截然相反的困境，指出乔叟的解决方案是顺从自然的规律，这种自然的规律即尊重各种人生观的价值以及对杂多事物的和谐统一的肯定。结语部分总结人、爱情、古典思想、自然四个方面的内容在乔叟三部早期诗作中的不同内涵和变化过程，指出乔叟的创作视野的逐步扩大和变化，技巧日趋成熟，为日后的巅峰之作《坎特伯雷故事》的创作奠定了良好的基础。

乔叟的这三部诗作希望在宗教与世俗之间达成一种和谐互通的状态，力求最大限度地提升人的生存状态，而不是简单地把人类置于神灵的阴影之下或让尘世生活仅仅停留于凡俗的层面。乔叟的探索是一个逐步成熟完善的过程，诗人在坚持自己最初的人生理想的同时，以博大的胸怀接纳了来自社会各个阶层的不同的价值观念，以期建立一个新的和谐的人类世界。

李　安

2013 年 12 月 28 日

# 目 录

# 绪　论

## 一、乔叟的历史时代和人文主义运动

### (一) 社会状况

在诗人乔叟生活的年代，英格兰一直陷于与法兰西和苏格兰的战争之中，其间只有断断续续的短暂的休战期。英格兰和苏格兰是多年的宿敌，英格兰和法兰西的战争是由于英王爱德华三世要求得到法兰西的王位而引发的。从 1337 年延续到 1453 年的“英法百年战争”（Hundred Years' War）中，两国为了王位和土地而残酷地厮杀，法兰西屡次面临灭顶之灾，而英格兰在这次世界上历时最长的战争中也付出了沉重的代价，而且也一直面临着被侵略的威胁。

除了战争，乔叟生活的时代里重要的事件之一是 1348 年至 1349 年第一次爆发的瘟疫黑死病（Black Death），英格兰人口大约减少了三分之一，瘟疫其后又出现过几次。黑死病之后出现了劳动力严重短缺的现象，使自由劳动力的价格大幅度上升，雇佣经济快速发展，这实际上就是资本主义生产方式在农村地区的进一步扩展。这严重冲击了自中世纪以来英格兰传统的封建经济，影响了束缚在土地上的非自由农（serf）的生活状况，从而导致 1381 年的农民起义。乔叟生活的年代，英国正处于封建经济向资本主义经济转化的过渡阶段，因此，中世纪以来的贵族传统仍旧存在，而近代的资本主义文明也已经开始登上历史舞台。①

在宗教方面，乔叟身处教会“大分裂”时期。1309 年，罗马教廷迁往法国的阿维农，1377 年才返回罗马，其后同时出现两三个教皇，直到 1417 年康斯坦茨会议才结束教廷分裂的局面。这次大分裂使教会的声誉一落千丈。在 1453 年东罗马帝国首都君士坦丁堡被土耳其军队攻陷之前，由于教会势力的空缺和意大利政治上的四分五裂，文艺复兴在意大利得到了充分发展。人们对教会的态度冷漠，异教的观点随着这场复古运动而普遍复兴，然而教会对此却漠不关心。② 与之相应，历任教皇对世俗名利的热衷

---

① Janette Dillon, *Geoffrey Chaucer*, Basingstoke: Macmillan, 1993, pp. 1 - 3.

② ［美］威利斯顿·沃尔克著，孙善玲等译：《基督教会史》，北京：中国社会科学出版社 1991 年版，第 358 页。

远甚于发挥教会的精神引路人职能，到 14 世纪，罗马教廷已成为“一种新型独裁政府的样板”。[①] 教会不能满足世俗民众灵性生活的需求，促使知识分子更多地从古代典籍中寻求思想的源泉，这些典籍不仅包含各类神学著作，也越来越多地涉及哲学、法学、医学等领域。教会对民众精神生活的影响力明显减弱，教会组织甚至被视为堕落的典范而为世人所诟病。

### （二）欧洲人文主义运动

“人文主义”一词最早出现于德语，出自 1808 年一位德国教育家之手，他根据拉丁文词根 humanus 杜撰了 Humanismus，译成英语即 humanism。事实上，早在 15 世纪末，意大利的学生就用 humanista 称呼教他们古典语言和文学的教师，其英文即 humanist，这些教师讲授的课程为 Studia Humanitatis，译为英文是“the Humanities”（人文学），包括语法、修辞、历史、文学、道德哲学这一系列课程。在 15 世纪，学习这些课程需要阅读基督教历史前的古典时代的拉丁文作品，包括希腊著作的拉丁文译本和希腊原文，只不过后者占的比例较小。因此，从字面上来看，humanism 指的是古代经典的复活或再生，Renaissance（文艺复兴）因此得名，[②] 而文艺复兴时期的“humanitatis”，则是人性修养的意思，[③] 目的是重拾古典时期的优雅与自然和谐的状态。

作为古典世界的继承者，中世纪在它的基督教神学的旗帜下包容了历经战火而所剩无多的古典文化，“中世纪的教会不得不与希腊哲学妥协”，[④] 并有过两次学习古典文化的热潮：8 世纪中期至 9 世纪初期的加洛林文艺复兴和 12 世纪的文艺复兴。具体来说，“加洛林文艺复兴的主要内容是恢复学习拉丁文，通过建立宫廷学校和修道院学校使古典拉丁文化在西欧得到了最基本的保存，若没有对拉丁文学习的恢复，古典文化的延续就失去

---

① ［英］丹尼斯·哈伊著，李玉成译：《意大利文艺复兴的历史背景》，北京：生活·读书·新知三联书店 1988 年版，第 113 页。

② ［英］阿伦·布洛克著，董乐山译：《西方人文主义传统》，北京：生活·读书·新知三联书店 1997 年版，第 5 ~ 6 页。

③ ［英］阿伦·布洛克著，董乐山译：《西方人文主义传统》，北京：生活·读书·新知三联书店 1997 年版，第 3 页。

④ ［英］阿伦·布洛克著，董乐山译：《西方人文主义传统》，北京：生活·读书·新知三联书店 1997 年版，第 9 页。

了最根本的基础；12 世纪文艺复兴使古典文化回归，在对古典文化的学习和研究的过程中建立了中世纪的大学，为学术和知识提供了栖身和衍生之地”，[①] 在此基础上，14 世纪开始的第三次复兴运动才有了对古典文化的成功运用和创新。

对古代世界的接受方式，14 世纪与中世纪相比有着关键性的不同。“中世纪能够从古代经典中取其所需，正是因为他们与古代世界之间没有分隔感……只有到了彼特拉克和十四、十五世纪的意大利人文主义者，古人的世界才开始被看作是一种凭其自身价值而单独存在的文明，不再是一个任人劫掠的货栈。”[②] 文艺复兴时期第一次从历史的角度对这个世界进行整体观照，并认为它比现有的世界优越得多，使人们佩服得五体投地。在此基础上，才有了人文主义者们不同于前代的新的世界观，即强调现世生活和人的价值，而不是来世的天堂和地狱，以及作为拯救和惩罚对象的人。

在这个意义上，文艺复兴时期的人文主义者（Humanist）是指一批生活在 14 到 16 世纪的欧洲知识分子，他们比中世纪的知识分子对古希腊罗马时期的知识有着更客观全面的理解。他们一方面希望借助于这些古典知识理解《圣经》原义（直接阅读拉丁文、古希腊文甚至古希伯来文版的《圣经》）和古代教父的著作，包括认识《圣经》产生之时的古典知识背景；[③] 另一方面也热衷于通过这些古典知识认识现实世界（自然界和人类社会），重视发挥人的各种潜能。在经济领域中，商业的日渐活跃使这些知识分子在意识形态上摆脱过去教会神学中对现世的贬抑态度，并在对现世的价值的高扬中逐步建立起新的话语体系，罗马教会不再是唯一的权威。当时的知识分子包容性很强，尊重多种权威，这从但丁的著作中可见其端倪，像彼特拉克这样在讴歌古典知识的同时批判中世纪为“黑暗时代”（Dark Ages）的人文主义者并不太多。

---

① 王亚平：《论西欧中世纪的三次文艺复兴》，《东北师大学报》2001 年第 6 期，第 1 ~2 页。

② ［英］阿伦·布洛克著，董乐山译：《西方人文主义传统》，北京：生活·读书·新知三联书店 1997 年版，第 10 页。

③ 关于基督教人文主义，本书附录的《论欧洲文艺复兴时期的基督教人文主义》有进一步的论述。

因此，可以认为，14 世纪的意大利人文主义运动是对古典文化遗产和中世纪基督教传统的结合和发展，在 15 世纪中后期这一运动达到较为完整的扩展和提升之前，意大利在文化上对欧洲其他国家并没有形成真正有力的冲击。英国的情况也是如此。一直到 15 世纪末以前，尽管已有一些意大利人文主义者来英国为权贵当秘书或教师，国内也有一些人文主义运动先驱者，图书馆也增添了人文主义著作的手稿，学校也增加了一些希腊语课程，[①] 但英国并没有出现真正崭新的思想或文风。人们调侃道："如果乔叟的幽灵回到 15 世纪晚期的英国环境中来的话，虽然已经过去了 100 年，他必然会感到完全舒适自如的。"[②] 但这并不意味着意大利早期的文艺复兴运动、乔叟的思想和创作还不能归入人文主义的范畴。本书认为，乔叟的思想是与欧洲大陆，尤其是当时的意大利的文化运动基本上同步的。

## 二、乔叟的经历、创作、思想

### （一）经历和创作

杰弗里·乔叟出生于伦敦一个富裕的中产阶级家庭，父亲是一个有地位的酒商。乔叟早年可能就读于伦敦的圣保罗拉丁学校，其后可能在伦敦法律协会（Inns of Court）学习法律。1357 年，乔叟进入宫廷，在英王爱德华三世的儿媳阿尔斯特伯爵夫人身边任职，他在那里学会了法国式的宫廷礼仪和使用武器。1359 年，他随爱德华三世出征法国时被俘，由国王出十六镑把他赎回。回国后，大约于 1366 年娶了一位爵士的女儿菲莉帕为妻，菲莉帕的妹妹凯瑟琳是爱德华三世的第四子兰开斯特公爵（1340—1399）的情妇，凯瑟琳后来成为公爵的第三任妻子。可能是因为长期为王室服务、个人诗才以及这种连襟关系，乔叟一直受到这位公爵的庇护。1367 年，乔叟成为爱德华三世的侍从骑士（esquire）。从 1374 年开始，乔叟先后被任命为伦敦港口羊毛、皮革的收税官（1374—1386），其后在国

---

① ［英］G. R. 波特主编，中国社会科学院世界历史研究所组译：《新编剑桥世界近代史·第一卷》，北京：中国社会科学出版社 1999 年版，第 73 页。

② ［英］G. R. 波特主编，中国社会科学院世界历史研究所组译：《新编剑桥世界近代史·第一卷》，北京：中国社会科学出版社 1999 年版，第 70 页。

王理查二世治下任王室修建大臣（1389—1391），主管维修公共建筑、园林和一些皇室产业。乔叟还担任过肯特郡的治安法官（1385—1389），并当选为该镇的国会代表（1386）。1366 至 1378 年之间，乔叟经常前往法国（1368，1370，1376—1377）、西班牙（1366）等国执行外交任务，其间曾两度访问意大利（1372—1373，1378），发现但丁、薄伽丘和彼特拉克的作品，这对他的文学创作起了重要的作用。1399 年，乔叟搬迁至伦敦威斯敏斯特教区，次年 10 月 25 日逝世，葬于属于威斯敏斯特大教堂的圣本笃教堂。这处不太起眼的墓地专用于安葬为官方服务过的教士，可见乔叟生前并不以“诗人”安身立命，在世人眼里，他主要是一名兢兢业业的王室官员。1556 年，诗人的遗骨迁至威斯敏斯特大教堂墓地，这块墓地后来成为著名的“诗人之角”（Poets’ Corner）。①

在乔叟一生的创作活动中，《坎特伯雷故事》是他耗时最长的作品，可以视为他后期的集大成之作，中期的《特洛勒斯与克丽西德》在历代研究者眼中位列其后，他的其他作品相应地归入前期的范围，以下简要地介绍：

《公爵夫人之书》（*The Book of the Duchess*）大约创作于 1369 年，是为乔叟的庇护人、兰开斯特公爵约翰的妻子患黑死病去世这一事件而作，叙述者声称他在梦中遇见一位忧郁的黑衣骑士，骑士描述了他的美丽高贵的意中人，以及和她相爱的经历，但她已经去世，骑士只剩下悲伤。

《声誉之宫》（*The House of Fame*）创作于 1374 年至 1378 年之间，全诗分三卷，没有写完。叙述者某日梦中来到维纳斯神庙，目睹了罗马英雄埃涅阿斯和迦太基岛女王狄多的爱情悲剧。其后，叙述者被一只金色的老鹰带去“声誉之宫”，见到声誉女神裁决声誉的过程，然后又到“消息之屋”，见识各种消息和谣言制造、传播的过程。

《百鸟议会》（*The Parliament of Fowls*）大致创作于 1380 年。诗中叙述者说他读了一本古书，晚上梦见书中的古罗马名将亚佛里坎努斯带他来到一处“爱的园地”，他分别拜访了丘比特的花园和维纳斯的神庙。最后返回园中，看到自然女神正在主持一年一度的圣瓦伦丁节（情人节），各种

---

① Derek Pearsall, *The Life of Geoffrey Chaucer: A Critical Biography*, Oxford: Blackwell, 1992, p. 276.

鸟类云集在此寻找配偶。有三只雄鹰同时追求一只高贵的雌鹰，相持不下，众鸟派代表就此辩论，仍旧没有结果，最后自然女神命雌鹰自己作出选择，雌鹰请求推迟一年再决定。女神恩准，其他鸟类各选配偶而去。

《特洛勒斯与克丽西德》（*Troilus and Criseyde*）创作于1381年至1386年之间，此时乔叟正处于自己职业生涯和诗人声誉的顶峰。[①] 这首诗是除了《坎特伯雷故事》之外乔叟写得最长，也是最重要的作品，共8 239行，是在改写和加工他的前辈薄伽丘的爱情故事诗《菲洛斯特拉托》（*Filostrato*）[②] 的基础上完成的。全诗写的是特洛伊战争中特洛伊王子特洛勒斯与克丽西德的爱情悲剧。克丽西德是叛逃去希腊人阵营的祭司卡尔卡斯的女儿，特洛勒斯爱上她后，在他的密友、克丽西德的舅舅潘达罗斯的帮助下，爱情如愿以偿。后来两军交换战俘，克丽西德被用于交换特洛伊的战士而遣往希腊军营，后来被希腊将领戴奥米得追求，最后放弃了和特洛勒斯的爱情。特洛勒斯后来死在战场上，在灵魂升天后回首人间，觉得过去的一切实在是微不足道。

《贞女传奇》（*The Legend of Good Women*）大约于1386年开始动笔，诗中叙述者在阳光明媚的五月，在草地上沉睡入梦，梦见爱神和阿尔刻提斯王后以及十九位贵妇。爱神责备他写的《特洛勒斯与克丽西德》批评妇女不忠，阿尔刻提斯王后替叙述者求情，命令他改写善良钟情的女子的故事。叙述者醒来后开始写作，计划要写十九篇故事，最后完成十篇。这些故事基本上都来自于古代的题材，情节也差不多，大部分讲的是痴情女子受到男子欺骗，最后酿成悲剧的故事。

《坎特伯雷故事》（*The Canterbury Tales*）主要以十音节双韵诗体写成，大约1386年开始创作，虽然没有最后完成，但却是乔叟最成熟的作品。诗中描写一群朝圣者来到伦敦泰晤士河南岸一家小旅店，准备去朝拜1170年被刺身亡的圣徒坎特伯雷主教托马斯·阿·贝克特的圣祠。旅店主人哈里建议朝圣者们在赴坎特伯雷城的来回路上各讲两个故事以供消遣，大家请

---

① Derek Pearsall, *The Life of Geoffrey Chaucer: A Critical Biography*, Oxford: Blackwell, 1992, p. 168.

② 根据薄伽丘自己的解释，"Filostrato" 意为"被爱情击倒的人"，所以中译者把书名意译为"爱的摧残"。参见［意大利］乔万尼·薄伽丘著，肖聿译：《爱情十三问·爱的摧残》，南京：译林出版社2012年版，第147页。

故事讲得最好的人吃一餐好饭，其他人赞同。朝圣客中包括叙述者在内一共有31人，但最终只写了23个故事，其中两个没有讲完。这些朝圣者来自英国社会的不同阶层，有僧侣、市民、农民、医生、船员等，他们个性各异，乔叟在长达858行的“总引”中进行了生动细致的刻画。故事的内容丰富多彩，有骑士传奇、圣徒传记、民间传说、动物寓言等，其中爱情婚姻问题谈得很多，如关于夫妻间最理想的关系，巴斯妇人、学者、自由农等从不同的角度提出不同的主张。此外，诗中对教会人士进行了辛辣的讽刺。

除此之外，大约在14世纪70年代初乔叟把法国的爱情寓意诗《玫瑰传奇》（*Le Roman de la Rose*）译为诗体英文，约在1382年将6世纪罗马学者波依修斯（Boethius）的拉丁文著作《哲学的慰藉》（*De Consolatione Philosophiae*）译为散文体英文。此外，乔叟还创作了二十首短诗。

**（二）思想倾向**

12世纪文艺复兴开始的对古典文化的回归，催生了13世纪以托马斯·阿奎那为代表的经院哲学，民族主义、异端思想也得到发展，并于14世纪到达高潮，以复古主义面貌出现的文艺复兴从意大利正式兴起。作为一个积极投身于现实生活的王室官员和文学家，乔叟的诗歌深深地打下了这种复古思潮的烙印，因此，他的作品和古典的思想关系非常紧密。这一点，他在《贞女传奇》中借叙述者之口说：

Than mote we to bokes that we fynde,
Thurgh whiche that olde thinges ben in mynde,
And to the doctrine of these olde wyse,
Yeve credence, in every skylful wise,
That tellen of these olde appreved stories,
Of holynesse, of regnes, of victories,
Of love, of hate, of other sondry thynges,
Of whiche I may not maken rehersynges.
And yf that olde bokes were aweye,
Yloren were of remembraunce the keye.
Wel ought us thanne honouren and beleve

These bokes, there we han noon other preve.
因此，我们不得不依靠得到的书本，
过去的事情只有通过它们才得以保存，
我们通过它们去了解古时的方法学说，
无论从哪一方面都去相信它们，
因为它们讲述了那些古老的已证实的故事，
关于神灵、王权、胜利，
关于爱、恨和其他事情，
还有那些我无法复述的。
如果这些书本都消失了，
就是丢失了记忆的钥匙。
因此，我们应当尊敬和信任
这些书本，因为我们没有其他（认识古代的）证据。[①]

正如文艺复兴运动不是简单地回到古代一样，乔叟对古典作品的提倡也不是对这些作品中的思想的简单忠实地重复，而是从最初的恭敬转向越来越多地挑战它们的权威地位，“乔叟挑战已经确立了的权威著作的最重要的方式之一，是用新的方法或者从不同的角度重述源自于维吉尔或者奥维德的故事”。[②] 这是站在现实生活的基础上有效地吸收、借鉴古典思想，逐步把它们融汇在自己的思想和创作中的方法，乔叟在作品中也讲过自己

① *The Legend of Good Woman*: *Prologe* (*Text F*) 17～28。本书凡引用原诗处，都只标出诗的行数，不另注明。此外，除了《特洛勒斯与克丽西德》和《坎特伯雷故事》中的引文分别采用吴芬女士和黄杲炘先生的中文译本外，本书涉及的乔叟诗作的引文，是笔者从《乔叟全集》（F. N. Robinson ed., *The Works of Geoffrey Chaucer*, 2 vols., London: Oxford University Press, 1957.）中引用，参考这套全集后面附录的词汇表、《乔叟术语表》（Norman Davis et al., *A Chaucer Glossary*, Oxford: Clarendon Press, 1979.）和《杰弗里·乔叟：梦幻场景和其他诗歌：权威文本、背景和批评》（Kathryn L. Lynch ed., *Geoffrey Chaucer*: *Dream Visions and Other Poems*: *Authoritative Texts*, *Contexts*, *Criticism*, New York: W. W. Norton & Co., 2007.）等资料，借鉴方重先生的散文体译文，由中古英语译为中文。讹误之处在所难免，请专家不吝赐教。

② Helen cooper, The Classical Background, Steve Ellisp ed., *Chaucer*: *An Oxford Guide*, Oxford: Oxford University Press, 2005, p. 255.

的心得：

For out of olde feldes, as men seyth,
Cometh al this newe corn from yer to yere,
And out of olde bokes, in good feyth,
Cometh al this newe science that men lere.
正如人们常说，从老的田地里，
年年长出新的谷子，
而人们从旧的书本中，
一定能学到新的知识。①

乔叟是一位非常复杂的诗人：从他的个人经历来看，他出身平民，但大半辈子都在贵族的圈子里生活，而且他还是一名基督教徒；在职业上，他既是一名政治家，参加国家之间的战争、外交谈判活动，又是与中产阶级商人打交道的政府收税官，在任治安法官期间与下层民众有大量接触，这使他成为一位视野开阔的宫廷诗人；他的思想直接受到英国宫廷中浓厚的法国文化的影响，在受命去欧洲大陆行使外交使命时又直接与当时新兴的文艺复兴运动接触，尤其是意大利的人文主义运动对他的影响深远。他勤奋学习古典知识，积极学习和吸收欧洲当时最好的文学、艺术成果，同时，英国本土的语言、文化在他心中根深蒂固，他是英国文学史上第一个在英语语言和文学方面产生巨大影响力的作家。② 所有这些因素聚集在他一人身上不但没有形成矛盾冲突，而且还非常奇妙和谐地统一在一起，不能不令人想起文艺复兴时期涌现出来的一批多才多艺的精英人物如达·芬

① *The Parliament of Fowls*, 22 – 25.

② 在乔叟的时代，英国语言在标准化和书面普及方面仍不成熟，如与乔叟同时代的作家高文（John Gower, 1325—1408）同时使用法语、拉丁语、英语写诗。乔叟也精通三种语言，但他坚持只用英语创作，并且对于英语的词汇、文法、修辞等方面走向成熟，可以说是功不可没。参见［英］艾弗·埃文斯著，蔡文显译：《英国文学简史》，北京：人民文学出版社 1984 年版，第 19 页。肖明翰：《乔叟对英国文学的贡献》，《外国文学评论》2001 年第 24 期，第 85 ~ 94 页。沈弘：《乔叟何以被誉为“英语诗歌之父”?》，《外国文学评论》2009 年第 3 期，第 139 ~ 151 页。

奇等，这些被恩格斯等称为“巨人”的历史人物，和乔叟的经历、思想是类似的。这是一个时代的特色。

## 三、乔叟作品的接受和研究综述

作为有“英语文学之父”美誉的乔叟，他的文学活动在生前已比较受关注，其诗作在欧洲有长远的研究传统。历史上乔叟声誉最高的三个世纪是15世纪、16世纪和19世纪。在乔叟刚去世不久的15世纪，人们称他为英语文学的“父亲”（father），约翰·利德盖特（John Lydgate）称赞他是“英语的北极星”，这主要是指他对提升英语文学语言水平上作出的杰出贡献。随着语言的日新月异，16世纪的英语与乔叟的14世纪英语已经有了一定的差距，文艺复兴运动高涨时期的人们把乔叟视为一名知识分子，甚至肯定地认为他受过大学教育，称乔叟是“一位学者、哲学家和超自然科学家”①。英国的宗教改革者们视他为最早的抗议宗（Protestant）同情者。唯一的争执在于有人认为他的文学语言过于粗野，他不再是14世纪唯一的天才，人们把他与他的同代人约翰·高文相提并论。16世纪晚期和17世纪前半期，人们依旧视他为精通炼金术的大师，是一位百科全书式的科学家。此后一个多世纪他的声誉回落，直到19世纪，他成为“英语文学的父亲、新鲜的充满活力的年轻的英格兰的伟大诗人、一位其价值观和精神充满现代社会所需要的智慧的时代的诗人”，② 人们关注的是他本人及他所处时代的特色。19世纪末，当大众对乔叟的关注度减弱时，乔叟及其作品的研究才正式进入学术领域，学者们开始系统地研究他的作品和文本，寻找真正权威的版本。1894年到1897年，W. W. 斯基特（Walter William Skeat，1835—1912）校订的六卷本出版，为人们提供了一套比较可靠的乔叟作品集（这一套书最终成为七卷本）。有了这些文本上的准备工作，20世纪对乔叟的研究主要集中于他的作品本身，其中心理分析批评和新批

① Carolyn Collette, “Afterlife”, Peter Brown ed., *A Companion to Chaucer*, Oxford: Blackwell Publishers, 2000, p. 11.

② Carolyn Collette, “Afterlife”, Peter Brown ed., *A Companion to Chaucer*, Oxford: Blackwell Publishers, 2000, p. 14.

评影响很大。但20世纪的最后30年中，批评家们又开始不愿意把乔叟视为一个独立的个体，而是把他重塑为发掘他那个世界中社会忧虑的一个渠道，借此展现那个不稳定社会中宫廷里的阴谋斗争，他仍旧是一位为骑士制度、爱情、责任的法规而激动的作家。20世纪为研究者提供的最有价值的工具书是《乔叟生活记录》（*Chaucer Life-records*）、《乔叟批评和引用五百年，1357—1900》（*Five Hundred Years of Chaucer Criticism and Allusion*, 1357—1900）和《乔叟：批评的遗产》（*Chaucer: The Critical Heritage*, 1385—1837），[①] 它们为客观地研究乔叟和乔叟的接受史提供了准确翔实的保障。[②]

从研究的数量来看，在大英图书馆（The British Library）中，[③] 以"Chaucer, Geoffrey"检索出的条目有1 663项，其中1 507项是书籍类资源。研究论文中，在西文过刊数据库JSTOR（Journal Storage）用"Geoffrey Chaucer"作基本检索，在"Language & Literature Collection"（语言文学与文学作品）主题中检索出3 837项。这个数据库内收录的过期学术期刊虽然有些可回溯至1665年，但这个主题栏下只有79种期刊，所录论文数量有限。此外，美国宾夕法尼亚州立大学出版社1967年创办的季刊《乔叟评论》（*The Chaucer Review*）作为研究乔叟的专刊，至今仍在发行中。

在中国期刊网，自1957年到2013年年末，研究乔叟的论文一共有120余篇。国内研究乔叟创作的专著有五部，分别是鲍屡平先生的《乔叟诗篇研究》、[④] 刘乃银的《巴赫金的理论与〈坎特伯雷故事集〉》、[⑤] 袁宪军

---

① Martin Crow & Clair Olson, *Chaucer Life-records*, Oxford: Clarendon Press, 1966.

Caroline Spurgeon, *Five Hundred Years of Chaucer Criticism and Allusion*, 1357 - 1900, London: Cambridge University Press, 1925.

Derek Brewer ed., *Chaucer: The Critical Heritage*, London: Routledge-Kegan Paul, 1978.

② 上述欧洲乔叟研究综述参考 Carolyn Collette, "Afterlife", Peter Brown ed., *A Companion to Chaucer*, Oxford: Blackwell Publishers, 2000, pp. 8 - 22.

③ 网址：http://portico.bl.uk/。

④ 鲍屡平：《乔叟诗篇研究》，杭州：杭州大学出版社1990年版。

⑤ 刘乃银：《巴赫金的理论与〈坎特伯雷故事集〉》（*Reading the Canterbury Tales: A Bakhtinian Approach*），上海：华东师范大学出版社1999年版。

的《乔叟的〈特罗勒斯〉新论》、[1] 丁建宁的《超越的可能：作为知识分子的乔叟》、[2] 刘进的《乔叟梦幻诗研究：权威与经验之对话》。[3] 肖明翰的《英语文学之父：杰弗里·乔叟》，是一部半传记半研究性质的著作。[4] 其中刘乃银、袁宪军和丁建宁的专著均用英文撰写。

具体来说，鲍屡平的《乔叟诗篇研究》是作者八篇论文的结集，除了"谈乔叟的创作"一篇是总述外，其他都是对《坎特伯雷故事》中七个故事的论析或评释，基本上属于诗歌赏析之作。刘乃银的《巴赫金的理论与〈坎特伯雷故事集〉》用苏联文艺理论家巴赫金的小说理论研究《坎特伯雷故事》中的对话、狂欢、"杂语性"等，是从一个具体的现代理论视角进行的作品研究。袁宪军的《乔叟的〈特洛勒斯〉新论》论证《特洛勒斯与克丽西德》中关于神圣之爱与世俗之爱的关系，西方历来强调这两种爱之间的对立冲突，袁宪军的著作认为世俗爱是达到神圣爱的必要途径，两者是统一的。丁建宁的《超越的可能：作为知识分子的乔叟》结合现代理论视角和对经典文本的细读，从社会批评、启蒙和智慧这三个知识分子特质的角度审视乔叟的文学创作与社会参与之间的互动关系，剖析作为一名有典型意义的知识分子的乔叟的多重内涵。肖明翰的《英语文学之父：杰弗里·乔叟》对乔叟的生平、时代、社会等有丰富的介绍，著者在文史结合的背景下分析了乔叟的整个创作之路和文学价值。

刘进的《乔叟梦幻诗研究：权威与经验之对话》集中关注之前国内学者没有予以重视的乔叟早期诗歌。该书以"权威"、"经验"这两个欧洲中世纪的重要命题切入乔叟早期的四首梦幻诗：《公爵夫人之书》、《声誉之宫》、《百鸟议会》和《〈贞女传奇〉引子》，详尽地阐释了乔叟梦幻诗与欧洲中世纪梦幻文学传统、宫廷文化、书籍、诗歌艺术的关系，这本专著

---

① 袁宪军：《乔叟的〈特罗勒斯〉新论》（*Paradox of Love in Chaucer's Troilus*），北京：北京大学出版社 1995 年版。

② 丁建宁：《超越的可能：作为知识分子的乔叟》（*Possibility of Transcending: Chaucer as an Intellectual*），北京：北京大学出版社 2010 年版。

③ 刘进：《乔叟梦幻诗研究：权威与经验之对话》，北京：社会科学文献出版社 2011 年版。

④ 肖明翰：《英语文学之父：杰弗里·乔叟》，北京：社会科学文献出版社 2005 年版。

中关于乔叟诗歌与中世纪文学中的梦幻框架、修辞学传统之间的传承与流变的论述十分精彩。

关于乔叟作品的出版，我国发行的最早的译本是方重先生（1902—1991）的《屈罗勒斯与克丽西德》[①] 和《康特波雷故事》[②]。新中国建立后，方重先生的译作于1955年（再版）、1959年（新版）由上海新文艺出版社、上海文艺出版社联合出版发行，更名为《特洛勒斯和克丽西德》与《坎特伯雷故事》。1962年，上海文艺出版社出版《乔叟文集》（方重译），分上下两册，共787页，乔叟的作品（除了乔叟翻译的法国传奇《玫瑰传奇》和罗马波依修斯的著作等译作之外）至此在大陆地区基本上都有中文译本。其后截至2004年，乔叟的作品在国内多家出版社均有出版，除了方重先生的译本外，译者还有黄杲炘（原上海译文出版社编审）、吴芬、赵卫华、沈晓丹、张爱玲等，各种英文、中文简写，中英文对照本也多次发行。在台湾方面，1979年，志文出版社的《坎特伯利故事集》是最早的译本，译者为王骥，方重和黄杲炘的译本也被台湾的出版商采用，1995年还出版了一个简写本，它的编写者是丁锴。[③]

总体来看，相比于乔叟在英语文学中的杰出地位和在欧美国家丰厚的研究积淀，我国研究乔叟的论文、论著，以及对乔叟作品的翻译和出版，都相当冷清，大部分研究成果都出现于近十年。这一方面说明乔叟研究渐受关注，值得庆贺；另一方面也说明当下的乔叟研究基本上还停留于起步阶段，有待进一步拓展和深挖。此外，当下国内的乔叟研究主要集中在《坎特伯雷故事》这一部作品上，诗人稍为次要的作品《特洛勒斯与克丽西德》的研究明显就弱了很多，对乔叟更早一点作品的研究更是屈指可数，这种失衡状态也应当调整。

---

① 收入马耳主编：《古今文艺名著译丛》，重庆：古今出版社1943年版。

② 出版信息是：上海：云海出版社1946年版。选译原著中的6篇诗体故事（译文为散文体），包括：《巴斯妇的自述》、《林边老妪》、《童子的歌声》、《意大利故事》、《三个恶汉寻找死亡》、《腔得克立》。卷首有译者的代序《乔叟和他的康特波雷故事》。

③ 关于国内对乔叟作品的译介与研究活动，上海外国语大学的曹航先生有更详尽的综述，详见曹航：《乔叟在中国的译介与研究》，《外语教学》2013年第3期，第89～92页。

## 四、本书研究的主题

14 世纪的英国处于本土传统文化、法国传统文化、来自意大利的新风尚，以及新旧历史思潮混杂的时期，乔叟的个人生活经历决定了他是一位深受时代思潮影响、眼界开阔的诗人，并且是英国第一个自觉用本民族语言进行创作的民族诗人。这是一位有研究价值的作家。

本书将研究乔叟早期的三部诗歌作品：《公爵夫人之书》、《声誉之宫》和《百鸟议会》。要想认识乔叟的创作和思想，从他早期的创作开始研究，是研究他的全部作品的多个入口之一。追溯乔叟早期的艺术、精神探索，有利于准确全面地把握他后期的成熟之作。

这三部作品涵盖了乔叟十余年的人生历程（约 1369—约 1380），是他由意气风发的王室家臣转向沉重思虑的海关税收官的阶段，是一个高举理想、怀疑迷惘、重立理想的过程。从他第一次提出他的理想的人生观开始，到后来再接触和学习新的知识，他都只是在补充和完善这一理想，并力求稳妥地把它安放在一个可靠的位置上，这种稳重、谨慎和执着的精神，应该是他最终在文学领域里取得巨大成就的重要原因。

因此，本书着眼于乔叟在这三部作品中展示出的人生哲学。在乔叟的诗歌作品中包含有中世纪骑士观念、基督教传统神学、古希腊罗马哲学、乔叟所处的新旧交替时代的世俗价值观等多种人生观念，这些观念在很大程度上和谐地共存于乔叟的作品中，共同构成欧洲文艺复兴运动早期人文主义的人生哲学。本书将对乔叟早期的三部作品进行文本细读，寻找乔叟在创作探索过程中人生观变化的轨迹，揭示作品中包含的多种价值观念及其组合方式，认识诗人乔叟作为一名人文主义者对人生的思考和他的人生理想。

## 第一章

# “理想”的理想:《公爵夫人之书》

# 第一节 理想男性形象与人生观念

## 一、创作起源与人物暗示

《公爵夫人之书》是我们目前所知的乔叟的第一部作品。从这部作品的主题、题材和艺术风格看，它明显受到法国等外来文化的影响。在今天的读者看来，虽然这部作品同乔叟后期的诗歌创作相比还不够成熟，尤其是它在原创性方面，同乔叟的其他成功诗作相比要逊色很多，但它在作家的诗作中仍占有重要地位，并代表着他早期诗歌的独有风格。有批评家指出：“要想认识这部作品，需要下些功夫去进行批判性的探讨，作好某些准备去重新审视旧有的文学标准和质疑某些惯常思维。而且，没有这些努力，乔叟后面的大量诗作将无法理解。”[①]《公爵夫人之书》对乔叟后来的诗歌创作具有开创性意义，也是理解他的其他作品的一把钥匙。

《公爵夫人之书》全诗用双行体写成，共1 334行，每行八个音节，为抑扬格四韵步诗行。关于乔叟创作这部诗歌的目的，据说是为了悼念他的庇护人兼朋友冈特的约翰（John of Gaunt）的妻子布兰希（Blanche）而作。1369年9月，年仅27岁的布兰希患时疫黑死病去世，诗人可能是在此后不久写了这首叙事诗，哀悼和赞美逝者，安慰年轻的公爵。[②]

诗歌一开始，叙述者倾诉自己八年来一直受到失眠症的折磨，束手无策。某天晚上，叙述者为了消磨无眠之夜而读书，读到国王塞伊司（Seys）和王后阿尔库俄涅（Alcyone）的悲剧故事。书中说，塞伊司出海遇难，尸骨无存，王后见丈夫音讯全无，极为忧伤，向女神朱诺（Juno）祷告，朱

---

① Dieter Mehl, *Geoffrey Chaucer, an Introduction to His Narrative Poetry*, Cambridge: Cambridge University Press, 1986, p. 22.

② Geoffrey Chaucer, *The Works of Geoffrey Chaucer*, F. N. Robinson ed., London: Oxford University Press, 1957, p. 266.

诺施展法术使她入睡，差遣睡神莫菲斯（Morpheus）以塞伊司的形象出现在王后梦中，告知国王已死的真相，王后几天后也伤心而逝。① 读完这个故事，叙述者对古罗马异教神灵的魔力感到非常惊奇，认为自己的失眠症既然已经无法医治，试试这个办法未尝不可，于是也向朱诺和睡神许愿求助，果然马上伏在书上睡着了，并做了一场罕有的美梦。

在梦中，叙述者在一个五月的清晨被小鸟的叫声闹醒。叙述者陶醉在这些大自然的小精灵唱出的美妙歌曲中。他一边倾听鸟的叫声，一边欣赏窗户玻璃上关于古希腊时期特洛伊战争的绘画和墙上《玫瑰传奇》的壁画，心情非常舒畅。此时，他听到狩猎的号角声和大队人马出动的声音，于是起床，骑马加入人群，一打听，才知道是罗马皇帝奥古斯都（th' emperour Octovyen）在此猎鹿，心中一阵欢喜，跟随着观看这热闹非常的狩猎活动。在途中他被一只离队的小狗引入一片生机盎然的树林，发现一位二十四五岁的极度哀伤的黑衣骑士，就走过去询问缘由。黑衣骑士礼貌回复，说他悲伤的原因是与命运女神对弈时输掉了王后这颗棋子，于是国王被将死。叙述者认为输一盘棋不值得这么难过，黑衣骑士只好继续解释：他有一位完美的意中人，苦苦相恋几经坎坷才在一起，并结为眷属，婚姻无比美满，但意中人现在已经去世，他非常悲伤。这时叙述者听到狩猎结束的号角声，对话也结束，这位伤心的骑士离开，② 回到距两人对话处不

---

① 这个故事来自于奥维德的《变形记》（*Metamorphoses*）第二章第411至748行，马肖（Guillaume de Machaut，1300—1377）在他的诗作《爱之源》（*Le Dit de la Fonteinne Amoureuse/Fountain of Love*）中转述过（第544至698行），参见 Kathryn L. Lynch ed.，*Geoffrey Chaucer*：*Dream Visions and Other Poems*：*Authoritative Texts*，*Contexts*，*Criticism*，New York：W. W. Norton & Co.，c2007，p. 7.

② 原诗为：

With that me thoghte that this kyng
Gan homwardes for to ryde
Unto a place, was there beside,
Which was from us but t lyte.（1 314 ~ 1 317）

第1 314行返家的人（this kyng）应该是黑衣骑士。在1 301行至1 307行，黑衣骑士再次提到他与命运女神的对弈中输掉王后（fers：queen at chess）的寓言，他在这个寓言故事中应扮演“国王”的角色。方重先生的译文认为此处的“国王”是前文中狩猎的皇帝，应是讹误。参见 Johnye E. Mathews，The Black Knight as King of the Castle in *The Book of the Duchess*，*The South Central Bulletin*，Winter，1971，p. 201.

远的一座“白壁长堡”，堡中传来报时的钟声，叙述者醒来，发现刚才经历的只是南柯一梦。

诗中最重要的角色是黑衣骑士，叙述者“我”的主要功能是转述黑衣骑士的故事。黑衣骑士活动的内容是他的爱情经历，他的这些行动都朝向他的意中人——一位名叫怀特（White）的女子。这两个角色的原型是约翰公爵及其第一任妻子布兰希。诗人虽然没有明确提出他们的名字，但诗中有多处暗示。一处是黑衣骑士说：

And goode faire White she het;
That was my lady name ryght.
这位美丽的女子，被誉为“白色”；
这正是我的女士的芳名。(948 ~949)

冈特的约翰的妻子的名字“Blanche”的原意就是“白色”（white）。另一处是黑衣骑士和叙述者的对话完毕后，返回“白壁长堡”。

A long castel with walles white,
Be seynt Johan! on a ryche hil
一座长长的城堡，外面是白色墙壁，
圣约翰在上！它坐落在树木繁茂的山上（1 318 ~1 319)

“long castel”可能指的是“Lancaster”，即冈特的约翰通过与兰开斯特家族的女继承人布兰希结婚而在1359年成为兰开斯特公爵，“walles white”可能还是指公爵夫人的名字“Blanche”（白色）。“seynt Johan”可能暗指这位公爵的名字约翰（John of Gaunt），“a ryche hil”应暗指“Richmond”（Richemont），因为冈特的约翰在1342年被分封为里士满伯爵（Earl of Richmond）。[1] 基于现实中的庇护与被庇护关系、公爵夫人去世的事件，这

① 参见 *The Works of Geoffrey Chaucer* 第778页关于1 318行诗的注释和 *The Palgrave Literary Dictionary of Chaucer*（Basingstoke：Palgrave Macmillan，2006.）第143页关于冈特的约翰的词条。

首诗的写作目的已不言自明，通过叙述者的一个梦来穿针引线，赞美公爵夫妇和他们的爱情。

## 二、黑衣骑士形象分析

黑衣骑士集中展现了诗人关于男性形象的理想观念。作品从叙述者眼中的黑衣骑士和黑衣骑士的自述两个角度介绍黑衣骑士的形象，这是一个由外及内的描写顺序，随着叙述的层层推进，他的形象也逐渐达到丰满。

### （一）他者的视角：叙述者眼中的黑衣骑士

黑衣骑士最初出现在叙述者面前时，他正“直挺挺”地靠着一棵大橡树坐着，是一位外貌非常英俊的骑士。他的个子很高，年纪轻，胡须不多，却穿着一身和他的年龄不相称的黑色衣裳（454～457）。这位身处在花团锦簇、春色无边的丛林里的骑士和周边环境很不协调：脸色苍白，口中吟诵着一首极为凄惨的短诗，神情看上去悲痛欲绝。他能创作和吟唱优美的抒情诗，应该来自于贵胄之家。[①] 胡须不多暗示骑士仍处青年时期，应尽情享受美好的人生。但是，他对热闹快活的狩猎活动毫不上心，反而一个人躲在这里伤心。这使叙述者既好奇又怜悯，走过去向他问好，但是对方压根儿就没有注意到其他人的存在，完全沉浸在自己的悲伤里。从常理来看待这位忧伤的骑士，叙述者认为他未免“失常”了。叙述者先是远观，然后就近和他打招呼。两次观察，一再渲染黑衣骑士的悲痛程度。

当发现叙述者站在眼前向他脱帽致意时，黑衣骑士马上道歉，态度温和有礼。叙述者也请黑衣骑士原谅打扰他的独处沉思，黑衣骑士回答说并无过错可言。两人的对话非常有礼貌，叙述者用客气的第二人称复数形式的“yow”称呼黑衣骑士（524），黑衣骑士则频频使用更加谦逊的第二人称单数“thee”（519，520，521），[②] 而黑衣骑士为对方的唐突行为开脱更引来一番赞叹：

---

① 大约从12世纪开始，贵族阶层开始追求用优雅的举止和文学上的才赋显示自己的优越感，吟咏普通百姓难以听懂的典雅的抒情诗成为显示他们高贵身份的一个标志。参见［法］马克·布洛赫著，张绪山等译：《封建社会》，北京：商务印书馆2004年版，第506～507页。

② 参见Derek Brewer，*An Introduction to Chaucer*，London：Longman，1984，p. 59.

Loo! how goodly spak thys knyght,
As hit had be another wyght;
He made hyt nouther towgh ne queynte.
看，这位骑士讲话如此得体，
似乎刚才我打扰的是另一个人，对他毫无冒犯；
他这样做时，既不粗鲁，也不冷淡。(529～531)

对黑衣骑士好感不断加深的叙述者开始和他攀谈。黑衣骑士知道叙述者对他的苦痛毫无帮助，但还是心怀感激，诚挚致谢。为了消除对方的好奇，黑衣骑士讲述了自己与命运女神对弈输棋的寓言故事，叙述者不知前因后果，仍旧不理解他的伤心之举。黑衣骑士只好把他的爱情经历全盘托出，听者方才明白。

诗人在介绍黑衣骑士的语言中都使用非常恭敬的口气，显示出黑衣骑士的社会地位高于他的对话者。这位外形俊美、谈吐不凡的骑士面对地位较低的人克制自己哀伤的情绪，维持得体的交谈，非常照顾对方的情绪，也尽量满足对方的好奇心，解释他悲痛的原因，这种克制、礼貌、谦逊的品质是诗人所赞美的。

**（二）对手的视角：黑衣骑士与命运女神的对弈**

黑衣骑士的自述是展示他的品质和内心世界的更重要的窗口。他首先倾诉他的痛苦之深，即使是擅长安慰的诗人奥维德和歌手俄尔甫斯（Orpheus）、能工巧匠代达罗斯（Dedalus），还是希波克拉底（Ypocras）、盖伦（Galyen）这样的名医，都无法救治。

Y wreche, that deth hath mad al naked
Of al the blysse that ever was maked,
Yworthe worste of alle wyghtes,
That hate my dayes and my nyghtes!
我真不幸，死亡剥夺了
我过去得到的所有幸福，
我成为人类中最不幸的人，

只能厌恶自己活着的所有时光！(577～580)

这倾诉没有到此为止，从581行至617行，一气呵成地铺陈出黑衣骑士的苦痛已经到唯求一死的程度，无人能比，而对照过去的幸福生活，他更是难忍伤心。这种渲染痛苦的方式有些夸张，但这是中世纪文学中常用的修辞手法之一，在本诗和乔叟的其他作品中也相当常见，因为中世纪文人认为“铺陈”（amplification）“可以使主题更显崇高，使思想更加明晰，使交流更为有效”。[①] 除了修辞学意义外，这种铺陈也有一定的心理分析色彩，显现出黑衣骑士丰富深沉的内心世界。

接下来，黑衣骑士针对命运女神（Fortune）发表了一个长篇且激烈的演说，早有学者指出这篇演说辞（618～707）来自于法国诗人纪尧姆·德·马肖（Guillaume de Machaut，1300—1377）的四首诗《波希米亚王的公断》（*Le Jugement dou Roy de Behaingne*）、《命运的治疗》（*Le Remède de Fortune*）、《第八赞美诗》（*Eighth Motet*）、《安慰曲》（*Lay de Confort*）和长诗《玫瑰传奇》。[②] 马肖的诗作和《玫瑰传奇》当时在英国非常流行，这不仅仅说明了诗人得益于这些前人的创作成果，也说明了对命运问题的思考是当时流行的话题之一。本诗中对命运女神的外貌描写尽显其虚假和丑恶的本质，而在她与黑衣骑士交锋于棋盘上，这位以诡诈著称的女神走了几步假棋，旋即吃掉棋盘上的“王后”（fers/queen），黑衣骑士悲恸不已，但他的对手依旧毫不手软，宣布“将军”（chek/check），用一枚“兵”（paun/pawn）将死（mate）“国王”。

作为黑衣骑士叙述自己个人经历的寓言，这局对弈的现实所指是他的爱情被毁灭的事件。寓言中，棋盘上的“王后”被吃掉时，“国王”也无法独存。按照中世纪的国际象棋规则，力量最强大的角色是“车”，“王后”的作用相对消极，不具有进攻性，棋手一般把它安排在“国王”附近，一旦“国王”的一侧遭到对方“车”的进攻，“王后”就被插入两棋之间保护“国王”，失去“王后”保护的“国王”因此被称为“无遮掩的

---

① 刘进：《乔叟梦幻诗研究：权威与经验之对话》，北京：社会科学文献出版社2011年版，第203页。

② G. L. Kittredge, Guillaume De Machaut and *The Book of the Duchess*, *PMLA*, 1915, Vol. 30, No. 1, pp. 10－14.

国王”（the Bare King），往往就是失败的前奏。所以，通过这局对弈，“乔叟想说的是‘国王’与‘王后’、丈夫和妻子（这是棋子的另一个名字）的紧密相联，暗示着情人与他的意中人的亲密关系。还有这样的事实，即由于‘王后’的‘密切照料’的功能，它很可能就是将死‘国王’之前需要最后吃掉的一枚棋子”。[①]

如果失败的黑衣骑士就此结束关于命运女神的主题，那么他的形象就仅限于一个哭泣自己失败的可怜虫罢了。他接下来反思了这局棋的本质：首先，如果他的棋术能更好些，也许情况能好一点，但也无法战胜对手——因为命运女神有太多诡计，世上无人能打败她。其次，他本人如果处在命运女神的位置，也会做同样的事情，所以人们倒应该多谅解她的行为。最后，他甚至敢大胆地说：如果他就是能够任意实现自己意志的上帝的话，他也会像命运女神一样，在吃掉对手的王后后，同样会将死对方的国王（662～682）。

For, also wys God yive me reste,
I dar wel swere she took the beste.
原来，贤明的上帝保佑，
我敢发誓，她永远都是胜利者。[②]（683～684）

斯多噶派的重要思想家塞涅卡曾转述西塞罗的诗句：“因为命运/引导顺者，强迫逆者。”[③] 斯多噶派哲学对早期基督教哲学和神学的影响是有目共睹的，甚至“《新约》的《使徒行传》常常一字不差地抄袭塞涅卡”。[④] 在这个意义上，可以说此处黑衣骑士的这部分“命运女神本质论”是对塞

---

① Franklin D. Cooley, Two Notes on the Chess Terms in *The Book of the Duchess*, *Modern Language Notes*, 1948, Vol. 63, No. 1, p. 32.

② 前文一直谈的是棋盘上的胜负，骑士说凡人无论棋艺如何高超，与命运女神的一切对弈都必然是输家，所以此处译为“胜利者”。

③ ［古罗马］塞涅卡著，赵又春、张建军译：《面包里的幸福人生》，西安：陕西师范大学出版社2003年版，第259页。

④ 范明生：《晚期希腊哲学和基督教神学——东西方文化的汇合》，上海：上海人民出版社1993年版，第115页。

涅卡这句话的一种解读，只在于指出命运女神必胜，凡人必败。诗人对命运的成熟的思考应该是在翻译波依修斯的《哲学的慰藉》（1381—1386 年翻译）后才形成的。在这首诗中，命运女神还仅仅是一个充满恶意、变幻无常、不可理喻、不可战胜的对手，黑衣骑士在很大程度上是用一个战士的眼光来审视她，仅谈胜负的关系，并对他的对手表示一定的理解和尊重。冷静地分析完这一次失败的“战役”后，黑衣骑士又由战士转回抒情主人公的身份，再次沉湎于悲伤之中。

如果黑衣骑士换用其他的方式介绍他的意中人的死亡，如抒情或者直白，那么这部分的介绍或者只是简单地继续前面的悲痛，或者叙述将显得平庸无力。下象棋是当时盛行于上流社会的一种高雅的消遣游戏，与命运女神的博弈不但使情节变得生动激烈，而且把人引向了抽象的哲学玄思。这则寓言的出现使文体变得多样化，格调也转向高昂悲壮，同时也不失典雅精致。寓言不仅仅是中世纪文学作品中常用的一种写作模式，也是基督教神学研究及圣经阐释中传统的表述方法。这是因为它能够用生动的形象和动作表述抽象的思想观念，冲破了观念世界与现实世界之间的分界线，使深刻的思想观念能有效地影响外部物质世界，而外在的世界也由此得到提升和深化。所以，寓言早在教父时期就被关注，中世纪的圣经阐释学几乎离不开它，而这种神学上的运用也促进了它在世俗文学中的影响力。在乔叟之前，但丁、《玫瑰传奇》的作者等已经成功地采纳了这一手法，本诗中与命运女神对弈的寓言是成功的，而在诗人稍后的《百鸟议会》中这种手法应用得更为娴熟。①

### （三）情爱的视角：黑衣骑士对意中人的爱慕

回忆完不久前的死亡事件后，黑衣骑士进一步追溯自己过去的爱情生活。他年轻时在对爱情有一点点知识之后，就决心侍奉爱神，长期“以虔诚的意志、躯体、内心和所有的一切”（“With good wille，body，hert，and al”，768）做爱神的仆从，服从爱神的所有诫命，等待爱神有朝一日惠赐他美好的爱情。这位爱沉思的年轻人也审视自己这么做的原因，认为自己当初也有可能会追求其他的东西，之所以侍奉爱神，无非是因为最初接触

---

① 参见 *Encyclopedia of Medieval Literature* 中的词条“allegory”（Jay Ruud，*Encyclopedia of Medieval Literature*，New York：Facts on File，2006，p. 18.）。

到关于爱情的知识时被吸引住了而已，所以他两次用“自然而然地”(kyndely/kindely) 解释这一现象（761，778)。他从接触关于爱情的知识开始，膜拜爱神，思想上和信仰上积累得差不多之后，才真正进入爱情的实践中。这里出现了一个非常自谦、虔诚的年轻人，对爱神的追随使他的行为动机合法化和神圣化，也显示出他的目标是高度理想化的，而且他相信自己越是虔诚，得到的回报将越好。

在某一天，黑衣骑士遇见“品貌杰出的”完美女子怀特（“The fairest and the beste”，1 079)，并且一见钟情，爱神助他全心全意地爱慕这位意中人。这位意中人的一举一动都牵扯着他的心，对她的每一点认识都能引起他的由衷赞叹。他年轻的心开始向往着这位女士的爱情，这促成了他要去进行的一项伟大的事业（gret empryse/great emprise，1 093)：

But as my wyt koude best suffise,
After my yonge childly wyt,
Withoute drede, I besette hyt
To love hir in my beste wyse,
To do hir worship and the servise
That I koude thoo, be my trouthe,
Withoute feynynge outher slouthe;
我只是尽我一切所能爱慕她，
按照我年轻幼稚的心智，
不带任何疑虑，我就这样
用我最好的方式爱她，
向她表示敬意，为她效劳
是我的坚定信念，因此，我能够做到，
既不弄虚作假，也不松懈怠惰；(1 094 ~1 100)

对意中人的爱已经成为他不可更改的信念，这个信念让他觉得非常快乐，他可以为此忍受任何艰难挫折而绝不后悔。尽管他的爱意很深，这位女子却全然不知道他的心思，因为他一直不敢向意中人吐露这份心意，害怕她的拒绝而使这份爱彻底失败，并且永远得不到回报，也害怕自己因言辞或方式不当等而让她生气。[1]

在未示爱的那段时间里，他没有让自己成为一个终日为爱苦闷、无所事事的人，而是勤奋吟诗作曲，倾注他的思慕之情。乔叟的作品中追随爱情的年轻人往往都精于此道，如特洛勒斯唱赞美爱情的歌曲，[2]《坎特伯雷故事》“总引”中骑士的扈从“他能文能诗，能作曲又能跳舞，/还能绘画并骑马执矛去比武”。[3]“平民地主的故事”中奥雷留斯爱慕着骑士的妻子道丽甘，并为她写了很多诗寄托情思。[4] 因为在当时人们的眼中，写诗唱歌是风雅之举，年轻人不但可以由此提高语言修辞水平和音乐能力，也可以向意中人隐晦地表达爱意，或寄托自己的情怀。年轻的黑衣骑士用时尚的方式表达了他的爱情之真切，他的爱情也因此不失高雅尊贵。

忍受爱情煎熬的骑士左思右想，最终决定向意中人表白心意，希望能用他的满腔痛苦引起她的怜悯之心。这个决定经过了深思熟虑，同时也是形势所逼：

---

① 《特洛勒斯与克丽西德》中有一段关于特洛勒斯心理矛盾的描写有助于理解黑衣骑士的这种心理状态：

我怕她生气，的确怕得胆战心惊。
或者她不愿听，或者听了也不愿相信，
我害怕这一切，还怕她充耳不闻，
只因为认定舅舅传情有碍身份。

［英］杰弗里·乔叟著，吴芬译：《特洛勒斯与克丽西德》，北京：中国对外翻译出版公司 1999 年版，第 42～43 页。

② ［英］杰弗里·乔叟著，吴芬译：《特洛勒斯与克丽西德》，北京：中国对外翻译出版公司 1999 年版，第 206～207 页。

③ ［英］杰弗里·乔叟著，黄杲炘译：《坎特伯雷故事》，南京：译林出版社 1998 年版，第 7 页。

④ 他既不敢说什么，就只能绝望，
只能在歌中流露自己的悲伤，
因为歌曲中常有情人的哀告。
他说他的爱一直得不到回报。
以这个题材，他写了许多小诗、
短歌、怨曲、回旋曲和双韵短诗。

［英］杰弗里·乔叟著，黄杲炘译：《坎特伯雷故事》，南京：译林出版社 1998 年版，第 726～727 页。

In hope of that, my tale I tolde
With sorwe, as that I never sholde;
For nedes, and mawgree my hed,
I most have told hir or be ded.
期望着这个［注：她的怜悯］，我愁肠百结地
把这件事说出口来，因为除非是迫不得已，此事完全不应说出；
我无法逃避，不管我还能做什么，
我必须告诉她，否则我将死掉。(1 199 ~1 202)

但表白的过程颇有些艰难，他害怕说话不得体，一开口就漏掉了很多字，准备好的话也说得断断续续，这糟糕的表现给了他“悲伤的心情和致命的创伤”(1 211)，他因此而在意中人面前胆怯得发抖，不能再说下去，脸色时而因害怕而发白，时而又因羞愧而转红，完全手足无措。幸而这个困窘的局面最终得到扭转，他恢复了勇气，恳切地请求意中人接受他的爱，立誓对她忠诚。但意中人简单地拒绝了他。失败的黑衣骑士感到无比悲伤，但没有再多说一字，只是默默地退出，独自忍受痛苦。尽管他此时欢乐全无，整日与痛苦为伴，但此志仍不移。一年之后他再次表白心迹，明理的意中人接受了他的爱情。

## 三、价值判断：爱情至上

在叙述者眼中，这位年轻的骑士有着高贵的出身和高贵的言行举止，完全可以拥有一个如花似锦的美满人生，但黑衣骑士却如此忧郁绝望，并且拒绝接受劝解，肯定是遭遇了极大的创伤和痛苦。与命运女神的对弈中，一旦失去“王后”，“国王”马上被将死，两棋之间同生共死的关系抽象地把情爱关系提高到能决定生死存亡的关键地位。当黑衣骑士最终把谜底全部揭开时，恍然大悟的听众不仅仅是知晓了一个爱情的悲剧故事，而且也接受了诗人的爱情至上的观念。

首先来看黑衣骑士对自己爱情的观念。他认识意中人后，在情诗中初次吐露对爱情的期望：

And wisshe to God hit myghte so bee
That she wolde holde me for hir knyght
我愿上帝让她
把我看作她的骑士（1 178 ~1 179）

“她的骑士”表明黑衣骑士希望建立一种封君封臣式的关系，意中人是尊贵的君主，有支配他的权力，接受他的效忠。前文已提及，黑衣骑士与叙述者打交道时的态度是谦逊的，虽然他的社会地位比叙述者高，他在两人的对话中采用的是平等方式。而面对意中人时，他的姿态更是转为谦卑。“将被爱的人视为领主，这一点符合完全为封建社会特有的一个方面的社会道德。”① 从封建关系的角度来看，黑衣骑士在第一次对意中人的表白中请求提供如下封建义务：

With hool herte I gan hir beseche
That she wolde be my lady swete;
And swor, and hertely gan hir hete,
Ever to be stedfast and trewe,
And love hir alwey fresshly newe,
And never other lady have,
And al hir worship for to save
As I best koude; I swor hir this—
'For youres is alle that ever ther ys
For evermore, myn herte swete!
And never to false yow, but I mete,
I nyl, as wys God helpe me soo!'
我全心全意地恳求她
答应做我的意中人；
并且立誓，全心全意地热爱她，

① ［法］马克·布洛赫著，张绪山等译：《封建社会》，北京：商务印书馆 2004 年版，第 510 页。

对她永远坚定和忠诚,
永远与初恋时同样新鲜地爱她,
决不移情别恋,
还一定尽我所能,维护
她的荣名;我向她立誓:
“我的一切都已全部呈献于此
并将永远如此,我甜蜜的心!
我决不会欺骗于你,除非为梦幻所迷,
我决不会这样,愿明眼的上帝助我!”(1 224 ~1 235)

“我决不会欺骗于你”这句亦可译为“向你立下的这些誓言,我保证遵守,绝不失信”。黑衣骑士提出用坚定、忠诚、美好、专一的爱情作为条件,换取意中人接受他的爱。如果意中人接受这种爱情关系,黑衣骑士保证将不破坏这些誓言,并把这种关系维护下去。

中世纪封建体制中,世俗封建主与封建附庸之间有服从和忠诚的要求,这是要一方给予封地等物质利益,另一方则以武力、财政支援、法律和行政事务的协助等作为回报,[①] 双方之间责任和义务划分非常明确,它的基础是世俗的物质利益交换,交换双方都受到契约关系的约束。与之相比,黑衣骑士的誓言完全围绕与物质利益无关的“爱”着手,所有的条款都是针对自己的约束,对意中人一方来说,她只需要在这种爱情关系中接受黑衣骑士的效忠,至于给予对方什么、用何种方式给予,全凭她自己的心意来决定,甚至可以不承担任何义务。所以,我们不能简单地从世俗封建关系来理解这种爱情。

诗中还有一处能够补充说明黑衣骑士提出的关于契约关系的内容。初次求爱遭拒后,骑士对意中人的爱慕丝毫不减,时隔一年,意中人终于察觉到他的这番心意,即:

That I ne wilned thyng but god,

---

① [法]马克·布洛赫著,张绪山等译:《封建社会》,北京:商务印书馆2004年版,第354~361页。

And worship, and to kepe hir name
Over alle thyng, and drede hir shame,
And was so besy hyr to serve;
And pitee were I shulde sterve,
Syth that I wilned noon harme, ywis.
我［注：骑士］只渴望德行
和荣誉，全力保卫她的荣名
免受污损，
勤勉于为她效劳；
而且我如果没有犯下任何过失却忧伤至死，
实在是令人遗憾。(1 262 ~ 1 267)

意中人只接受这种“正直和崇敬的”请求，即真诚的爱、保证不伤害她、全力为她效劳。进而言之，在意中人看来，要想保证爱情从始至终都是“正直和崇敬的”，也需要这样的誓言来约束。因此，意中人从动机和目的的角度审视了他提出的请求和立下的誓言，确定誓言为真，且意中人内心悲悯仁慈，两人的爱情关系才建立起来。

封建契约的关系是相对松散的，契约可以中止、改签，一个封建主（封君）可以同时拥有多个封建附庸（封臣），而同一个人也可以同时成为多个封建主的附庸。[①] 黑衣骑士与他的意中人的爱情关系没有这么松散。两人的爱情都是专一的，诗中对弈的寓言又揭示出他们生死与共的关系，黑衣骑士更是把对意中人的爱情作为他人生唯一的内容：

For certes she was, that swete wif,
My suffisaunce, my lust, my lyf,
Myn hap, myn hele, and al my blesse,
My worldes welfare, and my goddesse,
And I hooly hires, and everdel.

① ［法］马克·布洛赫著，张绪山等译：《封建社会》，北京：商务印书馆 2004 年版，第 342 ~ 347 页。

毫无疑问，这位可爱的女子，
是我的安乐之源，我的向往，我的生命，
我的幸运、健康和所有的福分，
我在人世间的幸福，我的女神，
我完全属于她，在任何方面。(1 037 ~1 041)

这种表白或许过于夸张，从他被拒绝、被接受和意中人死亡后的三次反应中也能说明这一点。第一次，当意中人对他说“不”后，他说自己的那种悲伤即使是卡珊德拉对自己的城市（伊利亚特城）和国家（特洛亚）被毁灭的痛哭也难以比拟，整日与忧痛为伴。第二次，意中人赠他戒指作为定情信物时：

As helpe me God, I was as blyve
Reysed, as fro deth to lyve,
上帝保佑，我马上
振作起来，如死后复活一般，(1 277 ~1 278)

第三次，是意中人去世后他的抱怨：

The pure deth ys so ful my foo
That I wolde deye, hyt wolde not soo;
For whan I folwe hyt, hit wol flee;
I wolde have hym, hyt nyl nat me.
This ys my peyne wythoute red,
Always deynge and be not ded.
死亡本身是我彻头彻尾的仇敌
我想死，死不成；
我追赶它，它逃走；
我想抓住它，它不要我。
我的苦痛没有治疗的办法，
天天向死亡投奔，却天天死不成。(583 ~588)

这与汤显祖的剧本《牡丹亭》的题词："情不知所起，一往而深。生者可以死，死可以生。"[①] 已经相距不远了。

当黑衣骑士如此高举爱情的价值意义时，我们必须审视关于这个"爱"的本质问题：它从哪里来，将走向哪里？欧文·辛格在《爱的本性——从柏拉图到路德》中说："在爱的哲学中，我深信每一争议都起始于柏拉图。优雅式的爱，浪漫式的爱，以及宗教之爱中强调的重点在柏拉图那里都曾奠定了坚定的基础。"[②] 本文接受他的指引，试图从柏拉图这里入手来作一分析。

在《会饮篇》里，柏拉图为"爱"作了一个比较确切的界定："爱就是渴望永远拥有善。"[③] 所以，"爱一个人就是真正地爱他身上的善……但真正爱的对象则是完美自身"。[④] "永远拥有"意味着与完美善性的接近，所以一个追求爱的人实际上就是对自身的完善，他爱的程度越深，离真正的善越接近。因为所有的人都处于渴望的状态，渴望存在于事物中的善性，所以柏拉图还推理出人类的一切活动都是由爱引起的，是爱推动了世界的运动。[⑤] 同时，柏拉图和他的学生亚里士多德都认为，神是最高的形式，终极的完人，已经不需要通过爱来完善自己，所以"诸神并没有爱"，[⑥] "我们爱神，反过来，神却不爱我们"。[⑦]

在基督教神学的语境里，柏拉图的诸神、至善被转换为一神论的上帝，把人类本性中对善的追求转为对上帝的爱。耶稣基督把"爱"作为最

---

① http://www.guoxue.com/jibu/xiqu/%C4%B5%B5%A4%CD%A4/0001.htm。

② ［美］欧文·辛格著，高光杰等译：《爱的本性——从柏拉图到路德》（第1卷），昆明：云南人民出版社1992年版，第49页。

③ ［美］欧文·辛格著，高光杰等译：《爱的本性——从柏拉图到路德》（第1卷），昆明：云南人民出版社1992年版，第56、73页。

④ ［美］欧文·辛格著，高光杰等译：《爱的本性——从柏拉图到路德》（第1卷），昆明：云南人民出版社1992年版，第74页。

⑤ ［美］欧文·辛格著，高光杰等译：《爱的本性——从柏拉图到路德》（第1卷），昆明：云南人民出版社1992年版，第56~57页。

⑥ ［美］欧文·辛格著，高光杰等译：《爱的本性——从柏拉图到路德》（第1卷），昆明：云南人民出版社1992年版，第115页。

⑦ ［美］欧文·辛格著，高光杰等译：《爱的本性——从柏拉图到路德》（第1卷），昆明：云南人民出版社1992年版，第117页。

重要的诫命提出来：“你要尽心、尽性、尽意爱主——你的上帝。这是诫命中的第一，且是最大的。其次也相仿，就是要爱人如己。这两条诫命是律法和先知一切道理的总纲。”① 他用这两条诫命来接通相互隔离的天堂与尘世。不过，与柏拉图的无爱的神不同的是，爱的行为和爱的本质在基督教神学中是重合在一起的：“亲爱的弟兄，我们要彼此相爱，因为爱是从上帝来的。没有爱心的，就不会认识上帝，因为上帝就是爱。”② 这个上帝作为没有任何外在需要的完美善性，是新柏拉图主义式的向外流溢着的爱的实体。

在这个参照体系下，黑衣骑士对他的意中人的爱就并不是建立一种封建契约、封建式服从与被服从的关系那么简单了。黑衣骑士口中的意中人在美好与善性两方面都完美无缺，③ 所以才值得他如此孜孜以求。意中人出于怜悯他的苦心才接受黑衣骑士的爱情，而且也不贪恋他提供的爱情义务，也就是说，她对黑衣骑士并无所求，倒是在定情之后给予他很多有益的指引，这也超出了封建契约关系的范围，所以，说两人之间是崇拜与被崇拜的关系，并不过分。相应地，黑衣骑士带着“正直和崇敬”（1 262 ~ 1 263）的动机不是向意中人索取一种世俗的物质利益，在一定程度上可以说他是追求一种美好的善性，在这种追求中到达一种高贵的精神境界，而这才是个人价值的实现。此外还可以注意到，作品中从头到尾都在谈爱的情感，对于爱的物质层面如性、地位、财产等则只字未提。黑衣骑士赞美的意中人的美好价值也是体现在精神的层面上的。只有在这些意义上，黑衣骑士对意中人的服从、敬畏才使自己不至于沦为懦夫之举，因为“谦卑是通向上帝的桥梁”④，他是以此通向真正的善性，而傲慢才是对真爱的敌视。

因此，当黑衣骑士谈到爱可以决定其生死这个类宗教的观点时，不仅仅是在提出一种爱情至上论，也许它更主要的是提出一种关于存在价值的观念或者人生哲学，即追求一种类似于神性的不屈不挠的理想人生，而不

---

① 《新约·马太福音》22：37 ~ 39。另见《新约·马可福音》12：30 ~ 31。

② 《新约·约翰一书》4：8 ~ 9。

③ 下一节将详细论述意中人的品性。

④ ［美］欧文·辛格著，高光杰等译：《爱的本性——从柏拉图到路德》（第1卷），昆明：云南人民出版社 1992 年版，第 203 页。

是沉湎于肉欲之乐，苟且存活于物质世界的世俗人生：

神明爱万物，也准许万物体验爱情，
没有爱，任何生命都失去价值，
没有爱，任何生命都无法维持。①

## 第二节　理想女性形象与理想爱情模式

在本诗中，叙述者为我们展现了一名彬彬有礼、有文学才情、追求典雅的爱情的理想骑士形象。本诗中的另一个重要形象——黑衣骑士的意中人，在作品中经由黑衣骑士之口来转述描画。从黑衣骑士对她的无限崇拜来看，她反过来又说明了骑士心目中理想的女性观念。这两个形象是相互贯通和补充的。

黑衣骑士的意中人是一个由外形到灵魂都完美无缺的形象。她的外在形象光彩照人，无比美好，且能言善辩，活泼生动。她的内心具备各种美德，这些内在美德和美丽的外貌相得益彰，共同存在并显现于世俗世界里。骑士和意中人最终相恋、结为夫妻，不仅仅是两个美好形象和理想观念的简单相加，而是一种美与善结合在一起的质的飞跃，不仅超越了中世纪传统的“典雅爱情”、婚姻家庭观念，而且还提出一种关于爱情婚姻的新的理想图景。从更广泛的意义上来说，乔叟表现了自己对人性、人的发展所持有的乐观态度，描述了理想中的各种美德，展示了人与人之间一种美好的相互关系，指引着人类通过“爱”、贞洁、忠诚等道德规范，来提升、发展、实现人生幸福和人生价值。

作品中关于骑士的意中人的内容大致可分三个部分：形貌，德性，爱情婚姻中的表现。

---

① ［英］杰弗里·乔叟著，吴芬译：《特洛勒斯与克丽西德》，北京：中国对外翻译出版公司 1999 年版，第 135 页。

## 一、理想女性：美丽与品德不可分离

黑衣骑士偶遇一群美女，在人群中发现这位意中人并对她一见钟情，因为她是其中最出类拔萃的一位。黑衣骑士先对他的意中人作了一个总体上的述评：

I sawgh hyr daunce so comlily,
Carole and synge so swetely,
Laughe and pleye so womanly,
And loke so debonairly,
So goodly speke and so frendly,
That, certes, y trowe that evermor
Nas seyn so blysful a tresor.
我看她舞姿窈窕，
歌喉甜美，
欢笑玩乐起来足显女性之美，
她的容貌优雅，
言语妥当友善，
确实，我相信再也不会看到
第二位这样天赐的珍宝。(848～854)

黑衣骑士一口气归纳了舞姿、歌喉、玩乐、容貌、言语五项，他最后用“天赐的珍宝”来归纳时，说明了他以活泼、典雅、适中为美，这是一种较为冷静节制的评判标准，这种评判方式易于让传统的道德因素加入其中。

从第855～984行，骑士用130行诗对这位意中人从头到脚进行了一番饱含爱意的描述。他细致描述她的头发、眼睛、面容、言语（嘴）、颈部、皮肤、双肩、四臂、手（包括手指）、胸、背、臀的形貌，描述她游戏时的风采，细腻生动，真切动人。在诗人笔下，她的每一个部分都有各自独有的特征和内涵。例如，对头发的描述：

For every heer on hir hed,
Soth to seyne, hyt was not red,
Ne nouther yelowe, ne broun hit nas,
Me thoghte most lyk gold hyt was.
她头上的每一根头发,
说真的,不是红色,
也不是黄色,不是褐色,
我想最像真金的颜色。(855~858)

“gold”一词既指金黄的颜色,也含有行为高贵、善良的意思,所以这既有外表的高贵,也指品质上的非同凡响。

其后的36行诗与她的眼睛相关(859~894),是所有身体部位中花费笔墨最多的。诗中着重点明:

Hyt nas no countrefeted thyng;
Hyt was hir owne pure lokyng
That the goddesse, dame Nature,
And mad hem opene by mesure,
And close; for, were she never so glad,
Hyr lokynge was not foly sprad,
Ne wildely, thogh that she pleyde;
But ever, me thoght, hir eyen seyde,
'Be God, my wrathe ys al foryive!'
(她的眼睛里)没有丝毫虚假;
她的纯真的眼神
是那位自然女神,
使她的双眸适度张开,
再适度闭合。她也从不快乐得过头,
她的眼神既不愚笨,
也不轻率,即使是在游戏时;

我想，她的双眼似乎总是在说，
“上帝知道，我的罪过将得到宽恕！”（869～877）

这样适中自然、无可挑剔的眼神，能与“上帝知道，我的罪过将得到宽恕”联系在一起，这是值得关注的。托马斯·阿奎那（Thomas Aquinas，1224或1225—1274）认为，人在决定自己行为的意志选择中，偏离善自身，就会造成恶的结果，所以，最简单的方式是：“产生于上帝的存在就是善，而由人的意志产生的存在是恶。”[1] 眼睛是灵魂的窗口，自然女神令黑衣骑士的意中人遵循自然之道，即适中的原则，而自然的法则是上帝法则的一个部分，[2] 由此，她的灵魂是善的。

在黑衣骑士看来，与意中人的眼睛相关联、相匹配的，是她的鲜明生动的“爱”的行为。与她的眼神一样，她“爱”得自然纯真，既大方又有分寸：

To gete her love no ner nas he
That woned at hom，than he in Ynde；
The formest was alway behynde.
But goode folk，over al other，
She loved as man may do hys brother；
Of which love she was wonder large，
In skilful places that bere charge.
要想获得她的爱，未出家门一步的人
和远渡重洋到达印度的人，机会是一样的；
抢在最先的人经常落在后面。
可是，所有的人中间，只有好人，
她最喜爱，情同手足；
这样的爱，在适当的情况下，
她毫不吝啬。（888～894）

---

① 宋希仁：《西方伦理思想史》，北京：中国人民大学出版社2004年版，第142页。
② 关于自然法则与上帝的关系，下一节将有论述。

这一则行为方式来自于福音书中耶稣对门徒讲的关于葡萄园的比喻，意指神接纳人们进天国享受永生之福时，不分时间上的先后，[1]“然而，有许多在前的，将要在后；在后的，将要在前”[2]。意中人的爱人之心不分门第、远近，一视同仁，但她也不是不分良莠、不辨好歹。而是明辨善恶后才慷慨地付出自己的爱心。

在描述意中人的脸部容貌（visage）时，黑衣骑士感叹说她真是世间最美的女子，是创造万物的自然女神特别宠爱于她而精心打造的世间美丽的“首要模本”（chef patron/chief pattern）、“首要典范”（chef ensample/chief exemplar）和“模型”（moustre/pattern），令他这个凡人难以全面理解，并难以用尘世的语言准确表达出来（907～913），所以，他无法仔细地描述细节，只能诉诸听众的想象力了。而紧接着对这位世间最美丽的容颜的感叹是一段道德评估：

And yet moreover, though alle thoo
That ever livede were now alyve,
Ne sholde have founde to discryve
Yn al hir face a wikked sygne;
For hit was sad, symple, and benygne.
而且，即使世间过去的所有的生命
今天全都活着，
也不能在她的脸上
发现任何不道德的迹象；
她的脸上只有坚贞、质朴和仁慈。(914～918)

对美丽进行道德品评，是从古希腊时期柏拉图开始的美学传统。柏拉图在他的《理想国》中，以能否维护城邦正义为艺术作品好坏的标准，毫

---

① 《新约·马太福音》20：1～16。

② 《新约·马太福音》19：30，《新约·马可福音》10：31，《新约·路加福音》13：30。

不留情地批评他热爱的荷马，并把诗人们逐出城邦，只留下“颂神的和赞美好人的诗歌”。[①] 所以，鲍桑葵在《美学史》中把古希腊评判美的价值标准归结为三项原则，其中第一项就是道德主义原则，而形而上学原则和审美原则屈居其后。[②] 这种从道德的角度鉴定美与丑的传统为中世纪所接受，如托马斯·阿奎那说：“美与善是不可分割的，因为二者都以形式为基础；因此，人们通常把善的东西也称赞为美的。”[③] 在这个意义上，黑衣骑士所向往的理想的美是与善的一种结合，他认为最理想、最真实的美丽不与罪恶并存。由于自然女神是遵照上帝的旨意行动的，[④] 她不会依照上帝之道却制造出罪恶的作品，而黑衣骑士的意中人是自然女神创造的最理想最合规范的作品，因此，这位凡间女子兼有美与善的品质是合理的。

黑衣骑士的描述由面容转移到这位女郎的嘴部，在这个部位，他关注的不是嘴的形状之美，而是与内心世界相关的语言，离形而取神，连带地夸赞了她语言上的美德：她的声音甜美悦耳，语调友好，内容有根有据（实证），能建立在最完整的理论基础上进行论辩，并且挥洒自如地讲出优美流畅的句子，真诚可靠，公平正直，从不出口伤人等（919～938）。总之，她的语言在音质和音调方面令人愉悦，更重要的是，她精通修辞，擅长辩论，还能做到不滥用这些才华而保持高尚的情操，这是声音之美、语言能力、语言品质三者的结合，成为黑衣骑士心目中最理想的语言之美。

随后一直到第960行的27行诗，逐一描写了意中人由颈到臂的各个部位，最终的评价与前面是一致的：

> I knew on hir noon other lak
> That al hir lymmes nere pure sewynge
> In as fer as I had knowynge.

---

① 朱光潜：《西方美学史》（上卷），北京：人民文学出版社1979年版，第52～55页。

② ［英］鲍桑葵著，张今译：《美学史》，北京：商务印书馆1985年版，第26页。

③ 转引自朱光潜：《西方美学史》（上卷），北京：人民文学出版社1979年版，第131页。

④ 《百鸟议会》和《坎特伯雷故事》中明确宣布自然女神是上帝的代理人，详情请见下一节。

在我看来，她没有任何缺陷
四肢的比例几乎是完美对称
在我所知道的限度内。(958~960)

黑衣骑士对意中人外表的美丽介绍到这里为止，最后用比例上的完美作了一个小小的总结。可以看到，他理想中的外形上的美丽分为两个方面，其一是身体的每一个部分都完美无缺，其二是各个部分放在一起，不是简单的相加，而是有机组合，匀称般配，浑然一体。细节美和整体美必须同时兼有，并且暗含一种宇宙学意义上的和谐理念。这是中世纪重要的美学思想，如托马斯·阿奎那在他的《神学大全》中的简要述说：

美有三个因素。第一是一种完整或完美，凡是不完整的东西就是丑的；其次是适当的比例或和谐；第三是鲜明，所以着色鲜明的东西公认为美的。

人体美在于四肢五官的端正匀称，再加上鲜明的色泽。①

这是对古典时期的美学观念的继承和发扬。

从“我看她舞姿窈窕”(848)到第960行，黑衣骑士从头到脚无一遗漏地描绘和赞美了意中人的外形，这113行诗全都是对纪尧姆·德·马肖的法文诗《波希米亚王的公断》和《命运的治疗》的模仿。② 对意中人视觉上的美丽作细节上的逐一列举，这些列举中采用带有启发或暗示性的词语，是创作典雅爱情诗歌的作者们常用的手法，如前文所举意中人的金色头发带有的多重含义。除了马肖之外，克雷蒂安·德·特洛阿（Chrétien de Troyes，活跃于12世纪后半期）的《克里热》(*Cligès*，约作于1165年)、里尔的阿兰（Alan of Lille，1116—1202）的《自然怨》(*De Planctu Naturae*)和乔叟的朋友约翰·高文（John Gower，1330—1408）的《情人的忏悔》

---

① 转引自朱光潜：《西方美学史》（上卷），北京：人民文学出版社1979年版，第131页。

② G. L. Kittredge, Guillaume De Machaut and *The Book of the Duchess*, *PMLA*, 1915, Vol. 30, No. 1, p. 19.

(*Confessio Amantis*) 等都有类似的运用。[1] 所以，黑衣骑士(及诗人乔叟)关注的美丽必须是形神兼备的，让这种外形上的美丽与神学、哲学结合起来。

在社交娱乐场合中，他的意中人也是光芒四射的:

Therto she koude so wel pleye,
Whan that hir lyste, that I dar seye,
That she was lyk to torche bryght
That every man may take of lyght
Ynogh, and hyt hath never the lesse.
此外，当她乐意参与游戏时，
她能玩得如此愉快，我敢说，
就像是一支明亮的火炬
照亮四周的每一个人，
而她自己的光芒丝毫不减。(961 ~965)

如果她离开，全场将黯然失色，所以，黑衣骑士赞扬她是万人集会中最亮的一面明镜，是举世无双的“阿拉伯的孤凤”(982)。除了再次强调意中人是“天赐的珍宝”之外，她珍贵的重要原因之一是在公共场合中给其他人带来的活泼、明亮、温暖，她既愉悦了自己，又给其他人以美好的感受。

在基督教神学里，光明和温暖是上帝所造所赐(《新约·创世记》)，是上帝神性的体现。上帝在恩赐人类时，自己的能量不会有任何减少。如果说前文已经介绍了关于意中人的高贵与完美是神所赐，意中人只是模仿耶稣的方式宽厚待人，还没有彻底脱离凡人的范围，那么，这里的意中人则被黑衣骑士赋予了某种神性的色彩。这显现出中世纪后期，人类对自己的地位、价值、尊严的评估出现逐步上升的倾向:

---

① William George Dodd, *Courtly Love in Chaucer and Gower*, Boston: Ginn and Company, 1913, pp. 110 – 111.

> 11世纪末以后，越来越多的人认为，宇宙是宏大而有秩序的体系，上帝在创造万物时把他的理性和智慧贯穿于每个环节，人在这庞大的体系中占据中心地位。从而人们认识到上帝创造的宇宙是有秩序、有规律的，而人在整个宇宙中的地位处在自然万物与上帝之间相互沟通的中心环节。……人之所以居于宇宙的中心地位是由于人与上帝有着亲族关系，并具有上帝的某些特征。因此，人在自然界中高于万物及其任何动物并能与上帝形成某种默契。①

在本诗中，上帝没有作为人类高不可攀的参照物出现，诗中只谈人类的优良之处，人类与神的相似相通，不谈人类的缺陷不足和与神的差异割裂方面。所以，意中人光明和温暖的能量是人类现世生命力的焕发。

到此为止，可以看到黑衣骑士的意中人是一个美与善的结合体。她的头发显示其高贵，眼睛表明其爱的品质，容颜堪称美的模本，语言雄辩且公正，四肢和谐匀称，她能把自己的美与善散发出来，照亮四周。她既是一个完美的基督教信徒，又是一个完美无缺的有理性的人。这种十全十美的凡人的观念，不同于此前基督教神学对于“人”的概念的界定。在圣奥古斯丁（St. Augustine，354—430）的思想中，上帝予人的都是善的，但人类因为自己的始祖亚当和夏娃犯了“原罪”，所以失去了善的本性：

> 他们还能够靠自己的善行获救吗？自然不能。人既已灭亡，那么除了从灭亡中被救出来以外，他还能行什么善呢？他能够由意志自行决定善吗？我还说不能。事实上，正因为人用自由意志作恶，才使自己和自由意志一起毁灭了。一个人自然是在当他活着的时候自杀；当他已经自杀而死，自然不能自然恢复生命。同时，一个人既已用自由意志犯罪，为罪恶所征服，他就丧失了意志的自由。②

比奥古斯丁晚了九百年的托马斯·阿奎那尽管给予了人类的自由意志、人类在此世的善行以更高的地位，但他仍然不敢否定这位先哲的权威

---

① 倪世光：《西欧中世纪人本思潮的产生及其表现》，《东北师大学报》1994第1期，第37~38页。

② 转引自宋希仁：《西方伦理思想史》，北京：中国人民大学出版社2004年版，第134页。

定论。“原罪”仍然存在，凡人不可能在外形和品德上是十全十美的。

在古典时期虽然有众多英雄豪杰、美女贞妇，他们甚至于敢与诸神角力，但当时的人们认为，这是因为他/她们具有神的血统，或者本身就是神灵。黑衣骑士的意中人不是一个古典世界中幻想的角色。关于骑士意中人这种理想之人的观念，只有文艺复兴时期的人文主义思潮才充分发挥出来，如意大利的人文主义者皮科·德拉·米朗多拉（Pico della Mirandola）在1487年发表的著名演讲“论人的尊严”中认为人在现实生活中处于中心的地位，“人是自己的主人……人就是一切，因为人可以成为一切……人和上帝的形象有相似之处正是在于：人是动因、是自由、是行动，也是自身行为的结果”。[①] 因此，人具有理性、自由意志，人和上帝息息相通，甚至可以说人与上帝“同形同性”，人的现实活动是决定人的价值的唯一尺度。不仅如此，皮科在夸赞菲奇诺的门徒乔瓦尼·纳西（Giovanni Nesi）时还强调了“爱”在使人获得这种价值和尊严时的重要作用：

> 你像永恒的上帝，……你的形象是如此完美，你所代表的榜样是如此有效，你更多是作为爱的象征而不是理论的象征，你越是表现为爱而不是沉思的时候，你的形象就越发光彩夺目。你爱人的时候，而不是你被人认识的时候更为人所爱，因为被你爱的人也会爱你。[②]

在这个意义上，由黑衣骑士的意中人身上体现出来的美与善的理想，已经超出了基督教神学的范围。

接下来的诗行中，黑衣骑士彻底转入了对意中人的道德品评中。最先提到的是“善良”（godnesse/goodness），黑衣骑士认为在这一点上，意中人甚至超过了《圣经》中以德行著称的以斯帖：

> She had a wyt so general,
> So hool enclyned to alle goode,

① ［意大利］E. 加林著，李玉成译：《意大利人文主义》，北京：生活·读书·新知三联书店1998年版，第102页。

② ［意大利］E. 加林著，李玉成译：《意大利人文主义》，北京：生活·读书·新知三联书店1998年版，第103页。

That al hir wyt was set, by the rode,
Withoute malyce, upon gladnesse;
And therto I saugh never yet a lesse
Harmful than she was in doynge.
她的心地宽广,
一心向往所有的善,
以十字架为誓,在她的头脑中,
没有任何邪念,却处处在快乐的基础上从善如流;
还有,在她的言语行为中
我从未见过比她更加与人为善的人。(990~995)

黑衣骑士补充说,她不是因为无知、不知罪恶才有这样的德行,相反,她通晓罪恶却始终保持这种美德,而正是这样才能称得上是真正的美德。这种善良的品德除了从思维到行动都表现为绝对的纯正之外,它明确说明:虽然上帝俯视一切、向人类颁布道德命令,但意中人是自知、自觉地践行这些道德命令的。她的一切行为符合她自己的自由意志,她与这些道德命令相通相融,她就是这些命令的现实代表,是所有这些道德行为的主体和中心。因此,这些现实世界中的道德行为的过程和结果都达到了十足的良善,并且与快乐同行,既完满地实践了德行,又得到了全部的幸福满足感。

其次是真诚(trouthe/truth)之德,黑衣骑士发誓说:她完全具备这一品行,甚至可以说是真诚自身选中她作为它的安身之处:

Therto she hadde the moste grace,
To have stedefast perseveraunce,
And esy, atempre governaunce,
That ever I knew or wyste yit,
So pure suffraunt was hir wyt.
And reson gladly she understood;
Hyt folowed wel she koude good.
She used gladly to do wel;

These were hir maners everydel.
在这里，她得到上帝最大的恩惠，
拥有坚定不移的意志，
和从容中正的自制能力，
我迄今为止所知道的，
最完备的坚忍力量，就在她的头脑里。
她还乐于去了解各种学问道理；
这使她能很好地领悟何者为善。
她向来把这些都高高兴兴地做得很好；
她的每一个最细微的举动都是如此。(1 006 ~1 014)

从词义上来看，“中古英语‘trouthe’一词可以理解为‘loyalty’（忠诚）。对骑士而言，包括对领主、对朋友和对情人的忠诚；对贵妇而言，则通常指对爱情的忠诚。同时，‘trouthe’也有‘integrity’之意，指正直、诚实、诚恳等品质。在对布兰希的描写中，甚至还可以感受到‘trouthe’也指像《学士的故事》中格里泽尔达那样的一种克制、坚韧的人生态度。她赞成正直公道，从不委屈他人，也珍惜自己的令名”①。这一段引文在这个基础上进一步强调了真诚的德性也融入了这位女子的本性之中，成为一种持久的品质。因为肯定美德的价值，她能够为了追随于它而不屈不挠地忍受一切苦痛，并用足够的控制力保证自己为了实现美德而忍受到底。这是强调她的主观意志力量的完满。但她不是简单地为了美德本身而忍受，她也孜孜不倦地学习和思考，目的在于能更准确更有效地理解、实现美德，并形成她向善的品格。

真诚（或译“诚实”）是一种态度，“它把真理看成一种价值，这种价值能要求人们从各方面来尊敬它”，这种要求之一是“随时准备着无条件地施行自己所认识到的真理”。② 在基督教伦理学中，由于上帝的法则和

① 刘进：《乔叟梦幻诗研究：权威与经验之对话》，北京：社会科学文献出版社2011年版，第206页。

② ［德］卡尔·白舍客著，静也等译：《基督宗教伦理学》（第二卷），上海：三联书店2002年版，第395页。

圣言是真理，因此接受、遵守、坚持它们的人就被称为真诚。[1] 所以，这种真诚包含两个方面的内容，一方面是服从上帝的神圣诫令，另一方面，是尊重现实世界中的客观规律和正义的道德原则。诗中黑衣骑士的意中人既学习现实中的“各种学问道理”，用理性的方式去实现真诚的美德，同时这一美德被视为她得到的“上帝最大的恩惠”，两者并没有矛盾。她的“真诚”是一种神圣的诫令在现实世界中的实现，是人在尘世生活中体现出来的坚韧不拔的精神和巨大的求知欲望，是人性之美的又一体现。

最后是“公正”（ryght/right）：

Therwith she loved so wel ryght,
She wrong do wolde to no wyght.
No wyght myghte do hir noo shame,
She loved so wel hir owne name.
除此之外，她非常喜爱公正，
她从不错待一个人。
没有人能羞辱她，
她最珍惜自己的名誉。（1 015 ~1 018）

她从不用假言假语来对待老实人，不故意含混其辞令人无所适从，更不会为了炫耀自己的美名而乱发命令，驱使别人徒劳地为她遭受苦累。这补充说明了她遵从公正、维护自己美名的方式。

在这里，公正（right）和名誉（name）联系在了一起。名誉是社会对个人的舆论评价，包括道德评价。把黑衣骑士的意中人与中世纪传统的“典雅爱情”故事中的女性相对照，不难发现，同样是爱情题材，“典雅爱情”中骑士与其追求的贵妇之间的地位是不平等的，骑士心甘情愿地服从于贵妇的支配，四处劳碌奔波，比武战斗，建功立业，目的是证明他对贵妇的爱，以及为他的贵妇增添荣誉，而贵妇往往是骄傲的、高高在上的、

---

① ［德］卡尔·白舍客著，静也等译：《基督宗教伦理学》（第二卷），上海：三联书店 2002 年版，第 393 页。

冷漠的。[①] 本诗中，这位也被骑士倾心爱慕的女子不是靠别人的行动来建立自己的名誉，她的方式是遵从“公正”之德，通过自己的一言一行实实在在地把自己的名誉建立和维护起来，充满着平等意识。而且，她没有因为已经拥有的好名誉而沾沾自喜，而是采取与“公正”相伴的珍惜的态度，足见她的冷静理智，足见她不追求不符合实际的虚名假誉。这种强调知识、理性、独立自持的特点的女性形象，带有现代启蒙的色彩。

骑士倾慕他的意中人很长时间，而她却毫不知情，当骑士向她表白爱意并立誓终生爱慕时，她没有沾沾自喜，而是完全不当一回事，毫不留情地拒绝了。她在骑士向她表白之前不知道骑士对她的情意，表明她不主动关注和追求男女情爱，证明了她贞洁的本性。在黑衣骑士对她的描述中，没有发现她向异性卖弄风情、举止轻浮的一面。她拒绝骑士的原因，也正是这种贞洁所致，她不因几句看上去诚恳的话而被打动，相反，她看中的是事情的真相。因此，当一年后骑士再次表白时，她因为已知晓骑士内心的苦痛和真情，而不再冷漠无情地继续拒绝，也没有故意让骑士遭受更多的磨难，以此来炫耀她的魅力，而是展现出仁慈的品性，以真诚的爱来回报黑衣骑士。这与前面黑衣骑士陈述的其他德性是相通的。

## 二、理想爱情：与婚姻完美结合

在前文中已经提出，骑士与他的意中人是互为补充的一对理想人物，但两人的爱情故事是属于中世纪“典雅爱情”（Courtly Love）还是属于传统的婚姻家庭关系，或者两者都不是，是评判其爱情的适用范围、历史阶段必须明了的。以下分别论述黑衣骑士的爱情与中世纪的“典雅爱情”、中世纪传统的婚姻观的异同，寻找诗人心目中实现理想的爱情与婚姻关系的具体途径。[②]

### （一）与中世纪“典雅爱情”的比较

从题材本身来看，黑衣骑士对叙述者讲述的是一个典型的骑士爱情故

---

① 参见朱伟奇：《中世纪骑士精神》，西安：陕西人民出版社 2004 年版，第 241 ~243 页；赵立行：《中世纪西欧骑士的典雅爱情》，《世界历史》2001 年第 4 期，第 78 页；等等。

② 这一部分已独立成文，发表于《世界文学研究论坛》2013 年第 3 期。

事，诗中的爱情场景与中世纪“典雅爱情”传统有两个方面是相同的：

第一，在“典雅爱情”传统中，骑士对他的意中人的崇拜“类似于一种半宗教性质的，近乎对女神的崇拜。骑士看待妇女，往往把她们理想化，‘似乎深居在灰色城堡内的女人掌握着她们走向天堂的钥匙’”，[①] 如诗人但丁献给他暗恋的贝阿特丽采的诗歌《新生集》，并让她在《神曲》中扮演天堂引路人的角色。本诗中的骑士视意中人为最完美的典范，而不敢有丝毫亵渎的念头，长时间暗恋，诉衷情遭拒绝时悲伤欲死，后获认可后又仿佛重生，当意中人去世后又万念俱灰，这种把妇女理想化的观念与传统观是一致的。

第二，中世纪“典雅爱情”传统中有一个特殊的仪式：

骑士跪下来，把双手紧握放在他的女士手中；随后，在证人及圣物面前，宣誓他将忠诚地为她尽忠，直到死亡，捍卫她的名誉，保卫她免受所有恶意的攻击。这位女士接受了骑士的忠诚宣誓后，答应给予他最温柔的感情，并把一枚戒指戴在他手上，然后吻一下，扶他站起来。这样，骑士对其女士的忠诚就如同附庸对其领主的忠诚一样，包括听从贵妇的命令，冒一切的危险和受一切的折磨。[②]

本诗中有一段骑士对意中人的表白：

我全心全意地恳求她
答应做我的意中人；
并且立誓，全心全意地热爱她，
对她永远坚定和忠诚，
永远与初恋时同样新鲜地爱她，
决不移情别恋，
还一定尽我所能，维护她的荣名；
我向她立誓：

① 赵立行：《中世纪西欧骑士的典雅爱情》，《世界历史》2001 年第 4 期，第 81 页。
② 赵立行：《中世纪西欧骑士的典雅爱情》，《世界历史》2001 年第 4 期，第 79 页。

“我的一切都已全部呈献于此
并将永远如此，我甜蜜的心！
我决不会欺骗于你，除非为梦幻所迷，
我决不会这样，愿明眼的上帝助我！”（1 224～1 235）①

他表白的主要内容也是忠诚于爱情并捍卫意中人的名誉，和前面骑士的传统誓词相同。而他的意中人后来对骑士的允诺，也是赠戒指。诗中虽然没有按部就班地写整个求爱的过程，但和中世纪“典雅爱情”的特殊仪式大同小异。

但是，诗中描写的爱情同“典雅爱情”又不尽相同，这主要表现在两个方面：

其一，传统的“典雅爱情”中，“骑士所追求的对象一般都是已经结了婚的贵妇人，这种爱情的追求有破坏婚姻的通奸之嫌。更重要的是，典雅爱情所追求的最终结果并不是缔结姻缘。按照典雅爱情的观念，灵魂间的交往要比肉欲的交往强上一千倍”②。有意思的是，《公爵夫人之书》中也没有直接说明骑士是否和意中人结为夫妻，③ 甚至从未说明骑士在求爱的过程中他的意中人是已婚状态还是未婚身份。除此之外，他们各自的社会地位，相关的如婚姻方面的法律契约、利益往来等，全被搁置不提，全诗关于两人关系的所有叙述都只与爱情有关。但诗中对他们的关系还是有所暗示。例如，黑衣骑士称他的意中人在优秀和高贵方面可与著名的珀涅罗珀和鲁克丽丝相媲美，除了此二人外，再没有其他人可与他的意中人相比（1 080～1 087）。珀涅罗珀是荷马史诗中希腊英雄奥德修斯的妻子，她在奥德修斯离家20年期间坚守贞洁，等待丈夫归来。鲁克丽丝是古罗马传

---

① 这几行诗的英文在前面已经引用，因此不再重复。后面的引文也是如此，不另注明。

② 赵立行：《中世纪西欧骑士的典雅爱情》，《世界历史》2001年第4期，第78页。

③ 方重先生在他的译文中把第1 287至1 288行译为“她总是以诚相见，我俩永享着新婚的欢爱”（［英］杰弗里·乔叟著，方重译：《乔叟文集》，上海：上海译文出版社1979年版，第26页）。此处的“新婚”在原诗中为“newe/new”，意为“fresh”，没有直接指向婚姻，为方先生意译。

说中的人物，因被王子塔昆污辱而自杀。[1] 这两位女性被歌颂的原因都在于身为妻子对丈夫忠贞不贰。黑衣骑士既然谈到他的意中人的优点与她们相同，由此可以排除婚外情爱。同时，如果说诗人是用古希腊罗马贞妇的典范来类同于未婚女子用情专一的现象，有些牵强，逻辑上也不合。此外，骑士与意中人的现实原型是约翰公爵与他的妻子布兰希。因此，我们可以推断，诗中的黑衣骑士与他的意中人最终结为眷属，这种爱情关系进入了婚姻生活的范围。

其二，中世纪传统中，“11、12 世纪，上层社会流行着这么一种观念：爱情是一种可以由当事人随便赠给别人的礼物，而婚姻则是一种契约，因此，后者没有个人意愿可言”。[2] 这主要是因为中世纪的婚姻往往是出于财产、权力的保护或者扩张，一位财产、爵位继承人往往在童年时期就由长辈安排订下婚约，或者婚姻中的男女双方年龄差距非常大，这种情况在上流社会尤其普遍。如英国国王理查二世与法兰西的伊莎贝拉结婚，此时伊莎贝拉年方 7 岁，而理查二世已经 30 岁了，[3] 这种婚姻很难产生爱情。所以，中世纪人由此推理出爱情不可能存在于婚姻中的观点。相应地，“根据典雅爱情的法则，婚姻和爱情根本就是两回事，婚姻的缔结就意味着爱情的结束”。[4] 正如婚姻不是爱情的圆满收场一样，爱情也不是婚姻的连续和升华，两者是一种对立的关系。本诗中，“这位骑士和妻子之间的爱情

---

① 乔叟后来在《贞女传奇》中对鲁克丽丝的故事有详细介绍。

② 赵立行：《中世纪西欧骑士的典雅爱情》，《世界历史》2001 年第 4 期，第 81～82 页。

③ Gillian Rudd, *The Complete Critical Guide to Geoffrey Chaucer*, London; New York: Routledge, 2001, p. 33.

④ 赵立行：《中世纪西欧骑士的典雅爱情》，《世界历史》2001 年第 4 期，第 82 页。另注：一个有趣的例子可以很好地说明这种爱情婚姻观念：一位骑士向爱情法庭上诉，说他的情人有了一位新情夫，这位女士曾向这位上诉人许诺过，如果她失去新情夫，就会立即回到他身边。这位骑士接受了这种冷遇。他向爱情法庭要求：应该宣布这位女士已经失去了新情夫，因为他们已经结婚。法国的王后判决了此案，决定支持这位骑士。她说，很明显，他们结婚以后，这位女士就失去了她的情人，因为爱情不可能在婚姻中继续。按照王后的意见，这位女士现在应遵守她的诺言，去爱这位骑士。（赵立行：《中世纪西欧骑士的典雅爱情》，《世界历史》2001 年第 4 期，第 82 页。）虽然爱情法庭本身只是在贵族阶层中流行的一种休闲游戏，没有现实法律意义，但由此也可以窥见在当时贵族社会的观念中，爱情与婚姻的关系是对立的。

超出了典雅爱情的范围，也超出了他对她在性爱方面的忠诚。他们之间的相互尊重导致了心灵的结合，也尽可能地导致了爱情的伴侣关系。”①

由上所述，诗中骑士的爱情跨越了典雅爱情与世俗婚姻之间的鸿沟，而且表现为以典雅爱情为起点和程式，它的终点落实到了婚姻，同时又没有与爱情断裂开来。

**（二）与中世纪传统婚姻观的比较**

中世纪传统的婚姻观可分为教会与世俗两类。早期的教会否定婚姻的价值，“保罗允许人们结婚，但认为结婚是对肉体软弱性的退让，‘倘若自己禁止不住，就可以嫁娶。与其欲火攻心，不如嫁娶为妙’。（《新约·哥林多前书》7：9）婚姻当然好过通奸和淫乱，但它本身毫无价值”②。婚姻阻碍人们忠诚地追随上帝，这是人性的一个弱点的体现，神学家们无法禁止人们的欲望，只能退而求其次地承认婚姻的合理性。在这个基础上，保罗也承认爱情与婚姻相通，夫妻双方有相爱的义务，但这种相爱是不平等的，婚姻的前提是男人是女人的上帝和主人，“丈夫也当照样爱妻子，如同爱自己的身子；爱妻子便是爱自己了”。③“你们做妻子的，当顺服自己的丈夫，如同顺服主；因为丈夫是妻子的头，如同基督是教会的头，他又是教会全体的救主。”④ 8世纪之后，教会把婚姻关系描绘成基督和教会的关系，承认婚姻是合法的，并把婚姻中的男女相爱的义务加入教义中，同时重弹使徒保罗的老调子，认为妇女是上帝为了男人而创造的，男人处于优越和主宰地位。此外，由于神学家们和教会法学家们认可的婚姻之爱与性爱无关，而妇女往往被视为肉体，与男人被视为精神相对应，是诱惑男人沉溺于肉欲之罪的根源。所以，虽然基督教神学中对婚姻与爱情关系有某种肯定，但总体上来说，婚姻、女性容易引起人对世俗生活享乐的向

---

① ［英］安德鲁·桑德斯著，高万隆等译：《牛津简明英国文学史》（上），北京：人民文学出版社2000年版，第62页。

② ［以色列］苏拉密斯·萨哈著，林英译：《第四等级——中世纪欧洲妇女史》，广州：广东人民出版社2003年版，第70页。

③ 《新约·以弗所书》5：28。

④ 《新约·以弗所书》5：22～23。

往，因此，总是受到谴责。①

在世俗文学中，把婚姻视为幸福的源泉或爱情的结合的作品非常少。在这些为数不多的作品中，如法兰西南部的游吟诗人就曾提出婚姻应建立在爱情的基础上的观点。有一位“巴黎的好人（Parisian Goodman）”编写了一本妇女指南，是他写给自己妻子看的书，理想的婚姻在书中被描述为男女伴侣关系和爱情的结合，“相爱和相互履行义务成为他们幸福和快乐的源泉，为他们带来共同的乐趣”。但是，“尽管有这些情意绵绵的描写，作者在另一章却毫不犹豫地将妻子对丈夫的忠诚和顺从比作狗对主人的忠实”。② 中世纪的家庭是以男性为中心组成的，男女地位不平等是普遍现象，所以，这种理想的婚姻关系仍然带有这种根深蒂固的观念。而世俗文学中还有一派谴责婚姻关系的观点，并且成为文学作品中一种固定的模式，“贬低婚姻始终和中伤妇女如影随形”。③ 在中世纪常见的市民文学故事诗中，“婚姻受到冷嘲热讽，给男人带来痛苦……在这类文学作品中，妇女的个性在把婚姻变成地狱的过程中起着重要的作用……大多数故事诗中的已婚妇女独断专行、糊弄丈夫、爱吵闹、欲壑难平、招蜂引蝶、漫不经心、妒忌”，乔叟后期创作的《坎特伯雷故事》中巴斯妇人是这种典型形象。④

中世纪还有贬低婚姻但没有谴责妇女的特殊例子，这来自阿伯拉尔和爱洛伊斯这一对著名的情人，他们从哲学的角度探讨婚姻，爱洛伊斯的观点与典雅爱情相近，认为婚姻导致的家庭生活会打扰哲学家的思考，但“她反对的只是婚姻，不是彼此相爱。继续相爱比结婚更好”。⑤ 阿伯拉尔则从神学的角度肯定了爱洛伊斯的观点，认为婚姻把男人束缚于尘世，无

① ［以色列］苏拉密斯·萨哈著，林英译：《第四等级——中世纪欧洲妇女史》，广州：广东人民出版社 2003 年版，第 70 ~ 75 页。

② ［以色列］苏拉密斯·萨哈著，林英译：《第四等级——中世纪欧洲妇女史》，广州：广东人民出版社 2003 年版，第 78 ~ 79 页。

③ ［以色列］苏拉密斯·萨哈著，林英译：《第四等级——中世纪欧洲妇女史》，广州：广东人民出版社 2003 年版，第 80 页。

④ ［以色列］苏拉密斯·萨哈著，林英译：《第四等级——中世纪欧洲妇女史》，广州：广东人民出版社 2003 年版，第 83 ~ 84 页。

⑤ ［以色列］苏拉密斯·萨哈著，林英译：《第四等级——中世纪欧洲妇女史》，广州：广东人民出版社 2003 年版，第 82 页。

法通向上帝。[①] 前文已经提及典雅爱情中的婚姻观，认为爱情与婚姻不能兼而得之，严格说来，“拥护优雅爱情的人们承认夫妻间也可以存在某种程度的爱情，不过这种爱以夫妇相互的义务为前提，优雅爱情则建立在骑士的荣誉感之上”。[②] 所以，世俗文学分为肯定婚姻和否定婚姻两类观点。肯定婚姻的作品中，男女关系建立在不平等的基础上。否定婚姻的观点又分谴责妇女和不谴责妇女两种，认为婚姻让恶女人的恶行得逞，使人不能提高神学境界，婚姻中的义务对人造成约束，其中发生的爱情具有世俗物质动机和目的，不是纯粹的精神之爱。

因此，中世纪传统的宗教和世俗的婚姻观大体上是接近的，都更多地强调婚姻和爱情相龃龉之处。因为婚姻与世俗物质利益、肉欲等的联系，人们对婚姻主要持否定态度。其中对婚姻中的男女形象的论述中，大部分是批判女性的，甚至典雅爱情中极力讴歌的女性，以及她被其爱慕者膜拜的部分都与婚姻无关。这与《红楼梦》中贾宝玉对未嫁女子和已婚妇女的评语有些相似：“奇怪，奇怪，怎么这些人只一嫁了汉子，染了男人的气味，就这样混帐起来，比男人更可杀了！”[③]

《公爵夫人之书》中对婚姻生活的描写与基督教传统相同之处是，都侧重爱情婚姻中的精神层面，完全没有与性（或肉欲）有关的描写；与世俗文学中肯定婚姻伴侣关系和爱情统一这派观点相同，认为婚姻是幸福快乐的源泉。

与传统的不同之处是诗中完全肯定婚姻的价值，它既是人生的幸福归宿，又能和爱情一道提高人的精神境界。这里的爱情和婚姻完全一致又相辅相成，强调在爱情的基础上建立理想的婚姻关系，同时又让婚姻中的女性不丧失典雅爱情中的女性的完美、高贵，也就是说，对典雅爱情中的女性形象和世俗文学中赞美婚姻的观念兼收并蓄。此外，诗中黑衣骑士的意中人/妻子在婚后生活中与丈夫平等相处，不卑不亢，能自觉有效地使夫妻之间保持足够的和谐美满，超越了中世纪传统的宗教神学和世俗文学的

① ［以色列］苏拉密斯·萨哈著，林英译：《第四等级——中世纪欧洲妇女史》，广州：广东人民出版社 2003 年版，第 83 页。

② ［以色列］苏拉密斯·萨哈著，林英译：《第四等级——中世纪欧洲妇女史》，广州：广东人民出版社 2003 年版，第 88 页。

③ 曹雪芹、高鹗：《红楼梦》，北京：中华书局 2009 年版，第 527 页。

女性观念。

### （三）理想爱情与幸福婚姻的融合

从《公爵夫人之书》所述的爱情故事的现实原型来看，骑士意中人的原型布兰希是当时英格兰显赫的兰开斯特公爵亨利的女儿，她为自己的丈夫、爱德华三世的第三子约翰带来了巨大的地产和爵位，约翰由此一跃成为英格兰最富有的人。[①] 双方是出于各取所需才联系在一起的（布兰希的财富和约翰的王族身份），但最终成为一桩有爱情的婚姻（“love-match”），而且，在布兰希死后，约翰一直对她念念不忘，临死前还叮嘱将自己埋葬在布兰希的墓边。[②] 诗人乔叟可能由此看到了某种理想的状态，即爱情与婚姻相结合，既满足了个人对爱情幸福的追求，也恪守了道德原则和社会责任，使这种美好的情感能够在现实生活中落到实处。

在诗中，黑衣骑士的爱情开始于忠诚地服侍爱神，其后，对他的意中人一见钟情。这种前后关系赋予这一桩情事以神圣指引的意味，而不是现实利益的驱动所致。“在骑士对‘爱人’的描述（817～1 041）中，乔叟严格地遵循宫廷爱情文学中理想的‘贵妇’形象。他借鉴了马肖《波希米亚王的公断》和《命运的治疗》中对女士的描写，不仅从头到脚非常细致地描写了她的外貌，更强调她的性情、德行和气质。她善良、不矫揉造作、乐观、高雅、理性、平和、克制。总之，她就是集美貌、德行、高贵为一身的完美无瑕的化身。”[③] 这两百余行诗读起来未免有些琐碎，但换个角度来看，则显现了骑士的爱慕之深，这种爱慕把他推到了胆小的程度，只敢把满腹相思之情倾诉于笔端，整日撰写情歌。在痛苦的逼迫下，他尝试表白情意，遭到拒绝后，受挫的骑士没有减少他的爱慕之情，一年后，意中人终于理解到他的一番真情，两人终成眷属。

关于骑士爱情的叙述（758～1 297）是本诗的核心部分，基本上是按照专属于骑士阶层的典雅爱情程式进行的。但如果去掉其中的阶级外衣，骑士尽力体现出的是对完美形体和高贵品行的赞美与追随，没有任何粗暴

---

① Derek Pearsall, *The Life of Geoffrey Chaucer: A Critical Biography*, Oxford: Blackwell Publishers, 1992, p. 56.

② Derek Brewer, *An Introduction to Chaucer*, London: Longman, 1984, p. 56.

③ 刘进：《乔叟梦幻诗研究：权威与经验之对话》，《外国文学研究》2005 年第 6 期，第 110 页。

与强取豪夺的行径，符合“只有高雅的人（courteous）才懂爱情，也正是爱情使他们高雅”。[①] 相应地，意中人接受的是：

我［注：骑士］只渴望德行
和荣誉，全力保卫她的荣名
免受污损，
勤勉于为她效劳；
而且我如果没有犯下任何过失却忧伤至死，
实在是令人遗憾。（1 262～1 267）

这是仁爱之心与理性把握后的决定。双方都没有表现出任何关于肉体欲望和功利目的等方面的倾向。也就是说，他们的爱情摆脱了物质利益的束缚，通向纯粹的精神层面。

但这并不意味着这种爱情与物质世界断裂开来，而是让高贵的精神境界为他们带来幸福的婚姻生活。在骑士心目中，意中人是如此完美，以至于他自惭形秽，自愿接受她的任何支配。但意中人却从未如暴君般任意行使这个权力：

Whan I had wrong and she the ryght,
She wolde alway so goodly
Foryeve me so debonairly.
In al my yowthe, in al chaunce,
She took me in hir governaunce.
Therwyth she was alway so trewe,
Our joye was ever ylyche newe;
Oure hertes wern so evene a payre,
That never nas that oon contrayre
To that other, for no woo.

---

① C. S. Lewis, *The Allegory of Love*: *A Study in Medieval Tradition*, Oxford: Oxford University Press, 1985, p. 2.

For sothe, ylyche they suffred thoo
Oo blysse, and eke oo sorwe bothe;
Ylyche they were bothe glad and wrothe;
Al was us oon, withoute were.
当我犯了过错而她是正确的时,
她总是恰如其分地
宽恕我,非常温和。
在我的尚未成熟的青年时期,在一切情况下,
她都是对我严加督导。
她总是以诚相见,
我们的快乐一直如刚相恋时新鲜;
我们心心相印,
从未有对立矛盾,
没有愁烦。
确实,就像它们(两颗心)是
经历着同一个幸福和同一个悲伤;
它们同样快乐同样愤怒;
我们结合在一起,从未有过争吵。(1 282 ~1 295)

尽管在这个爱情故事中,女性依靠一种间接的方式才能描绘出来,但"诗中布兰希的形象给人留下的印象大体上是明亮、丰富、活泼,在某种程度上是个人的",[①] 因为"在乔叟对布兰希的生动描写中,典型的宫廷的(courtly)和传统的品质与更为普遍的人的特征混合在一起,宫廷传统中被强烈地理想化了的形象,以及其刻板、做作的描写被修改、柔化。而且,通过运用更为生动多样化的语言,放弃直接的和个人的描绘以造成略为含蓄的风格,这种传统的理想也被'人性化'了"。[②] 这种被修改和柔化了的女性形象很自然地从高高在上的被男性膜拜的位置上走了下来,被绝对化

① Wolfgang Clemen, *Chaucer's Early Poetry*, trans. C. A. M. Sym, London: Methuen, 1968, p. 54.

② Wolfgang Clemen, *Chaucer's Early Poetry*, trans. C. A. M. Sym, London: Methuen, 1968, p. 56.

和纯粹化的典雅爱情传统也因此毫不牵强地与现实的婚姻生活发生关联。

这种关系在《坎特伯雷故事》的“平民地主的故事”中有更为详细的补充，故事中骑士阿维拉古斯与道丽甘结为夫妻后，双方在爱情和婚姻中的地位既复杂又明了：

这里可看到和谐、谦让和明智，
妻子得到了她的仆人和主子，
这是爱情中的仆，婚姻中的主；
而丈夫则既有权威又受束缚，
受束缚？不，他是一家的主宰，
因为他已赢得心上人、赢得爱；
这是他的忠实的情人和妻子，
这种关系与爱情的法则一致。①

女性既是情人又是妻子，男性既是仆人又是主子。与之相近还有《坎特伯雷故事》中骑士讲的故事的结尾部分：希腊武士帕拉蒙历尽艰辛与艾米莉成婚后的生活。而《坎特伯雷故事》中诗人作为讲故事人讲的两个故事中，后一个“梅利别斯的故事”里的妻子普鲁登丝对丈夫梅列别斯循循善诱，帮助丈夫提高解决难题的能力。这三个故事与《公爵夫人之书》共同展现了诗人关于爱情与婚姻关系的思考：完美的爱情带来幸福的婚姻，婚姻幸福的途径在于男女之间的地位平等，女性除了传统所要求的贞洁忠诚外，还可以因其智慧才干而扮演引导者的角色。

总之，《公爵夫人之书》肯定了爱情和婚姻都是值得追求的人生理想，两者的结合既实现了宗教的“爱”的诫令，宣扬了基督教家庭婚姻道德观，又与中世纪晚期世俗贵族追求的理想情感不谋而合。人们在尘世的领域内实现了精神上的高度追求和完善，基督教神学诫令和世俗人文主义理想毫无芥蒂地组合在一起，两位主人公的形象和活动既具宗教性又具世俗性等，这些都体现了一种兼收并蓄的态度。这首诗在人物形象塑造的方式

---

① ［英］杰弗里·乔叟著，黄杲炘译：《坎特伯雷故事》，南京：译林出版社1998年版，第720～721页。

方法及与之相关的命题中包含的道德观念等方面都具有一定的时代性和普遍性，也就是说，打通宗教和世俗的旧有的框架和界线，让它们在现实世界中贯通起来，这是文艺复兴运动早期人文主义者常有的态度。

## 第三节　自然的本质

《公爵夫人之书》中男女主人公显示了诗人对于男性和女性的理想观念，并且提出了他的理想的人生观，即追求典雅的爱情和美满的婚姻，这是诗人心目中完美的人间生活图景。由此可以看到诗中蕴含的关于人的本质、人与人之间的关系、人世生活的某些确定的观念，这是诗人对现实人生的一些哲学思考。诗中有三个频繁出现的重要词汇：自然、上帝、命运。这些词汇在诗人后来的作品中也不断出现。本诗的三个情节（叙述者失眠读书、叙述者读到的古典故事、叙述者梦中遇骑士讲故事）中，“自然”贯穿始终。① 本节将从“自然”这个词入手，以上帝、命运作为它的参照体系，解读“自然”一词的内涵。②

单词“自然”（nature）在诗中共出现七次（18，467，631，715，871，908，1 195），其中四处的首写字母是大写（467，871，908，1 195），指由概念“nature”拟人化和神圣化而成的“自然之神”。还有一个与“nature”意义相近的词“kynde”（kind），一共出现四次（16，56，494，512），首写字母都是小写。此外，其衍生词“kindely”出现了两次

---

① 在第二个情节（叙述者读到的古典书籍中的传奇故事）中，“自然”没有单独出现，但叙述者指出，这些传奇故事就是供给“热爱自然法则”（“loved the lawe of kinde”，958）的人阅读的，在这个意义上，“自然”也存在于第二个情节。

② 本节已发表于《外国文学研究》2009 年第 4 期，人大复印资料《外国文学研究》2010 年第 1 期转载。

（761，778）。①

## 一、作为创造者的“自然”

“nature”在诗中最首要的功能是创造生命（715，1 195）。第1 195 行的“自然”是大写，意指自然之神，而且从第871 行“the goddesse，dame Nature”的用法来看，应指女性的神。第715 行提到的“自然”用的是小写字母，但此处的“是它创造了你的生命”（716）用的与第1 195 行的“自然”完全相同的术语“form”和“creature”，因此应当也是指自然女神。

在黑衣骑士向叙述者夸耀他的意中人的诗行里，乔叟指出其美丽的容颜和良好的德性都来自于自然女神（Nature）的打造。容颜的好坏体现了神对此人的喜爱程度，骑士的意中人是“自然女神创造的美丽的首要的模本/和她的所有杰作的首要的典范/以及原型……”（“Was hir chef patron of beaute/And chef ensample of al hir werk，/And moustre...”，910~912），可谓世间最美丽的女子。这位女性除了外表极为美丽之外，待人接物也平等慷慨，举手投足中处处可见其端庄、真诚，尤其是她那双展现内心之美的眼睛：

（她的眼睛里）没有丝毫虚假；
她纯真的眼神
是那位自然女神（dame Nature）；
使她的双眸适度张开，
再适度闭合。她也从不快乐得过头，
她的眼神既不愚笨，
也不轻率，即使是在游戏时；

---

① 乔叟作品中kinde和kindely两词的词义参见*A Chaucer Glossary*中的相关词条（Norman Davis eds.，*A Chaucer Glossary*，Oxford：Clarendon Press，1979，p. 83.）。与乔叟同时代的威廉·兰格伦（William Langland，约1330—1400）的中古英语长诗《农夫皮尔斯》（*Piers Plowman*）中，kinde/kynde一词频频出现意指nature（参见William Langland，*Piers Plowman*，New York：W. W. Norton，2006，p. 630.），由此可以认为，在乔叟生活的时代两词基本上是通用的。

我想，她的双眼似乎总是在说，
“上帝知道，我的罪过将得到宽恕！”（869～877）

借助于这双真实、适中的眼睛，诗人把这位女性的美丽的形体、高贵的行为与灵魂和谐地贯串起来。这种适度的模式折射出自然女神创造万物时采取的方式。在诗人大约于1380年创作的长诗《百鸟议会》中，更明确地显示了这一创造理念：

Nature，the vicaire of the almyghty Lord，
That hot，cold，hevy，lyght，and moyst，and dreye
Hath knyt by evene noumbres of acord.
自然女神，全能上帝的（人间）代理（vicaire），
把热与冷、重与轻、湿与干
按照和谐的韵律结合在一起。①

把不同性质的东西按照和谐的原则调制出节制、适中的道德品行，这种创造方式使自然女神的创造物性质复杂起来，而能够成为万物的“典范”或“原型”的骑士意中人的形象也有着丰富的生命内涵。乔叟在其他作品中赞美的女性形象基本上都与她类似，如《百鸟议会》中的雌鹰、《特洛勒斯与克丽西德》中的克丽西德、《贞女传奇》序言中的女王阿尔赛丝、“医生的故事”中贞洁的维吉尼娅、“学士的故事”中的侯爵夫人格里泽尔达、“平民地主的故事”中骑士的妻子道丽甘等。由此可知，自然女神认为完美的女性应当具备这样美丽的形貌和适中的德性。同时，《百鸟议会》中自然女神拥有的“代理人”（vicaire）的称号直接与创世的上帝产生关联，并且在诗人最后的作品《坎特伯雷故事》中有更具体的解说：

因为创造了万物的至高之神
把他总代表（vicaire general）之职派给我担任，
让我对世上的大小万物负责，

---

① *The Parliament of Fowls*，379－381.

按我的心意给他们赋形、着色，
因为月亮下［引者注：地球世界］的一切归我照料。
我干这工作并不求任何回报。
我主的看法与我的完全一致，
我使她［引者注：维吉尼娅］美，为了对我主表敬意。
其他的万物，无论形象或色彩，
也全都出自我的手，无一例外。①

自然女神的“代理”的头衔在里尔的阿兰的《自然怨》（453，476）和中世纪叙事诗《玫瑰传奇》（16 872，19 507）中都出现过。② 这显示出自然女神与上帝之间的主从关系。骑士意中人的心语“上帝知道，我的罪过将得到宽恕”说明上帝认同和赞许自然女神的创造活动。“我干这工作并不求任何回报。/我主的看法与我的完全一致”可见上帝与自然女神两者功绩的同一性。“对我主表敬意”强调了自然女神对上帝的从属地位。“全都出自我的手，无一例外”这句似乎是指上帝退居幕后，不再亲自受理人间事务了，但自然女神来自于抽象概念“自然”的拟人化，这个寓言式的形象只是上帝的理念在尘世中的一种具体表现而已，③ 也就是说，自然女神的行为，就是上帝的行为。

但自然女神的创造活动遇到一个强劲的对手——命运女神，在关于她的诗行中也有一个“nature”：“她最大的荣誉和最出色的表现/是撒谎，因为这正是她的本性（nature）。”（“Hir moste worshippe and hir flour ys / To lyen, for that ys hyr nature”，630 ~631）非真即假，撒谎的命运女神没有

---

① ［英］杰弗里·乔叟著，黄杲炘译：《坎特伯雷故事》，南京：译林出版社1998年版，第428页。

② Geoffrey Chaucer, *The Works of Geoffrey Chaucer*, 2 Vols., F. N. Robison ed., London: Oxford University Press, 1957, p. 727, p. 796.

③ C. S. 路易斯认为，中世纪的诗歌作品中自然女神一向都是作为“至高之神的总代表”出现的，而且是一个非常重要和活跃的角色，但它只是自然概念的拟人化的形象。参见 C. S. Lewis, *Studies in Words*, Cambridge: Cambridge University Press, 1960, p. 41.

信念、行为准则、节制（632～634），所以她给人带来的只能是厄运。[1] 黑衣骑士把自己与命运女神进行的一次对弈比喻成他痛失意中人这一事件，因为命运女神是用欺诈的方式取胜，所以招来骑士的咒骂和痛恨。这是自身无过错的人类与采用卑鄙手段的神祇的交锋。诗人对命运的成熟的思考应该是在翻译波依修斯的《哲学的慰藉》后才形成的，在差不多同一时期创作的《特洛勒斯与克丽西德》以及短诗《命运》（*Fortune*）中，他和波依修斯一样把命运置于上帝更为宏大的计划之中，使它与宇宙的内在必然性联系起来。与之相比，本诗中黑衣骑士遭遇的命运女神是一种更加偶然的外在侵犯力量，这位女神作为一种邪恶势力来自于何方，在宇宙的必然世界中处于什么位置，上帝对这位神祇的所作所为的态度，在这次交锋中人类自身是否也存在过失等，诗人均没有谈及。可以确认的内容是，黑衣骑士知道在与命运女神的博弈中他必输无疑，但他从不认为与之抗争是浪费时间，而只是希望能让他正大光明的抗争更有力量些，并坦率地承认如果和她交换角色，他也会同样吃掉对手的棋子。这显示出骑士相当冷静现实的一面，也从另一个角度展现了他不屈不挠、积极进取的精神。叙述者还用苏格拉底的典故进行点评："他［引者注：苏格拉底］认为命运女神所做的一切/都不值一文。"（"For he ne counted nat thre strees/Of noght that Fortune koude doo."，718～719）在谴责了命运女神之后，骑士紧接着又赞美自己的意中人，感谢自然女神的恩惠，可见自然女神作为上帝的代理人的统治地位并未受到影响。

命运女神的本质是虚假，所以她的外表丑陋，行为邪恶。赐予万物生命、创造一切美和善的自然女神执行上帝的旨意，真实是她的本质。在很大程度上，这是抽象的真善美与假恶丑的对立。诗人在赞美自然女神的同时，也赞美了人类世界。

## 二、呵护生命的自然

前文已述，自然女神越喜爱、越悉心打造的生命，就越是美丽动人、

---

① 黑衣骑士在提到与他的意中人第一次相遇时的情景时，也自问过这次相遇是否为命运的一次恩赐，他接下来马上否定掉了。参见第805～816行。

品德高贵，并使之成为其他被造物的仿效对象，她必然希望这种美善能够被延续下去。

在这首诗一开始，叙述者抱怨自己忍受了八年失眠的痛苦，肉体与精神都备受煎熬，以至于自然女神警告他有丧失生命之忧（16～21）。而叙述者在梦中遇到黑衣骑士时，发现他独自一人远离人群，吟诵一首哀怨的诗歌，神情极为悲痛，叙述者很是诧异，想到“自然之神”不可能容忍一个人如此悲伤（467～469）。从自然女神按照和谐的原则创造万物的模式来看，她并非仅仅提倡欣喜、欢乐而完全排斥愤怒、悲哀等负面的情感，对于人体的生理机能也是如此。重要的是把不同的情感和元素调配得宜。① 诗人强调超越了适中的自然原则的失眠和悲伤可能会导致死亡，而自然女神出于善的动机在尘世间创造美好的生命，她期望这种美善能够被表现出来并延续下去。

虽然乔叟在诗中三次提到了死亡，黑衣骑士甚至明确表示希望和意中人一样死去，感叹自己命中注定遭受不幸，把蒙受的损失归咎于命运女神对他的幸福生活的妒忌和背叛，这些都是传统悼亡诗中常见的主题。但这首诗与传统的悼亡诗相比有明显的不同，“其中首先令我们印象深刻的是诗中没有已经成为悼亡诗的‘传统主题’的某些不变的特征，例如，对尘世万物的短暂、死亡的无情，以及最重要的对来世的沉思”。② 甚至骑士在悲叹自己幸福生活的结束时，也没有否定已经经历过的幸福生活的意思，可以说，越是死亡带走了他曾经拥有的幸福的爱情生活，他越是强烈地回顾和讴歌这种生活，由此使得“《公爵夫人之书》成为一首关于死亡的诗，它歌颂了生活”。③ 参照乔叟后期重要的诗作《特洛勒斯与克丽西德》的结尾，不遗余力地追随爱情的特洛勒斯在失去爱情、战斗身亡后，他的灵魂在天国俯瞰地球，否定了自己生前付出的全部努力，“对比天国那完美的

---

① “Chaucer Compromising Nature”一文的作者认为467～469行诗是指黑衣骑士如此悲痛得到自然女神的许可（Hugh White，Chaucer Compromising Nature，*The Review of English Studies*，1989，Vol. 40，No. 158，p. 165）。本文认为，更准确地说，乔叟在这里暗示的是自然女神反对无节制的悲痛。

② Wolfgang Clemen，*Chaucer's Early Poetry*，London：Longman，1984，p. 45.

③ Derek Pearsall，*The Life of Geoffrey Chaucer*，*A Critical Biography*，Oxford：Blackwell Publishers，1992，p. 89.

幸福，/尘世只是虚空和徒然”。[1] 由此来看，《公爵夫人之书》的确可以说是“完全世俗的”。[2] 在这个基础上又可以推理出自然女神与死亡的对立关系。

自然女神除了亲力亲为地创造和保护她的创造物之外，还为她的创造物们设置了一定的延续生命、自我救治的功能。在诗中，叙述者目睹了骑士过度悲痛的情绪影响到他的心脏，叙述者于是从生理学的角度解释这一现象：

The blood was fled, for pure drede,
Doun to hys herte, to make hym warm—
For wel hyt feled the herte had harm—
To wite eke why hyt was adrad
By kynde, and for to make hyt glad;
由于极度悲伤，他的血液涌向心脏，
使他温暖起来（恢复活力）——
因为血液感觉到心脏受到伤害——
这也可以明白为何自然（kynde）感到担忧
并且努力使它（自然）宽慰……（490～494）

人体内部各个器官之间能相互感应，血液察觉到心脏受到的威胁后，马上聚集全身的血液都涌过去予以保护，诗人还引用脸部因此而缺血、脸色苍白这一症状来佐证血液的流向。此处的“自然”（kynde）一词没有使用大写字母，但用“自然感到担忧”、“使它宽慰”这样拟人化的语言表明了它应该与神性自然存在某种关联，而以下引文能显示出 kynde 和 nature 两个术语之间的关系：

And wel ye woot, agaynes kynde

---

① ［英］杰弗里·乔叟著，吴芬译：《特洛勒斯与克丽西德》，北京：中国对外翻译出版公司1999年版，第374页。

② Derek Brewer, *An Introduction to Chaucer*. London: Longman, 1984, p. 58.

Hyt were to lyven in thys wyse;
For nature wolde nat suffyse
To noon erthly creature
Nat longe tyme to endure
Withoute slep and be in sorwe.
你们知道,(这样的生活是)违反自然(kynde)的
而只有依照自然的方式(我们)才能生活;
自然(nature)不会允许
地上的生命
长时间忍受着
没有睡眠且深陷痛苦(而没有死掉)。(16~21)

前文已述,kynde/kinde 一词在本诗中出现四次,除了前面引文中提到了两次之外,另两处是指古典时期的自然法则(the lawe of kinde,56)和把古典异教神话中的牧神潘(Pan)称为“自然之神”(god of kynde,512)。除了异教神一处之外,其他三处都是指世俗世界中存在的某些功能、规律或法则。在基督教世界中,异教神当然是被排斥或贬抑的,所以诗中在提到牧神潘时,还要用不确定的口气说是“人们称之为自然之神”。此外,诗中两次出现的副词“kyndely”(761,778)指的是人类天性中的自然情感倾向。但 nature 在诗中没有相应的副词。前文已述,大写的 Nature 是在基督教神学语境下抽象的“自然”概念的神性化表达,而小写的 nature 在诗中还指同样由抽象概念神化而来的命运女神的本性。而命运女神在诗中具有与自然女神相同的威力,随时可带给人类灭顶之灾,这灾难即使是人类的保护者自然女神也阻止不了。相比而言,牧神潘在诗中仅仅起到一种装饰性的作用,kynde 活动的领域不可能超出尘世的范围。

在这个意义上,第 16 至 21 行诗中 kynde 和 nature 两词分开使用不是诗人任意所为,实际上,二者各有所指。这里的 kynde 是自然之神为人类安排的生活模式,用神的命令确定下来,要求人类遵守,目的在于保护生命安全。第 490 至 499 行诗所描述的人类生理上的自我救治功能,也是神意的结果。

从人类生理上的自我救治功能能察觉到自然女神对人类福祉的善意呵

护，除此之外，还能发现自然女神借此给人类自由意志的发挥留下了足够的空间。从她的和谐的自然法则来看，她不是暴君式地命令人类奴隶式地服从于她。能否享受到她赐予的幸福，还在于人类自己的选择。而人类独立自存的能力能够保障这种选择的权力得到实施，无论善恶、贵贱、成败、喜悲，人类都可争取到充分的回旋余地。所以，人类不仅是自然女神温顺的臣民，也可以成为积极进取的自由人。

## 三、爱的天性

作为副词的 kindly 在诗中的运用也是对"自然"内涵的补充。这个词集中出现于黑衣骑士向叙述者介绍自己对爱神的服侍的内容中：

"Syr," quod he, "sith fist I kouthe
Have any maner wyt fro youthe,
Or kyndely understondyng
To comprehende, in any thyng,
What love was, in myn owne wyt,
Dredeles, I have ever yit
Be tributarye and yiven rente
To Love, hooly with good entente,
And throgh plesaunce become his thral
With good wille, body, hert, and al."
"先生，"他说，"自从我年轻时
开始有一点头脑，
或者自然形成的（kyndely）看法，
在自己的脑子里多多少少地了解一些
爱情的知识，
毫无疑问，我就从不间断地
服从和供奉着
爱神，完全出于虔诚的意图，
并以作他的仆从为乐

以虔诚的意志、躯体、内心，和所有的一切。”（759~768）

黑衣骑士如此心甘情愿地臣服于爱神，并听从爱神的指令，目的在于取悦爱神，祈求爱情。服侍爱神、作爱神的侍从是典雅爱情（courtly love）诗歌中不可缺少的传统主题，副词 kyndely 在这里修饰骑士服侍爱神的行为，它的意义应当从这一部分内容产生的背景和源头追寻。基特里奇（G. L. Kittredge）在20世纪初就指出第759至776行诗模仿纪尧姆·德·马肖的法文诗《波希米亚王的公断》,[①] 第777行至804行模仿马肖的《命运的治疗》。[②] 但基特里奇同样指出这些内容也不是马肖的原创，更准确地说事实上是“马肖熟知《玫瑰传奇》，乔叟也是”,[③] 两人共同的源头都应该在《玫瑰传奇》那里。

乔叟在14世纪60年代后期翻译了13世纪的法语诗歌《玫瑰传奇》，乔叟的译稿题为“*The Romaunt of the Rose*”，现存于苏格兰城市格拉斯哥（Glasgow）的亨特列尔博物馆（Hunterian Museum）的译文1/4稿分A、B、C三组共7 696行英文诗，其中A组（1~1 705）和B组（1 706~5 810）分别译自原诗第1至5 154行，C组译自原诗第10 679至12 360行，一般学者都确认A组译稿的确为乔叟所译，但德里克·皮尔索（Derek Pearsall）坚持认为乔叟已经译出全文，只是它们没有完整地留存于后世而已。[④] 虽然今人只能看到片断，但应该可以肯定乔叟熟知《玫瑰传奇》的全部内容。《公爵夫人之书》写于乔叟1368年10月底由欧洲大陆返回英国之后，兰开斯特公爵的夫人布兰希是当年9月12日去世的，所以学者们一般认为此诗完成于1368年年底或1369年年初,[⑤] 此时《玫瑰传奇》在诗人头脑中仍旧占据着很重的分量。而C. S. 路易斯更是肯定地认为：

---

① G. L. Kittredge, Chauceriana, *Modern Philology*, 1910, Vol. 7, No. 4, p. 467.

② G. L. Kittredge, Guillaume De Machaut and *The Book of the Duchess*, *PMLA*, 1915, Vol. 30, No. 1, pp. 16-17.

③ G. L. Kittredge, Guillaume De Machaut and *The Book of the Duchess*, *PMLA*, 1915, No. 1, p. 14.

④ Derek Pearsall, *The Life of Geoffrey Chaucer*: *A Critical Biography*, Oxford: Blackwell Publishers, 1992, pp. 81-82.

⑤ 肖明翰：《英语文学之父——杰弗里·乔叟》，北京：社会科学文献出版社2005年版，第95页。

“在这首诗［引者注：《公爵夫人之书》］中，痛失爱人的情人［引者注：骑士］经历了与《玫瑰传奇》中的做梦人经历的完全相同的所有阶段。”① 即服侍爱神，遇见意中人，求爱，被拒，始终如一地继续追求，及至被接受。路易斯亦举第 775 至 778 行诗为例证明两人的相似之处。

诗中骑士服侍爱神的这一段描写主要受到《玫瑰传奇》第 1 881 至 2 022行的影响。② 在它的作者纪尧姆·德·洛利斯笔下，做梦人通过爱之泉内的水晶石看到了玫瑰花丛中有一朵玫瑰花苞，觉得异常美丽动人，而已经跟踪做梦人良久的爱神举弓向做梦人的心脏射了五箭，然后又为他的伤口涂上油膏。做梦人伤口虽然愈合，但箭头却留在了他的体内，所以做梦人既深感痛楚又饱尝甜蜜。这是第 1 881 行之前的内容。紧接着爱神告诉做梦人已经不可能逃走，不如心服口服地做他的囚徒。做梦人表示投降，并说：“我听到过太多关于你的美德的事迹，所以我愿意交出我的心灵和身体为你效劳，完全听从你任意支配，因为如果是按照你的意愿行动，我不可能产生任何抱怨。我还相信，因为我心甘情愿地跪倒在你面前，终有一天我将得到我等待的恩惠。”③ 爱神很满意他的服从，告诉他虽然做她的仆人会很痛苦和繁累，但她的仆人会从这服务中远离邪恶，变得高雅，获得很高的声誉。经过亲吻和握手，臣服仪式完成，接下来爱神要求做梦人立誓永不背叛，做梦人回答说自己的心已经受爱神捆绑，再无他人能够支配，如果主人（爱神）不放心，就为它配制一把钥匙好了。爱神认为有理，取出一把金钥匙锁住了他的心。最后，做梦人再次表示将尽忠于爱神，因为“一个战士如果不能让他的领主感到满意，他所有的努力都是徒劳，他的服务没有任何价值”。④ 第 2 022 行到此为止。

黑衣骑士与做梦人相同之处在于服侍爱神的方式：像《圣经》中基督

---

① C. S. Lewis, *The Allegory of Love*: *A Study in Medieval Tradition*, Oxford: Oxford University Press, 1985, p. 168.

② 参见 Geoffrey Chaucer, *The Works of Geoffrey Chaucer*, 2 Vols., F. N. Robinson, ed., London: Oxford University Press, 1957, p. 776.

③ Guillaume de Lorris and Jean de Meun, *The Romance of Rose*, trans. Charles Dahlberg, Princeton: Princeton University Press, 1995, p. 57.

④ Guillaume de Lorris and Jean de Meun, *The Romance of Rose*, trans. Charles Dahlberg, Princeton: Princeton University Press, 1995, p. 58.

宣示的诫命“你要尽心、尽性、尽力爱主你的神”一样，[①] 交出自己的全部肉体、灵魂、意志效劳于神，毫不以之为苦，但求得到神的喜悦和回馈。《玫瑰传奇》中的爱神借助于箭和锁的手段才降服、教育、约束和命令他的臣服者，并对臣服者的忠诚表示过怀疑，而在乔叟这里，箭和锁变成了“自然而然”的方式。黑衣骑士作下侍奉爱神的决定时，自己并不知道其中的原因，“我相信这（决定）是自然而然地（kindely）来到我心里的”（778）。他还解释说，这一举动是出于自己的无知轻率，而更容易接受其他事物，虽然他也有可能会去学习其他技艺或者研究其他学问。所以，这里没有伟大的神亲自出面引导，没有高尚耀眼的动机，没有深邃的关于爱的知识——他虔诚地供奉爱神的行为不需要原因。这不仅仅是一种乔叟式的谦虚，也是诗人对如何提升人的世俗生活价值这个问题的一种看法：通过对爱发自内心的追寻，人生变得高贵和幸福。

前文介绍的 Nature 和 kind 都直接涉及自然女神，而诗中副词 kyndely 则指向爱神。在乔叟看来，人对爱神的臣服是指全心接受爱神的引导，而爱神对人的妥善引导能使此人变得高贵。[②] 当臣服者的行为足够正确和高尚时，爱神会感到喜悦，并赐以美好的典雅爱情。人类变得高贵，并获得世间最美好的爱情，是自然女神乐于看到的。也就是说，自然女神创造生命、予人各种天性（包括爱的天性）、执行自然法则，而爱神则激活爱的天性，以其爱的法则敦促人达到言行举止优雅有礼，精神因虔诚向神而高贵，基督教的爱的诫命在人世间开花结果。因此，本诗中的 kindly 是自然女神制定的自然法则的一种扩展。

---

① 《新约·马太福音》22：37，《新约·路加福音》10：27。

② 乔叟在关于爱神维纳斯的颂歌中提到爱神的功德：

你［注：维纳斯］使凶悍的战神息怒，
你使人心变得高贵可敬；
你点燃人们心中的火焰，
他们便畏惧羞耻，放弃恶行；
你使他们慷慨、仁慈、生气勃勃；
你的威力把欢乐送给祈求的人们，
不管他们有高贵或低微的区分。

［英］杰弗里·乔叟著，吴芬译：《特洛勒斯与克丽西德》，北京：中国对外翻译出版公司 1999 年版，第 136 页。

## 四、欢愉的大自然

《公爵夫人之书》中还有一个涉及古典异教时代典故的 kynde。在作品开篇处，叙述者饱受失眠之苦，晚上无法入睡，只好用阅读的方式消磨漫漫长夜。他读的书是古代的学者用诗歌的形式记载下来的神话和传说，诗人在此特意补充了一句："那时的人热爱自然法则（the lawe of kinde）。"（56）由这一处"自然法则"可以追寻到诗人对古典思想和现实生活两个领域的态度。

前文已述，他从这本书中读到的是国王塞伊司和王后阿尔库俄涅的悲剧故事。这个故事来自于奥维德的《变形记》（*Metamorphoses*）第二章第 411 至 748 行，马肖在他的《爱之源》（*Le Dit de la Fonteinne Amoureuse / Fountain of Love*）中转述过（第 544 至 698 行）。[①] 乔叟称这个故事为浪漫故事（romaunce/romance）。在乔叟的时代，浪漫故事（或浪漫文学）一般涉及两个题材，其一是骑士游侠冒险故事，其二是骑士和他所爱慕的女士之间的典雅爱情，两个题材也可结合在一部作品中，常采用的表现手段是寓言或神话。擅长典雅爱情题材的马肖在他的作品中写入奥维德的这个故事时，已经把它归入中世纪浪漫文学的范畴了。无论乔叟是取材于《变形记》还是《爱之源》，他对塞伊司和阿尔库俄涅的故事的看法与马肖无疑是相同的，所以他的改写专注于突出国王与王后之间深厚的爱情。

贯穿整个基督教历史的是对异端邪说的打压，在征讨异教徒名义下进行的十字军东征，以及从 13 世纪开始建立起来的宗教裁判所等，在这种宗教背景下的乔叟对古典异教时代典故的推崇容易让现代人心生疑惑。实际上，中世纪的人们以基督诞生为分界线划分信仰时代，古代的人没有接受洗礼，因此被划入异教徒范围，没有永生的机会，这一点，他们是很清楚的。但那个时代的人同时也缺少历史感，他们笔下的古人言谈举止与他们自己时代的人毫无分别，如《特洛勒斯与克丽西德》中的特洛伊王子所思所行完全是一名 14 世纪骑士的特征，似乎古代与中世纪之间的区别仅仅是

---

① Kathryn L. Lynch ed., *Geoffrey Chaucer: Dream Visions and Other Poems: Authoritative Texts, Contexts, Criticism*, New York: W. W. Norton & Co., c2007, p. 7.

神学方面的，即是否受过基督教的洗礼，信仰的是一神还是多神，能否在基督教的意识形态下获得永生等，除此之外，世俗领域里基本上难分彼此。所以，这又是一种“基督教的中世纪与异教的古代之间含糊其辞的关系”。[①]

在这个意义上，我们应该把乔叟夸赞的古典时代的“自然法则”放在中世纪来理解，它是中世纪式的“自然法则”，与前文论述的呵护人类生命的“自然”（kind）没有冲突。具体来说，诗人在这个“自然法则”下介绍了一个悲剧故事：故事的男主人公身亡，女主人公殉情。同样写过这个故事的奥维德和马肖都提到了两人变形为飞鸟继续相爱的情节，[②] 但乔叟却没有写进《公爵夫人之书》中，因为他写这首诗的目的是安慰现实生活中刚丧妻的公爵，除了不需要这一个神话的结局之外，还有其他更为现实的动机。故事中死去的塞伊司劝告悲伤的妻子，虽然两人曾经拥有过短暂的幸福时光，但他如今确实已经死了，所以她应当接受这个现实，“不要再过着这样忧伤的生活，/因为你的忧伤于事无补”。（“...let be your sorwful lyf，/For in your sorwe there lyth no red.” 202～203）“确切地说，死亡就是‘自然法则’，正如塞伊司与阿尔库俄涅的故事所证明的。”[③] 在这个“自然法则”之下，黑衣骑士口中的命运女神成为一个可以接纳的神祇或理念，而阿尔库俄涅没有听从劝告以至于悲伤身亡，又成为一个拒绝接受“自然法则”的例子。天人永隔，忧伤无益，这是乔叟间接地向丧妻的公爵传达的信息。

在诗中，叙述者读完塞伊司和阿尔库俄涅的故事之后，也模仿阿尔库俄涅向睡神祈求，没想到也马上就入睡了，他的失眠症得到治疗。这应该是“自然法则”的功效之一：顺其自然，就可以恢复正常的睡眠，停止痛苦，且不用再担心死亡了。随后的情节中提出关于死亡与复苏的论题，叙述者在

---

① John M. Fyler, Pagan Survivals, Brown Peter ed., *A Companion to Chaucer*, Oxford: Blackwell Publishers, 2002, p. 349.

② Kathryn L. Lynch ed., *Geoffrey Chaucer: Dream Visions and Other Poems: Authoritative Texts, Contexts, Criticism*, New York: W. W. Norton Co., c2007, p. 257, p. 291.

③ Piero Boitani, Old books brought to life in dreams: the *Book of the Duchess*, the *House of Fame*, the *Parliament of Fowls*, Piero Boitani & Jill Mann 编：《乔叟研究》，上海：上海外语教育出版社 2000 年版，第 46 页。

睡梦中来到一处非常美丽的树林，在五月的天气里鲜花盛开，绿草如茵。

Hyt had forgete the povertee
That wynter, thorgh hys colde morwes,
Had mad hyt suffre, and his sorwes,
All was forgeten, and that was sene.
For al the woode was waxen grene;
Swetnesse of dew had mad hyt waxe.
它［引者注：大地］忘记了冬天
通过寒冷的清晨带来的贫瘠，
那让它忍受痛苦，也忘记了那些悲伤，
很明显，这一切都已抛诸脑后。
整片树林都变成了绿色；
是甜美的露珠使这绿色蔓延。(410～415)

这几行诗描绘出一幅冬去春来、万物复苏并欣欣向荣的景象。万物随着季节变化而由活跃转向沉寂，再转向热闹，这是自然世界每年都在上演着的剧本。值得注意的是，诗中虽然用了不少富有想象力的语言来描绘大地上景色的变迁，但诗人却没有把它变成一个神话故事，拟人化的大地只能用“忘记”痛苦的方式来解决它的悲伤，不是补偿，更不是复原。随着时光流逝，春天来临，冬天遭受到的所有的痛苦和悲伤都宣告结束，欢乐重新充溢整个世界。在这片浓郁的诗情画意中蕴藏着令人惊讶的现实主义精神。

接下来，出现于这片美景之中忧伤的骑士受到批评：

Thogh Pan, that men clepe god of kynde,
Were for hys sorwes never so wroth.
尽管牧神潘（Pan），人们称之为自然之神（god of kynde），
认为他完全不必如此忧伤。(512～513)

牧神潘在这里的地位一向受到研究者关注，有的学者认为他统治的“自然”是指人类之外的自然世界，或者是指“人类与动物分享相同的本

质（kynde）”的那个“自然”（kynde），或者是指“特定地与自然（kynde）相关的植物生长变化过程”，[①] 总之可以肯定的是，他的地位比自然女神低。自然女神与上帝头脑中抽象的自然理念相关，而古典的异教神潘是“god of kynde”，完全是尘世性的。牧神与自然女神一样不准许黑衣骑士有损伤自己身体的行为，所以把这两位神祇划入互不相干的两个领域，似乎没有必要。诗人与其说是引用一位古典神来呆板地劝诫黑衣骑士停止悲伤，不如说是在充满欢愉的自然世界中再加入一位活泼的神祇，并希望这种生机勃勃的气氛能感染黑衣骑士，把黑衣骑士从悲伤的情绪中拉出来。

乔叟作品中的第一人称叙述者向来以木讷著称，在本文分析的这首诗中，得知黑衣骑士的意中人的死讯后，叙述者只说了两句话：“不！”，“这是你所指的损失？天啊，这真是一件伤心事！”（“Nay! /Is that youre los? Be God，Hyt ys routhe!”，1 309 ~ 1 310）表面上看起来，叙述者完全没有安慰这位伤心人，实际上，他在对古典故事、美丽春色的介绍中说出的那些内容，就已经比写一堆廉价而不切实际的宽慰有价值得多。

作为上帝在尘世世界的代理人，自然女神创造了万物，给予了万物美、善的本质和独立生存的能力，并通过建立自然法则来保障人类自由选择的权力，让人类充分发挥爱的天性而使人性变得高贵，并获得美好的爱情，让人生的价值得到提升。最后，自然的法则还劝诫人类在痛苦的打击下恢复平静，继续自己高贵的人生。在这里，神性的自然指引着人类向美、善的方向发展，受到神庇佑的人类则积极进取，在现实世界中展示了美、善的真谛。

因此，在这首悼亡诗中，叙述者、古典故事里的国王夫妇、黑衣骑士和他的意中人都忍受着忧伤或死亡的伤害，但诗人却一再地挖掘着人性的高贵和美好，并表达出对尘世世界的讴歌和眷恋。虽然他在其后创作的《声誉之宫》中对此进行质疑，但到《百鸟议会》时却再次坚持了这种理想主义精神，尽管其中的现实主义色彩加重了很多，而此后的《特洛勒斯与克丽西德》和压轴之作《坎特伯雷故事》更是扩展和加深了这曲赞歌。

---

① 参见 Hugh White，Chaucer Compromising Nature，*The Review of English Studies*，1989，Vol. 40，No. 158，p. 162。

第二章

# 理想的反思：《声誉之宫》

## 第一节　爱情悲剧和道德沉沦

### 一、结构与批判主题

《声誉之宫》的创作时代、背景至今尚无定论，唯一一个比较确凿的证据是诗歌第653行提到，诗人的工作是“清算账目”（rekenynges/reckonings），乔叟在1374年至1385年之间任海关征税官员，因此这首诗的创作时间可以定于1374年之后。从但丁对这首诗的创作的影响很大，而诗人对薄伽丘的作品尚不熟悉的情况来看，这首诗应该创作于1378年诗人第二次访问意大利之前。[①] 这首诗在音步结构和文学类型上与《公爵夫人之书》相同，都是采用八音节双韵诗体，是中世纪常见的梦幻寓意诗。全诗分三卷，共2 158行，是一首未完成之作。

本诗以一句箴言开始：“愿上帝赐我们每做一场梦都会转好运！”（“God turne us every drem to goode!”，1）第一卷，叙述者首先就梦的类别、现象、原因作了一番分析，然后说他其实对这些一窍不通，只求带个好运气，之后进入正题，介绍他做的一场奇梦。梦中，他来到维纳斯的神庙里，读到神话传说中古罗马帝国的建国英雄埃涅阿斯与迦太基岛女王狄多的爱情悲剧，并为故事所震撼，突然想到不知自己身在何方。于是出庙察看，发现外面是一片荒漠，原来自己已经身在困境之中，于是只好向基督祈求，这时飞来一只巨大威武的雄鹰。第二卷继续前文，老鹰俯冲到地面，抓住叙述者飞向天空。叙述者深受惊吓，老鹰却开口安慰，自我介绍说他是天神朱庇特派来帮助叙述者的，目的是带他去“声誉之宫”增长见识。老鹰非常健谈，途中向叙述者讲解了一些关于声音的物理学知识，并

① Derek Pearsall, *The Life of Geoffrey Chaucer: A Critical Biography*, Oxford: Blackwell Publishers, 1992, pp. 109 – 110. 另参见 Geoffrey Chaucer, *The Works of Geoffrey Chaucer*, 2 vols., F. N. Robinson, ed., London: Oxford University Press, 1957, p. 280。

旁涉天文学、哲学。但叙述者对老鹰推崇的知识兴趣不高，倒是到了目的地之后，抓紧时间向老鹰询问了一些关于声誉之宫内的声音与人形的来源的常识。第三卷，叙述者与老鹰分手后，朝着建在山岩上的宫殿/城堡走去，在路上他发现这些山岩其实是凝结的冰块，岩壁上刻满了古代显赫的名人的名字，其中朝阳的一面因为热气影响，已经融化了很多，名字模糊不清，朝北阴凉的一面名字完好如初。到达山顶后，叙述者在宫殿外的围墙上看到许多壁坛，里面是形形色色的人物雕像，有行吟诗人、讲故事的人、音乐家、学者、杂技家等，他们都是传播文化的有功之人。进入宫殿后，叙述者遇见一群专为富人歌功颂德的纹章司吏，还看见声誉女神稳稳地坐在殿内高台上的宝座上，而纹章司吏们围在女神的宝座四周，唱着赞颂女神的歌曲。从女神的宝座到大门，有两排金属圆柱竖立两旁，柱顶上分别站着古代犹太民族的史学家和学者、古希腊的勇士、诗人荷马、研究古希腊文化的学者、古罗马诗人维吉尔、奥维德以及其他研究罗马史的学者，这些诗人和学者都是使三个古代民族的历史伟绩得以流传和发扬光大的重要人物。接下来，叙述者目睹了九批人来到声誉女神的宝座前请求予以声誉，女神并不秉公执法，也不按人们真正的事迹来奖惩，而是随心所欲地赐予好名声或坏名声，并对她看不顺眼的人破口大骂。这时，旁边有人问叙述者是否也是来寻求声誉的，叙述者矢口否认，说他只是想打听一些新消息，不过在这里没有他想要的。此人带领叙述者来到“消息之屋”，那是一所用枝条编成的旋转的大房子，叙述者发现老鹰正在离此不远的山岩上栖息，于是请它帮忙，老鹰抓起叙述者从窗口飞进屋内。叙述者看见无数人挤在里面，制造和传递各种真真假假的消息，这些消息被夸大和歪曲，真假混杂，飞出屋子，到声誉女神那里请求裁决。叙述者感到这才是他想要学习和取乐的地方，于是打算认真搜集，恰在此时，屋内的气氛突然发生了变化，人群跑动着，场面很混乱，叙述者看来看去，最后发现“一个拥有崇高权威的人”（A man of gret auctorite），全诗到此中断，诗人没有继续写下去。

本节只论第一卷中埃涅阿斯与狄多的故事，诗歌的其他部分将在后面作出分析。本诗中的狄多的故事直接取材于古罗马诗人维吉尔和奥维德的诗作。维吉尔的史诗《埃涅阿斯纪》（*Aeneid*）讲的是英雄埃涅阿斯的故事，其后奥维德在《变形记》中也作转述，埃涅阿斯与狄多的这段情史在两部作品中都出现了，狄多的爱情心理在维吉尔的诗作中被描写得细致入微、哀婉动人，奥维德不但在《变形记》中转述了这个故事，在《女杰书简》（*Heroide*）中还为这个故事写了一首哀歌体诗，诗中假想狄多在自杀前写了一封书信给埃涅阿斯，信中责备对方“不仁不义，不忠不信”①。在维吉尔的诗中，古代的神灵和英雄人物是崇高神圣的，而奥维德的《变形记》则按照现实中罗马贵族的特点，把神写得和人一样，男神往往充满淫欲，并且专横残忍，女神的特点则是嫉妒，《女杰书简》中的埃涅阿斯形象不再高贵伟大，强调的是他对狄多始乱终弃的一面。

乔叟虽然在创作中融汇了维吉尔和奥维德两人的作品，但却又按照自己的理解和观念安排了故事情节。具体来说，在埃涅阿斯与狄多相恋之前和恋爱结束之后，埃涅阿斯的种种遭遇的内容，大致来自于维吉尔的《埃涅阿斯纪》中的相关内容，而这段爱情故事本身，基本上是在采纳和吸收了奥维德的观点之后写就的。这两部分情节的组合方式，表明了乔叟在自己的时代背景下对古典作品的一种理解和阐释。

在诗中，叙述者在12月10日晚上做了一个梦，梦中来到维纳斯女神的神庙里，读到埃涅阿斯与狄多的爱情悲剧。这个故事分为三个部分：第一部分是故事的梗概，介绍了特洛伊战争结束后，特洛伊城被希腊军队毁灭，特洛伊英雄埃涅阿斯带领家人和部下逃往意大利，去建立新的国家。由于朱诺女神的阻挠，他们在途中遇到海难，他的母亲维纳斯女神向天神朱庇特求情，救下了儿子，并帮助他得到狄多女王的信任和爱情。埃涅阿斯不久后遗弃了狄多，离开迦太基继续前往意大利建功立业。第二部分是狄多的长篇哀叹和自杀的内容（293～387），并旁议了很多类似的爱情悲剧（388～426）。第三部分简要地把埃涅阿斯离开狄多后建立新国家的过程讲完。在埃涅阿斯的建国故事中，诗人接受前人的观点，从历史的角度承认他的英雄业绩是伟大的，与英雄主义理想追求相比，埃涅阿斯犯下的过错在道德上具有一定的合理性。在埃涅阿斯与狄多的爱情故事中，乔叟的思想倾向比《公爵夫人之书》更为明显和集中，包含两个主题：①从现实的、埃涅阿斯本人的角度来看，他服从神的指引和命运的安排，不懈奋

---

① ［古罗马］奥维德著，南星译：《女杰书简》，北京：生活·读书·新知三联书店1992年版，第82页。

斗，建立了伟大的罗马帝国，为后世留下了自己的赫赫声名；②从狄多的角度或者说典雅爱情的角度来看，埃涅阿斯欺骗、背叛狄多，毁坏她的声誉，导致她的死亡，是个虚假小人，他身上的英雄光彩值得怀疑。以下分别论述。

## 二、古典悲剧中的合理性

从古典英雄主义的角度来看，埃涅阿斯为完成英雄业绩而犯下的过错，具有一定的合理性。叙述者梦游的故事一开始，他在维纳斯神庙的墙上看见一些刻在一块铜牌上的诗句，上面写着：

I wol now singen，yif I kan，
The armes，and also the man，
That first cam，thurgh his destinee，
Fugityf of Troy contree，
In Itayle，with ful moche pyne，
Unto the strondes of Lavyne.
我将尽我所能，歌唱
战争和那个人，
他最终将抵达他的命中注定之处意大利，
（在此之前）他首先来到
特洛伊境内的福吉提夫，再历尽磨难，
登上拉维尼亚的海岸。（143～148）

“拉维尼亚”（Lavinium）是古代意大利中西部一个名叫拉丁姆（Latium）的国家辖下的城镇，在维吉尔的史诗中，埃涅阿斯从这里登上意大利半岛，娶当地国王拉提努斯之女为妻，这是后世伟大的罗马帝国的起源。因此，铜牌上的这六行诗句，指出了埃涅阿斯的出发地是特洛伊，目的地是意大利，这是他命中注定且必须执行的任务。其后的诗行讲述了特洛伊城被毁，埃涅阿斯国破家亡后，与他失散并死去了的特洛伊妻子克露沙的亡魂对他的嘱咐，再次强调了这一使命：

How he hir soughte, and how hir gost
Bad hym to flee the Grekes host,
And seyde he most unto Itayle,
As was hys destinee, sauns faille;
(我［注：叙述者］不知道）他是怎样地寻找她，她的亡魂是怎样地
叮嘱他逃离希腊人的军队，
告诉他必须去意大利，
因为那是他的命中注定之处，不可有误。(185～188)

一直到这里，狄多还没有出场，命运、神意只谈埃涅阿斯建立罗马的历史使命，却没有考虑狄多的爱情。然而，狄多与埃涅阿斯的爱情故事恰恰起因于埃涅阿斯的祖国特洛伊的陷落，他身负前往意大利建立新国家的使命，因此出海，途中经过迦太基，两人才有可能相遇相恋。而它的结局也是因为这一使命所致：埃涅阿斯必须离开迦太基，去意大利。在这个意义上，命运安排了狄多加入埃涅阿斯的英雄行迹中，但命运又亲自否定了狄多的爱情。

其后，狄多与埃涅阿斯的爱情故事隆重上演，悲惨结束。诗人讲完这个故事后，再次重复了维吉尔的史诗中的观点：

But to excusen Eneas
Fullyche of al his grete trespas,
The book seyth Mercurie, sauns fayle,
Bad hym goo into Itayle,
And leve Auffrikes regioun,
And Dido and hir faire toun.
尽管埃涅阿斯的罪过巨大
所有这些过错还是应当原谅，
那本书上说，是墨丘利神吩咐他
前往意大利，不可有误，
叫他离开非洲，

离开狄多和她的美丽的城市。(427～432)

"那本书"指的是维吉尔的《埃涅阿斯纪》,[1] 以上三处内容一致:命运、神意要求埃涅阿斯去意大利建国,必须完成这个任务,"不可有误"。在这个前提之下,他与狄多的恋情必须放弃,他的过错"应当原谅"。这个爱情故事中的命运与《公爵夫人之书》中的命运女神功能相同,都是毁灭爱情的凶手。狄多因爱情失败而自杀身亡,她的情人埃涅阿斯无错,一切皆是不可违抗的命运所为。甚至可以说,埃涅阿斯是为了服从神意、为了国家的前途而毅然放弃了个人的爱情和幸福,他的英雄形象并无损害,甚至于他的行为由此更显出崇高悲壮的色彩。

在乔叟生活的时代,诗歌不是写在纸上给读者看的书面文学作品,主要是吟诵给听众欣赏的,所以某些内容会在诗中重复出现。另外也许更重要的是,这一部分的内容不是用于修饰,而是它在诗中的地位确实重要,需要一再强调,因此才出现内容重复之处。对于前面三处引文中的观点,乔叟并没有驳斥的意思。从引文的内容本身来看,它们都突出了埃涅阿斯的使命的重要性和崇高性,可以在很大程度上弥补或抵消他犯下的过错,或者说,当美好的个人爱情与现实的集体利益需求冲撞时,牺牲前者、保全后者是无可厚非的。与其说埃涅阿斯应当受到谴责,不如说他应该得到同情和怜悯。

因此,埃涅阿斯和《公爵夫人之书》中的黑衣骑士相比,虽然两人同是出身不凡的高贵形象,但黑衣骑士不像埃涅阿斯一样身负重建民族国家的使命,所以他的爱情可以不受现实因素的影响,高度理想化为人生唯一的追求目标。埃涅阿斯所处的环境虽然说是英雄时代,比《公爵夫人之书》更像是现实世界。在这个意义上,这个英雄故事中的爱情更多地经受了现实的无情考验,所以也应当从现实的角度进行评判,而不应简单地否定埃涅阿斯这个形象的价值和意义。

所以,《声誉之宫》中的埃涅阿斯不仅仅是一次爱情事件中的主要人物,而且也保留了一个古典英雄的完整形象。虽然乔叟的介绍非常简单,

---

① Geoffrey Chaucer, *The Works of Geoffrey Chaucer*, 2 Vols., F. N. Robinson ed., London: Oxford University Press, 1957, p. 781.

他声称有前人的诗作在此，无须啰唆重复，这说明他重视维吉尔和奥维德的作品。同时，和他的前辈一样，乔叟接受埃涅阿斯是一位伟大的英雄人物的观点，因此并没有因为埃涅阿斯在和狄多的爱情事件中发生的过错而全盘否定他。

## 三、谴责爱情中的虚假行为

尽管在维吉尔的史诗中，埃涅阿斯的行为似乎得到了谅解，乔叟完全看到了这一点。但是，从现实理性的角度来看，埃涅阿斯在爱情中虚假的行为仍应受到谴责。

与前文相比，叙述者在说到埃涅阿斯在迦太基岛上岸直到离开的事件时，诗歌的基调发生变化，并且观点非常明确。诗中讲到埃涅阿斯在海上航行途中受到朱诺女神的阻挠，无法到达目的地意大利，身处困境之中。他的母亲维纳斯女神向天神朱庇特求情，平息了海上的风浪，救下了儿子，并告诉他去迦太基岛与失散的部下会合，还安排他与岛上的女王见面：

And, shortly of this thyng to pace,
She made Eneas so in grace
Of Dido, quene of that contree,
That, shortly for to tellen, she
Becam his love, and let him doo
Al that weddyng longeth too.
这件事情简单地说，
她使埃涅阿斯获得了
狄多，那个国家的女王的宠爱，
以至于，一句话，她
成为他的爱人，而且发展到那种程度，
婚礼也将举行。(239 ~244)

诗中的第一个“她”是维纳斯女神，有神灵相助，埃涅阿斯顺顺当当地赢得了狄多的青睐，这位迦太基女王很快就称埃涅阿斯为“她的生命、她的情人、她的欢乐、她的主人”（“Hyr lyf，hir love，hir lust，hir lord”，259），对他千依百顺，并对他的誓言深信不疑。从埃涅阿斯的言行举止中，狄多相信他品行优良。介绍到这里，诗人深深地感叹：

Allas! what harm doth apparence,
Whan hit is fals in existence!
For he to hir a traytour was;
Wherfore she slow hirself，allas!
唉！当外表在现实中是虚假的，
将会造成多大的伤害！
由于他是她的背叛者；
因此，她自尽了，唉！（265～268）

乔叟在《公爵夫人之书》中也曾提到过狄多的典故，在那里他把狄多的自杀举动评为“愚蠢”（fool）。[①] 在《贞女传奇》中继续感叹她的死亡，可见他对遇人不淑的女子怜悯之深。反观这些背叛的男性，诗人评价道，按照谚语“闪亮的东西未必是黄金”（“Hyt is not al gold that glareth.”，272），在闪闪发光的外表之下，往往隐藏着奸诈的恶行。

For this shal every woman fynde,
That som man，of his pure kynde,
Wol shewen outward the fayreste,
Tyl he have caught that what him leste;
And thanne wol he causes fynde,
And swere how that she ys unkynde,
Or fals，or privy，or double was.
每一个女子都将发现，
有些男子，天生有一套本领，

---

① *Book of the Duchesse*，734.

在他得到想要的一切之前，
从外表看来最是公正纯洁；
（一旦如愿以偿）他就找到很多借口，
指天发誓，说她冷酷无情，
虚假欺骗，与人私通，表里不一。（279～285）

叙述者坦率地说，埃涅阿斯和狄多的恋爱事件就是这样的：埃涅阿斯用撒谎的方式得到了狄多的一片痴情，这样做的目的不是向所爱的女子奉献自己的真心，而是利用一个女子对他的情意来满足自己的个人私利，在得逞后甚至反咬一口，诬人清白。撇开前面提到的命运、神意等原因，单凭埃涅阿斯恶劣的品行和动机，狄多的爱情就不可能有好的收场。换言之，狄多之死，就是埃涅阿斯之罪。

在诗人对埃涅阿斯的谴责中，埃涅阿斯最突出的不良德性是“虚假”（untruth），第255至285行揭露了他的这种“虚假”是如何一步一步地展示出来的。具体来说，首先，他向狄多倾诉他抵达迦太基岛之前的海上的种种遭遇，以英雄的身份、落魄的经历博取了狄多的同情。其次，他的外形俊美，善于言谈，温文尔雅，这些足以吸引多情女子以心相许。再次，他用种种誓言让狄多以为他对她的爱是真诚的，两人进入谈婚论嫁的阶段，他能操控狄多所拥有的一切。最后，他决定要背叛狄多时，声称他的背叛是狄多之错造成的，毫无愧疚之意。埃涅阿斯的所有这些行为，都是由于他所追求的是建立一个英雄的伟大功业，获得名誉、事业、地位等现实的利益的目标，他和狄多的感情纠葛也是为了实现这一目标而采用的一种手段。也正是为了这伟大的英雄名声，他在爱情中可以从头到尾都是撒谎和欺骗。

与《公爵夫人之书》中主人公黑衣骑士对命运女神的评判相比，埃涅阿斯与命运女神的谎言、狡诈如出一辙，只是他们一个是凡人一个是神而已。在《公爵夫人之书》中，爱神是人间真挚情感的培育者和保护者，黑衣骑士膜拜她、感谢她使自己与意中人相知相恋，对他来说，与意中人的爱情就是人世间最大的幸福。而埃涅阿斯的故事中，爱与美之神维纳斯是埃涅阿斯的母亲，这位女神所做的，是使狄多爱上自己的儿子，却不让埃涅阿斯同样地爱恋狄多。母子俩沆瀣一气，让狄多进入他们的圈套，只为保证埃涅阿斯能够实现盖世功业。他们拿来作为工具去利用和无情抛弃的，恰恰就是爱情。掌管人间爱情的爱神和爱神之子不珍惜爱情，这是一个巨大的讽刺。在一本据称是爱德华三世命令为他的长子黑太子写的书中说："……我们几乎没有发现一个没有去爱或者不曾爱过的男人会是一个勇者。"[①] 在这个意义上，作为一个背叛爱情的人，埃涅阿斯不配称为英雄，他的伟大业绩也被否定掉了。

"乔叟在狄多的情节（episode）后还举了很多古典作品里的表里不一的男人的例子：德莫逢、阿基里斯、伊阿宋、赫拉克勒斯、忒修斯。这些例证是叙述者详细说明并发表他的意见的方式，而且那富于启发性的谚语（272～290）也贯穿在狄多的故事的始终，可以由此推断，这是一个说教性的故事（exemplum）。狄多和埃涅阿斯都是用于说明某种普遍的事情真相的'例子'。"[②] "普遍的事情真相"表明，乔叟陈述埃涅阿斯的可耻的行径是想批判某种普遍存在的不道德的现象，作为一个目的在于启发人们深刻思考的例子，埃涅阿斯的不道德是不应该被忽视或者被原谅的。

因此，维吉尔的埃涅阿斯是创建了一个伟大的国家罗马的英雄，奥维德强调这位英雄遗弃狄多女王这一不光彩的事件，而在中世纪晚期的乔叟眼中的埃涅阿斯，因其爱情中的虚假行径而成为一个无耻小人，理应受到谴责。古典的权威必须尊重，但诗人身处自己的时代以及他一直深切关注的"爱"的主题，使得他难于痛快地接受一个已经被历史赋予伟大声名的爱情背叛者，这应该是叙述者在维纳斯神庙中的埃涅阿斯的故事面前感到无限惆怅的原因。

## 四、同情女性的不幸遭遇

如果说诗中的埃涅阿斯既是一个传奇英雄又是一个卑鄙小人，那么统一于埃涅阿斯身上的这两种截然不同的品行可以互为参照，他的形象是自

① Derek Pearsall, *The Life of Geoffrey Chaucer: A Critical Biography*, Oxford: Blackwell Publishers, 1992, p. 62.

② Wolfgang Clemen, *Chaucer's Early Poetry*, trans. C. A. M. Sym, London: Methuen, 1968, p. 85.

我显现的。与之相比，狄多是一个被埃涅阿斯的外在表象欺骗了的柔弱女子，这个形象的内涵因为埃涅阿斯的行为而被显示出来。狄多与埃涅阿斯是情侣关系，而狄多天真痴情，埃涅阿斯世故狡诈，两人的性情相距甚远，因此不可能有幸福美满的爱情结局。对狄多来说，埃涅阿斯对她的伤害首先来自于变心和欺骗，从而引起她在名誉上的损失。狄多选择以自杀的方式来回应失去爱人和名誉受损的现实。狄多的哀诉和自杀，是对埃涅阿斯的另一种谴责。

狄多死前大大地哭诉了一番，她首先指出，背叛是男性在爱情中的普遍表现之一。在奥维德笔下的《女杰书简》中，黛多（即狄多）以迦太基的王权和爱情两方面的条件都无法挽留埃涅阿斯，因为他向往的是更多的权力和爱情，狄多质问埃涅阿斯：

何时你能兴建一座城，
正和迦太基一模一样？
何时你能又有个妻子，
她爱你完全像我这样？①

此处的狄多强调迦太基的王权和她的爱情都是独一无二的，一旦失去将不可再来，而埃涅阿斯对迦太基领土权力和她的爱情的抛弃也是永难扭转的。在乔叟的作品中，埃涅阿斯的忘恩负义是男性的一种通病：

'Allas!' quod she, 'what me ys woo!
Allas! is every man thus trewe,
That every yer wolde have a newe,
Yf hit so longe tyme dure,
Or elles three, peraventure?
As thus: of oon he wolde have fame
In magnyfying of hys name;

---

① ［古罗马］奥维德著，南星译：《女杰书简》，北京：生活·读书·新知三联店1992年版，第80页。

Another for frendshippe, seyth he;
And yet ther shal the thridde be
That shal be take for delyt,
Loo, or for synguler profit.'
"唉!"她说,"我多么不幸!
唉!难道每个男子都是这样的,
每年都要换一个新的情人,
如果一年的时间太苛刻,
可能是,一年三个?
结果是这样:爱了一个,夸大他的名声
他将获得声誉;
爱第二个是为了友情,他说;
可是,他还会爱第三个
那是为了快乐,
你看,或者单纯地只是为了利益。"(300~310)

奥维德的诗中没有达到这么深刻的醒悟,没有表现出这么强烈的痛苦,维吉尔的作品中也没有,这与古典时期的人们对男女爱情的重视度较低有关。中世纪的典雅爱情把男女之爱抬到了一个近于神圣的高度,所以乔叟对负心薄情的现象是非常敏感和痛恨的,因为这种现象又普遍存在,令他不惜大费笔墨地进行指责。

其次,乔叟笔下的狄多同样看到了男子在爱情中随意地采用欺骗的手腕。他们表面上情意绵绵,善于用动听的语言获取女子的情意,但实际上对她们毫无真心可言。

Now see I wel, and telle kan,
We wrechched wymmen konne noon art;
For certeyn, for the more part,
Thus we be served everychone.
现在我完全懂得,也能说出,
我们可怜的女子根本不知道什么伎俩;

确切地说，在更大程度上，
我们每一个人都被如此对待。（334～337）

男子虚情假意，而女子却信以为真，并以真诚回报，因此而遭到愚弄。诗中强调这也是一种普遍的现象，这种现象害人不浅，理当猛烈抨击。

狄多哭诉的第三点是她过去的良好声誉被败坏：

That I ne shal be seyd，allas，
Yshamed be thourgh Eneas，
And that I shal thus juged be—
‘Loo，ryght as she hath don，now she
Wol doo eft－sones，hardely.’
Thus seyth the peple prively.
唉，人们不会说，
我是因为埃涅阿斯而蒙受耻辱，
他们将这样看待我——
“瞧，她已经这样做了，
马上还会再这样去做，肯定地。”
他们会在背后这样指手画脚。（355～360）

因此，埃涅阿斯继续做一名完美无瑕的英雄，却让狄多一人承担了所有过错。除此之外，人们不但没有因为埃涅阿斯的欺骗背叛而原谅她的过失，反而还恶意地揣测她的品行，批评她是一名失去贞洁的女子，这个“坏名誉”是迫使狄多自杀的又一原因。所以，当散布四方的声誉与事件本身的实情大相径庭时，叙述者不能不怀疑声誉自身的可信度，以及作为传播声誉的重要工具之一的文学作品的可信度。

值得注意的是，在维吉尔的诗中，“声誉”是一个被人格化了的独立形象，它的力量强大，但在乔叟的诗中“声誉”却转化成了人们口中讲出的闲言碎语。而维吉尔笔下的狄多对空洞的声誉（Fame）的尊敬，也被乔

叟转移为一个普通女子对自己个人名声的热情追求和维护。[①] 与古人在声誉概念上的不同看法，使乔叟顺利地导入第二、三卷中对“声誉”的本真内涵的探索。

狄多的哭泣虽然悲痛感人，而且非常希望以此来软化埃涅阿斯的冷硬的心肠，但叙述者冷静地指出这毫无用处，埃涅阿斯仍旧照计划扬帆起航，去创立他的伟大业绩，狄多只有死路一条。所以，我们不能把所有的过失归咎于命运，这与埃涅阿斯本人的品德相关，他应当受到谴责，他的名声应该被怀疑。

上述关于有着英雄名誉的男性在爱情中欺骗、背叛女性并毁坏女性声誉的内容，离开了古典神话传奇中的英雄主义情怀和崇高伟大的精神风范，古典爱情故事在乔叟诗中被现实化、世俗化地再次表现出来，成为一个穿着古典外衣的中世纪晚期的世俗爱情故事。狄多更像是一位中世纪的贵族妇女，而不是一个古典传奇故事中统治一方的女王。埃涅阿斯的形象也是中世纪式的。因此，这里对埃涅阿斯的道德谴责不是站在古典时期维吉尔、奥维德的立场上进行的。乔叟从中世纪的传统典雅爱情的评判立场出发，借古典故事批评当时的现实生活中普遍存在的男性背信弃义的现象，表达了对深受其害的女性的同情和怜悯。

综上所述，《声誉之宫》中关于埃涅阿斯与狄多的爱情悲剧，诗人乔叟既接受了古典作品中的原初观念，同时又从现实的角度认识和表现了这些历史上的神话传奇，并把古典英雄的爱情故事转化为现实生活中普通男女的感情纠葛，乔叟从所处时代尊崇的典雅爱情观念出发来再现、评判了这些古典故事。这不是古典英雄传奇在中世纪晚期的原样复活（renaissance)，而是它们在不同的时代获得了新的生命。它们既是历史的，又是现实的。同样地，这个爱情悲剧也是对《公爵夫人之书》中歌颂的理想人生境界的一种冷静反省，它一方面指出对理想爱情的追求与对现实利益的追求不可两全，在这种关系中，爱情悲剧的发生有一定的合理性和必然性，理想的人生境界难于到达；另一方面，也强烈谴责了精神堕落中的罪恶，指出它们存在的普遍性。

---

① 参见 Wolfgang Clemen, *Chaucer's Early Poetry*, trans. C. A. M. Sym, London: Methuen, 1968, p. 83.

# 第二节　声誉本质与人生事实

前面一节已经论述了本诗第一卷的埃涅阿斯和狄多的爱情悲剧，在诗卷中乔叟既尊重了古典时期的评判标准，肯定埃涅阿斯为了完成英雄业绩而放弃爱情的合理性，同时也从自己所处时代的思想视角入手，揭露了埃涅阿斯是造成狄多悲剧结局的有罪之人。诗歌的后面两卷，叙述者走出维纳斯神庙时，发现自己身处荒漠之中，象征性地暗指自己发现这个爱情悲剧的真相后，旧有的很多观念遭到破坏，在精神上已经一筹莫展。他向神祈祷，被一只老鹰带领去了更为神奇的地方，去寻找一些新的有用的“消息”（tydinges/tidings）。据叙述者自己的解释，他想搜集的“消息”与爱情、人生等有关，也就是说，他还在继续思考由《公爵夫人之书》中开始的关于爱情、人生哲学等问题。这首诗的后面两卷仍旧由古典的神灵、中世纪的梦幻旅行等繁杂的背景组成，是第一卷悲剧故事的延续和升华。如果说埃涅阿斯的故事是诗人乔叟作为一个悲剧性案例来警诫世人，那么后面两卷是乔叟展示自己的精神探索，从哲学、神学、现实生活中为狄多的悲剧爱情寻找根源，力求揭露这一悲剧的本质，并且希望能找到解决这些悲剧问题的方案，也为他自己的精神探索提供更新更好的思想来源和认识方式。

## 一、语言的收集

诗歌的第二卷几乎全是叙述者与老鹰的对话。关于老鹰这个形象的原型，一般都认为它是乔叟读到但丁的作品，尤其是《神曲》之后受到的启发。在《神曲·炼狱篇》的第9章，诗人但丁梦见一只金色老鹰从空中扑下，把他带入火焰界。[1] 乔叟在自己的梦中也引入了老鹰的形象，并把它

---

① ［意大利］但丁著，田德望译：《神曲·炼狱篇》，北京：人民文学出版社2002年版，第78页。

与《神曲》中引导但丁游历地狱和炼狱的古罗马诗人维吉尔的形象融合在一起。在诗中，老鹰自称是天神朱庇特看叙述者勤于创作，对于爱情却"是一个完全的笨蛋和彻底的外行"，[①] 劳而无功，出于怜悯之心，派遣它来此，带领这个可怜虫（叙述者）去声誉女神的宫殿里长长见识。在前往声誉之宫途中，老鹰高谈阔论，向叙述者讲解自然界的声音是如何到达声誉之宫的。老鹰的形象比起它的原型、《神曲》中的维吉尔来说，有些夸夸其谈、滑稽可笑，用充满着学究气的言论"坚持不懈地重复着依赖经验的证据、论证和知识"，[②] 大致上是从古典的朴素唯物主义哲学角度介绍关于自然界的声音到达声誉之宫的过程和原理。

老鹰的思路很有条理性，它首先分别论述声誉之宫、声音/语言的本质属性、事物的运动规律等，然后再把这些分论点综合起来，从逻辑上证实了它的结论的合理性。无论是分论还是总述，都是递进式地一层一层推理出来，谨严缜密，又不失诗歌吟咏所需要的动态鲜活。

先看其分述部分：

它首先向叙述者介绍此行的目的地声誉女神住的宫殿"声誉之宫"，叙述者从未听说过它的存在。老鹰自信满满地说，人世间所有的消息都汇集于此，叙述者去这里最能开阔眼界，只要游览过就不会再缺少创作素材了。它之所以如此神通，是因为据奥维德的《变形记》中所说，[③] 它的地理位置非常独特：

Hir paleys stant, as I shal seye,
Ryght even in myddes of the weye
Betwixen hevene, erthe, and see;
且听我告诉你，她的宫殿矗立在
贯通天空、陆地、海洋之间的

---

① Derek Pearsall, *The Life of Geoffrey Chaucer: A Critical Biography*, Oxford: Blackwell Publishers, 1992, p. 115.

② Derek Pearsall, *The Life of Geoffrey Chaucer: A Critical Biography*, Oxford: Blackwell Publishers, 1992, p. 115.

③ Geoffrey Chaucer, *The Works of Geoffrey Chaucer*, 2 Vols., F. N. Robinson ed., London: Oxford University Press, 1957, p. 783.

那条道路的正中间;(713~715)

因为道路如此通畅,天空、陆地、海洋这三个区域内的所有言论,都能够无一遗漏地涌向宫殿。从诗歌的语境来看,海陆空指的是自然界的三个组成部分,声誉之宫与自然界的关系很明朗,即声誉之宫贯通、覆盖自然界的所有区域,收集自然界内的所有消息。

老鹰接下来的分析转入自然领域,从语言/声音的生成方式和运动规律的角度来解释它们是如何通向声誉之宫的。它引经据典,声称它的思想来自于柏拉图、亚里士多德等古代学者的权威理论,不会有错。首先从自然界的普遍原理讲起:

That every kyndly thyng that is,
Hath a kyndly stede ther he
May best in hyt conserved be;
Unto which place every thing,
Through his kyndely enclyning,
Moveth for to come to,
Whan that hyt is awey therfro;
每一个自然的事物,
都有一个自然的位置
他可以在此得到最好的保存;
每一个事物,一旦离开了这个地方,
他就会按照他的自然倾向,
移向这里,来到这里,
直到抵达这个地方为止;(730~736)

"自然倾向"没有神灵的干预和控制,自然物不依靠神灵的力量而独立运动,自己达到那个"最好的"、最宜于存在的位置为止。老鹰通过举例来论证自然物的运动方式:自然物本身具有轻、重的特点,轻的物品上升,重的物品下沉,这是物理学意义上的推断。从陆地植物和海洋生物各有居所的事实或结果来说，老鹰证明了一切事物都有自己最好的去处的观点。①

老鹰第二阶段的论述是关于语言/声音的本质属性，它先指出语言（speche/speech）是以声音（soun/sound）的方式表现出来的，人们只有听到语言发出的声音，才能理解到语言的内涵。而声音的本质则是空气，空气出现振荡和破裂，于是产生声响，所有的语言/声音都是如此（765～768）。接下来，老鹰又分出两种打破空气产生声响的方式，其中之一是管笛（pype/pipe）式，声音在空气中转个弯后把空气撕裂；另一种是竖琴式，琴弦直接击打空气，使空气破裂，人们说话时的声音就是这样产生出来的。诗歌是一种音乐艺术活动、声音—空气的原理，这些理论目标来自于波依修斯的《论音乐》（*De Musica*）等前人的思想。②

由声音/语言产生的原理推及它们的运动规律，老鹰说，它们就像一块石头丢进水里而产生的波纹一样，一圈引起另一圈的出现，逐个荡漾开来，人的眼睛虽然看不见声音/空气的运动方式，但它们运动的原理是相同的：

Everych ayr another stereth
More and more, and speche up bereth,
Or voys, or noyse, or word, or soun,
Ay through multiplicacioun,
Til hyt be atte Hous of Fame;
每一部分空气推动另一部分空气
越推越远，于是语言逐步上升，
或者是说话，或者是吵闹，或者是遣词造句，或者是发出声响，
不断地增长，
一直达到声誉之宫为止。（817～821）

① 乔叟关于万物的求生欲望、寻求适宜生存的地方等自然本能，参考了波依修斯《哲学的慰藉》第三卷“XI”等处（［古罗马］波爱修斯著，荣震华译：《神学论文集 哲学的慰藉》，北京：商务印书馆2012年版，第153～155页。）。

② Geoffrey Chaucer, *The Works of Geoffrey Chaucer*, 2 Vols., F. N. Robinson ed., London: Oxford University Press, 1957, p. 783.

因为空气属于轻物质一类，其运动方式是上升的，而且不同空气之间互相推动蔓延，导致声音/语言成功地上升运送到声誉之宫。这里空气/声音/语言的所有原理属性，都属于前面“自然倾向”的范畴，而对声音/语言的产生与运动的论述之间也是一环扣一环，流畅自然，条理清晰。

分述完之后，老鹰用两个三段论总括了前文，并推理出了结论。

第一个三段论：

大前提：每一事物都自然地朝向它应该去的那一个方向运动，并抵达那个本来就应该属于它的位置（这是它最好的方向和最好的位置）。（828~829）

小前提：声音和语言在本质上都具有上升的倾向。（824~825）

结论：每一个声音和语言都必然在空气中达到和占有它自己的位置。（831~834）

第二个三段论：

大前提：每个事物一旦离开它应该占据的那个位置，必然会朝向那个位置移动。（835~838）

小前提：声音会自然而然地朝向它自己应该去的那个位置移动。（840~842）

小前提二：“声誉之宫”位于天、地、海之间，是声音最宜于收集的地方。（844~847）

结论：每一个人的每一句话，都将抵达“声誉之宫”。（849~852）

老鹰的论证缜密且不拘泥于形式，其中第二个三段论可以拆为两个三段论进行。分述和总述所涉及的现象和变化都是事物自身的发展趋势所致，是自在自为的，无须神灵干预和影响。这些自然事物存在和运动变化所依凭的法则是神/上帝所制定的，神灵高高在上，理性还是有自己的独立、合法位置。

老鹰其后的言谈还涉及古典神话传说中的天体观等。总之，它和《神曲》中的维吉尔的不同之处在于，维吉尔是一位诗人、古典思想文化的继承者和传播者，而老鹰头头是道的分析使它更像一个古典哲学家，它的这番言谈使它唯一的听众——叙述者——想起了一位前辈学者：

And thoo thoughte y upon Boece,
That writ, "A thought may flee so hye,
Wyth fetheres of Philosophye,
To passen everych element;
And whan he hath so fer ywent,
Than may be seen, behynd hys bak,
Cloude," ...
这时我想到波依修斯,①
他曾经写道:"思想可以飞得如此之高,
借助于哲学的翅膀,
超越一切自然力量;
他飞得如此之远,
以至于无法看见,只在他的身后,
撇下云翳。"……(972~978)

诗人引用的这段话来自于波依修斯《哲学的慰藉》第四卷第一首诗,②这里"借助于哲学的翅膀"的思想是指人类的理性思考,"element"既指自然力量、自然环境,也可以指宇宙的组成元素。在古典时期,人们认为宇宙是由火、气、水、土四大元素组成的,所以"element"也指代自然物质世界。因此,这里的"思想"超越它们,包含有超越尘世世界、抵达永恒天堂的意思。其后诗行中提及"思想"到达人类目力所及的范围之外,内容与之相同。在这个意义上,老鹰/诗人凭借于它,超越肉体、尘世的局限,来到天、地、海三处汇集地的声誉之宫,这是可能的、有效的。此

① 波依修斯(Anicius Manlius Severinus Boethius,约480—524或525),出身罗马贵族,其父、他本人、两个儿子都曾作罗马执政官,显赫一时,因与国王迪奥多利克(Theodoric)不和而被诬为叛国罪下狱,一年后被处死,在狱中写《哲学的慰藉》。波依修斯接受过良好的古典教育,精通希腊文,他将亚里士多德、波菲利(Porphyry,232—304)等人的希腊文著作译为拉丁文,并加以注解,此外他还有一些神学论文。波依修斯被誉为"第一个中世纪思想家"(唐逸:《进入中世纪的思想家波依修斯》,《世界宗教研究》2000第3期,第1~10页)。

② [古罗马]波爱修斯著,荣震华译:《神学论文集 哲学的慰藉》,北京:商务印书馆2012年版,第165~166页。

外，在波依修斯看来，“这世界不是由一些偶然的机缘所支配的，而是由上帝的理性在掌管着”。[①] 因此，人类对宇宙的理解可以、也应该从理性的角度出发。在这个意义上，老鹰的理性视角、古典朴素唯物主义思想也是正确有效的，它可以成为叙述者借以了解和通向声誉之宫的神圣真理的手段。

诗中老鹰的分析虽然是古典朴素唯物主义的思想，但乔叟认为，它们与上帝的神圣秩序并无冲突，人可以借助于古典哲学去接近上帝的真理，古典思想的地位是合法的。然而，从这种唯物思想本身来看，它的主角和执行者是人而不是上帝，是人按照自身的意志要求，从事物自身的属性特质出发，主动地认识和思考世界的本质。

## 二、消息的真相

叙述者被老鹰带到声誉之宫，见识了声誉女神的断案过程，但得悉这些真相之后他并不满意，于是又被一陌生人带去消息之屋，这是原始信息汇集和加工之处，叙述者认为他总算找到能够真正有所收获的地方了。虽然这首诗没有写完，但它与《公爵夫人之书》一样，越到后面的诗节，就越是诗人重视的核心问题所在。诗人先写声誉之宫中的见闻，再写消息之屋中的观察，是一种追本溯源式的倒叙。从产生的方式和过程来看，先有信息，信息从尘世世界飞往消息之屋，经过汇合、加工，转送到声誉之宫，声誉女神在声誉之宫中作最后裁定后，再把各种消息返回尘世，让尘世世界执行。信息是一种客观材料的混合杂糅，可以从理性、必然的角度把握，声誉由一位女神操作，带有偶然性和盲目性，这是一个先客观后主观的过程。

乔叟借助老鹰之口，介绍了“声誉”产生的第一阶段——消息由人间上升到天界，是一种物理学意义上的产生和发展过程，完全是理性、自然、本真的。这些消息到达消息之屋后，加入了人为的因素，产生变形，失去原有的真实性，到达声誉之宫后与事实真相相差更远，经声誉女神一

① ［古罗马］波爱修斯著，荣震华译：《神学论文集 哲学的慰藉》，北京：商务印书馆2012年版，第96页。

锤定音，返回人间的“声誉”在多数情况下名不副实。因此，“声誉”的生产过程是一个由物质到精神、由低级到高级、由真实到虚假的上升、变异过程。

现具体分析消息之屋的生产流程。

声誉之宫是位于山顶的一座城堡，而消息之屋的地点与它相对，是此山山谷中的一所用树枝编成的房子。这房子有六十英里长，外形像一只鸟笼，四处透风，日夜旋转，任何消息都畅通无阻地来到这里。

Al was the tymber of no strengthe,
Yet hit is founded to endure
While that hit lyst to Aventure,
That is the moder of tydynges,
As the see of welles and sprynges;
整座屋子都是用不结实的木料制成，
然而只要它投合机缘
就能永久存在，
这屋子是消息之母，
就像井水和山泉都将归于大海一样。(1 980 ~1 984)

“Aventure”（机缘）有 adventure、chance、luck、fortune（命运、运数、机遇等）等意，鉴于来自人间的消息如此之多，如此庞杂，而且全部汇集于此，机缘巧合时时刻刻都在发生，所以这座屋子虽然看上去随时有散架的危险，但事实上却经久耐用。这是对必然存在（树枝制成的屋子存在）和偶然机遇（人间各种消息的混杂）之间关系的一种形象解说。

叙述者借助于老鹰的力量进入屋子，发现里面拥挤不堪，老鹰在第二卷中已经解释，这些人其实是来自人间的消息来到这里之后，又化为传达消息的人本身的形象。人皆有口，消息在此播报，使它们在不同的人之间传播，每一次传播都不是实事求是，要么独断片面，要么渲染夸大，而如果是虚假的消息，更是以讹传讹，夸张到无以复加的程度。所有的消息经过如此加工传播后，最终上升，通过窗口逃出这所房子，如果窗口不通，也会通过屋子的缝隙而传出去，到达声誉女神那里。

叙述者发现，原本真实和错误的消息来到这“消息之屋”后也不是各自为政，谎言与实话也有相遇的时候，由于它们的本质不同，它们必然会发生冲突、互不相让，然而最后的结果却不是分出胜负，而是谎言与实话商定干脆结为兄弟：

We wil medle us ech with other,
That no man, be they never so wrothe,
Shal han that on [of us] two, but bothe
At ones, al besyde his leve,
Come we a - morwe or on eve,
Be we cried or stille yrouned.
我们俩打成一片，
没有人能够［把我们］拆开，
不管他们有多么生气，
我们合在一起，他必须两个都承认，
不论我们是清晨到来，还是晚上出现，
不论我们是高声喊叫，还是仅仅窃窃私语。(2 102 ~2 107)

于是它们组合为一个消息（tydinge/tiding），与其他消息一起前往声誉之宫。这种真假混杂的消息，比纯粹的假消息和被夸张变形的真消息，更加难以辨别，它混淆视听的程度也是惊人的。

关于消息本身的真假，叙述者说，他看到充斥消息之屋的是大量的水手、朝圣者、卖赎罪券的教士、信差、使者等，① 他们随身的口袋、盒子里装着的都是谎言。这些谎言将真实的消息挤兑开来，经过消息之屋和声誉之宫的过渡，被吹散到世界各地。

总之，乔叟以形象或者说拟人化的方式，解说了不可见的消息的变异现象。消息有两种：真消息与假消息。消息的变异方式也有两种：夸大和混杂。消息在消息之屋内的传播是一次对作为原材料的消息进行加工和扩

① 乔叟在《坎特伯雷故事》的“总引”中对这些形象作过逐一点评，认为他们都是善于招摇撞骗的人。

大的过程，凡离开这所屋子的，没有一则消息与事实本身相符，很多离事情真相遥远到了匪夷所思的程度。这些虚假错误的信息抵达声誉女神那里，不可能带来公正的裁决和合理的声誉。这些都是人的理性思维可以把握的。把这种变异发生的地点由消息之屋还原到人类社会，这个消息的生产过程寓言式地反映和图解了现实社会中世俗消息传播的真相：没有神灵的干预，它是世人自己生产、加工、制造出来的，最终也由人自己接受和承担。

目睹了这一切，叙述者的情绪应该比在声誉之宫中好不了多少。但诗中笔锋突然一转，一个似乎很权威的人物出现于消息之屋，应该是了解消息之屋的某种真相或来宣告某些真理的，但遗憾的是，作品没有完成。有研究者认为，乔叟本来是计划把此诗献给年幼的英格兰国王理查二世，预祝他与米兰公主成功联姻，诗中的权威人物要宣布的就是这个喜讯。但由于谈判最后失败，诗人的写作也到此中止。[①] 从他在《公爵夫人之书》中对位高权重的兰开斯特公爵的爱情生活的文学改写来看，如果《声誉之宫》确实是为理查二世的婚事而作，诗人也不会离开追求和揭示某种爱之真谛这一主题。进而言之，他剖析消息、声誉与真知的偏离现象，对应于此前狄多的爱情悲剧，意在寻找实至名归的真爱与真誉，并预先宣布理查二世的爱情婚姻将是最佳的典范。因为现实政治联姻的失败，他的诗歌创作也不了了之了。

## 三、声誉的价值

众消息离开消息之屋到达声誉之宫后，由宫殿的主人——声誉女神作终审判决，女神赐予的声誉返回人间传播，让这些消息的主人受到与这声誉相应的善待或毁损。

诗中的声誉女神是一个意味深长的角色。她高居殿堂之上，被一群纹章司吏包围着。这些司吏接受富人的贿赂，替富人从声誉女神那里讨取好的名声，因此对声誉女神只是阿谀奉承，歌功颂德，不要求女神公正断

---

① 参见刘进：《乔叟梦幻诗研究：权威与经验之对话》，北京：社会科学文献出版社 2011 年版，第 103、117 ~ 118 页。

案。在这些人的环绕中，声誉女神固然威仪华贵，神秘莫测，同时也像是一个被惯坏的统治者，为所欲为，导致人间传播大量名不副实的声誉。

乔叟对声誉女神外在形象的刻画是象征式的：女神有时看上去身材很小，小到不及人的胳膊那么长，但转眼间又高大无比，脚踏地头顶天，女神的眼睛多如禽鸟身上的羽毛，还有很多耳朵和舌头。这里乔叟应该参考了波依修斯在《哲学的慰藉》中对哲学夫人这一角色的描画：

> 她（注：哲学夫人）的身高显得无可捉摸，有时她并没有超出常人的高度，但有时她的头顶似乎已经顶到了天上，而且，要是她把头抬高的话，似乎就会刺破诸天，便没有人能看得到她。①

哲学夫人可大可小的身材，是表明她既可思考微小的现实问题，又可探讨无穷宇宙的本质和上帝的神意。本诗中声誉女神拥有类似的身材，除了有这些神通外，还有难以捉摸、诡怪离奇的一面，理性和智慧的色彩减弱了。声誉女神的眼睛、耳朵、舌头之多，象征性地说明她眼观四路，耳听八方，而且话语很多，足以控制世界的消息资源，并把她的裁决——声誉——广播出去，产生巨大的影响力。

声誉女神除了自己能力非凡外，还有一个替她执行命令的下属风神埃俄罗斯（Eolus/Aeolus），他使用两把号角，其中之一是：

> That is ful dyvers of his soun,
> And hyt is cleped Clere Laude,
> With which he wont is to heraude
> Hem that me list ypreised be.
> （这把号角）能发出所有不同的音调，
> 名字叫做“嘹亮地歌颂”，
> 他（注：风神）总是用它去宣扬
> 我想要赞美的人。（1 574 ~1 577）

---

① ［古罗马］波依修斯著，荣震华译：《神学论文集 哲学的慰藉》，北京：商务印书馆2012年版，第78页。

另一把号角恰好相反：

That highte Sklaundre in every toun,
With which he wont is to diffame
Hem that me liste, and do hem shame.
它［注：号角］掌握着每一个城镇里的“诽谤”，
他［注：风神］总是用它去中伤那些
我想要中伤的人，使他们蒙羞。(1 580～1 582)

可见，声誉对人有两种作用，一种是赞扬，一种是诽谤。两把号角执行的是声誉女神声称“我想要……”的任务，即事实真相与声誉之间隔着声誉女神的主观意愿。当女神撇开真相来授予声誉时，赞扬和诽谤与当事人本身的功过得失无关，结果，这种赞扬和诽谤可能是一个人应得的，也可能是完全错误的。

在这个基础上，声誉女神给予九类不同的人以不同的声誉，汇总如下：

第一到第三批，都是应该而且自己要求得到良好声誉的人。声誉女神没有给第一批人任何名望，他们很快被世人遗忘（1 526～1 566）；给第二批人恰恰相反的声誉，他们受到诽谤（1 606～1 630）；对第三批人却过分地优待，他们获得的声誉远远超过应得的那些（1 657～1 676）。

第四、五批人也功绩卓著，但他们自己要求不要任何声誉。声誉女神答应了前一批人的请求，对后一批人却大加赞扬，使他们名扬天下（1 689～1 726）。

第六、七批人一生毫无功德，却要求得到虚名假誉。声誉女神给了前一批人好名声，但把后一批人大骂一通，让他们空手而归（1 727～1 810）。

第八批是犯了叛逆之罪却要求得到好名声的人。声誉女神拒绝了他们的请求（1 811～1 822）。

最后是一批无耻的流氓罪犯，要求以恶名传世。声誉女神同意了（1 823～1 867）。

因此，声誉女神是依着她一时一地的情绪和喜好来作出裁决的，她随心所欲，对同一案情可以作出截然不同的处置。在上述九批案例中，女神对四批人（第五、七、八、九批）的裁决符合事实真相，其他几批则处置不公正。女神给了四批人（第三、五、六、八批）好的名声，给其他的人要么是恶名，要么干脆就无名。面对不同的请求，女神应允了三批人（第四、六、九批）的要求，对其余的人故意作出违逆他们意愿的裁决。

对于前来声誉之宫的世人，前五批人都是有功德之人，后四批则是虚度光阴或有罪之人。其中第四、五批人不要求任何声誉，第九批人要求臭名远扬，其他六批人都向女神索取好的名声。有四批人（第一、二、三、九批）要求声誉女神公正对待，其他五批人则要求不同。

因此，围绕着"声誉"，人类有不同的表现和要求，声誉女神有不同的裁决，其中人的好恶几乎持平，女神给予的毁誉也相差不大，整个裁决过程中理性、公正与盲目、偏见混杂在一起。"声誉"本身的价值到底如何，乔叟既没有肯定，也没有否定，而成了一个未知数。

再返回到叙述者初到声誉之宫时所看到的情景。首先，他发现整个殿堂建在一块遇热即可化掉的冰岩上，虽说晶莹灿烂，但实在是危险。其次，岩壁上刻满了姓名，都是伟大人物的名字，目的是为了让后人纪念和歌颂他们的丰功伟绩，可是字迹的清晰度不一，是否能保存这些名字，全看它是刻在易被太阳照耀而融化的南面，还是阴凉的北面，这与功业本身的价值不是对等的。最后，宫殿本身是一块巨大的绿玉石雕琢而成，美轮美奂，宫殿外墙的这种材质显示出它的物理性能：

That shoone ful lyghter than a glas
And made wel more than hit was
To semen every thing, ywis,
As kynde thing of Fames is.
它闪闪发光，比玻璃还要明亮，
让所有反照出来的东西
比它本来的样子更大，确实，
这就是声誉的本性。(1 289 ~1 292)

这也象征性地说明声誉本身就是建立在一个随时可融化消失的地基之上，已雕刻下的名字可能模糊消失，被反映到声誉之宫的声音被夸大不实等。

综上所述，由语言/声音，到消息，到声誉，乔叟作了一个层层递进式的论述，每一层论述采用的方式角度各不相同。如果说在老鹰的解说之下，语言/声音是一种无生命的物体产生、运动变化的过程，属于物理学意义上的自然领域，那么上升到消息之宫中的语言材料经过人的整合加工，是人类社会生活领域内的现象。抵达声誉之宫的消息交由声誉女神处置，可以认为是神与人的关系中产生的人的某种不可知的命运和归宿。在这个意义上，乔叟对声誉的产生进行了自然哲学、社会哲学、神学三种不同的思考，而且每一种思想涉及一个独立的领域，三者综合起来才是完整的声誉的本质。其中可以看到，除了借老鹰之口说出的语言/声音的本质是一个可靠的结论之外，进入人类、神学领域的消息和声誉，都是极不可靠的，诗人似乎充满着失望情绪，不停地解构自己原来的信念和旧有的权威定论。当这些东西被否定得差不多时，他更加期待要找到一个新的、能够解决这些问题的权威，所以，这首诗留下了一个未完成的结局，也有可能是他有意留下一个开放式的结尾，或者是他暂时还无力找到一个答案，还需要做更多的寻找和思考。在他下一部完成了的作品《百鸟议会》中，他的这些疑虑和彷徨基本上已经结束了。

## 第三节　重返现实生活

《声誉之宫》与《公爵夫人之书》有很多相似之处：都是梦幻诗，都采用八音节双韵体，都有一名叙述者讲自己的梦中的经历，正文的第一部分是古典神话传奇故事，第二部分是叙述者与别人（黑衣骑士、老鹰）的交谈，第三部分是主要人物的自述（黑衣骑士的爱情故事，叙述者在声誉之宫和消息之屋的所见所闻等）。但不同之处也是明显的，这是因为“乔叟的文学视域在写作《公爵夫人之书》后得到了很大的拓宽，此时他已经去过意大利一次，而且，他已经知道但丁、薄伽丘，毫无疑问还有彼特拉克的作品，他广泛地阅读了拉丁文的寓言诗，并通过集中阅读，他掌握了许多个文学的支流，包括中世纪拉丁语、法语、意大利语、英语作家的创作”。[①] 所以，《声誉之宫》在文体和韵律方面比前一首诗成熟，表现方式也更为自由灵活，而且，“《公爵夫人之书》已经显示出乔叟特有的多个主题和风格混杂的特征，这一点在《声誉之宫》中更是进了一步。(从这里)我们发现，那些人们熟知的传统手法不仅仅可以运用于一种全新的途径，它们还可以在一种传统的框架内产生出某些完全意想不到的和令人惊奇的东西来”。[②] 此外也很重要的是，它是乔叟第一首受意大利影响的诗作，[③] 他的创作、思考在此都出现了一次变异。

## 一、祷告与梦幻

与《公爵夫人之书》相比，《声誉之宫》在三卷诗的每一卷正文之前都增加了一段“祈祷文”（The Invocation），三段“祷文”分别向睡神莫菲斯、爱与美之神维纳斯和文艺女神缪斯、太阳神阿波罗祈祷，请求赐福。这是古典文学和古典文学研究中所特有的一种修辞手法：顿呼（spostrophe），即“诗人祈求获得诗的灵感和某种超人的神圣天赋的一种召唤神灵魔怪的符咒（invocation）”。古希腊荷马史诗中，叙述人荷马在两首诗（《伊利亚特》、《奥德赛》）中都是先向缪斯女神呼告，再开始正文。其后，古罗马的贺拉斯在《诗艺》里引用了《奥德赛》的第一句“诗神，告诉我，在特洛亚灭亡之后，那位英雄怎样阅历了许多城市，见到人间各种各样的风习”，这种手法经过修辞学家昆提利安等人的努力，发展成了

---

① Wolfgang Clemen, *Chaucer's Early Poetry*, trans. C. A. M. Sym, London: Methuen, 1968, p. 68.

② Wolfgang Clemen, *Chaucer's Early Poetry*, trans. C. A. M. Sym, London: Methuen, 1968, p. 67.

③ Geoffrey Chaucer, *The Works of Geoffrey Chaucer*, 2 Vols., F. N. Pobinson ed., London: Oxford University Press, 1957, p. 280.

一种传统，包括但丁都受其影响。[1] 而在乔叟的创作中，除了《声誉之宫》外，后来收入《坎特伯雷故事》中“骑士的故事”的《安妮丽达与阿赛特》、《特洛勒斯与克丽西德》都继续使用这一修辞手法。在本诗中，这三段祈祷文分别来自于但丁的《神曲》和奥维德的《变形记》,[2] 其中第二卷卷首的祈祷文受这种修辞学传统的影响非常明显：

Now faire blisfull, O Cipris,
So be my favour at this tyme!
And ye, me to endite and ryme
Helpeth, that on Parnaso duelle,
Be Elicon, the clere welle.
O Thought, that wrot al that I mette,
And in the tresorye hyt shette
Of my brayn, now shal men se
Yf any vertu in the be,
To tellen al my drem aryght.
Now kythe thyn engyn and myght!
现在，美丽幸福的塞浦路斯的女神，
愿你助我，就在此刻！
还有你，居住在帕那索山上
赫列孔的清泉边的神灵，
也求你们帮助我，写成这有韵的诗篇。
啊，萦思，你记下我全部的经历，
关进我的大脑
的宝库里，人们马上就要看到
你是否具有那美德，
正确地传达我所有的梦境。

---

① 参见熊云甫：《论乔叟的修辞艺术》，《四川外语学院学报》1995 年第 4 期，第 8 页。

② Geoffrey Chaucer, *The Works of Geoffrey Chaucer*, 2 Vols., F. N. Robinson ed., London: Oxford University Press, 1957, p. 780.

现在，请显示你的才能和力量吧！(518～528)①

“塞浦路斯的女神”指的是维纳斯女神，“帕那索山上……的神灵”即缪斯女神。但乔叟不同于前人的地方也很明显，他不仅向艺术之神求助，还向其他神灵呼告，同时还把“萦思”(Thought)这个抽象名词拟人化和客观化，这个词的归属是人自己，是人自身智性潜能的张扬。所以，乔叟在创作中，既寄希望于古典神灵的帮助，也希望人类自身的能力能得到发挥，只有两者相得益彰才能吟唱出好的诗句。这里除了神的光环之外，人性的色彩也熠熠生辉。

诗歌的第一卷，叙述者在正式开始介绍他做的梦之前，先有一个65行的“序言”(Proem)，“序言”中就梦的本质作了一番探讨。整个分析非常有条理：诗人首先讲人做梦的时间，有白天夜晚之分。然后是梦中的内容，有的是真有的为假，有的是预告有的则不是，有的是幻影有的却是庄严的神谕，每个人的梦也各不相同等。诗人说他不懂这些，也没打算在这方面花费心思：

To knowe of hir signifiaunce
The gendres, neyther the distaunce
Of tymes of hem, ne the causes,
Or why this more then that cause is;
[我不想]去知道它们的意义
种类，不想知道它们在时间上
相隔有多远，不想知道它们产生的原因，
或者为什么是这个原因，而不是那一个。(17～20)

接下来叙述者罗列了七项梦产生的原因：人的体质(complexion)、大脑衰弱、日常生活紊乱(dysordynaunce/disorder)、虔诚的宗教沉思、生活

① “engyn”(即engine，engin)，在中古英语中是“技艺、机器”的意思，该词源自古法语engin，指“天生的才能，固有的能力”，也源自拉丁语“ingenium”，指“天生的能力”。

处境悲惨、神灵使人做梦、神灵通过梦境向人类发出告诫。

从诗人的这些分析来看，虽然卷首的呼告“愿上帝赐我们每做一场梦都会转好运！”把梦的主宰权归于上帝，人是被动接受的角色，在这个意义上，人只需要完成做梦这个活动就行了，其前因后果是上帝的事情，人是不需要考虑、也无法去控制的。相应地，叙述者一再声称自己根本什么都不懂，也没兴趣研究这些活动。但是，叙述者事实上还是以一种近似于科学探讨的态度，对梦的来龙去脉、具体内涵作了细致的分析。有了这个分析作基础，人的独立自主能力可以得到加强，被动消极的一面则可以被减弱。其次，在叙述者眼中，梦的本质是多样复杂的，难以理解的，且兼有人类自然现象和神灵启示两方面，具有两面性，其中非神性的一面值得我们注意。再次，叙述者对梦的内容的分析是围绕着梦与现实的关系展开的，不是尘世与天堂的对照，也不是神性与人性的对照。具体来说，尘世现实是梦幻的参照系，凡反映了现实的或能转变为现实的（包括神谕）内容，就是真实有价值的，否则就是虚无缥缈的。它的价值尺度不是神灵、不是超世，而是现实。最后，叙述者提出的七项梦的原因中，来自于人现实的状态和活动的原因有五项，最后两项才是神的干预，说明叙述者站在现实生活经验的角度思考得更多，在叙述梦的种种前因后果中，真实的因素也多于虚幻的因素。

因此，诗人乔叟是否真的知晓梦的本质，诗中对梦的解说有无错误和遗漏之处，不一定是必须追究到底的问题。然而可以确定的是，梦的现实实用性应该是乔叟最关注的内容之一。《公爵夫人之书》中的主要人物和事件（黑衣骑士和他的意中人的爱情故事）在乔叟的现实生活中有直接的人物、事件原型，在《声誉之宫》中，也是写梦，写古典传奇中的爱情故事，与之相比没有直接的现实原型，但从乔叟对外在现象（梦）的本质所作的高度理性的分析来看，它对现实的反映比前一首诗更为深刻，并且从理性的角度引出把握事物真相的思路。

## 二、古典朴素唯物哲学与传统有神论

诗中有两个权威（形象），其一是自然界的客观规律，即老鹰的解说，是理性和客观的分析；另一个是神灵，即声誉女神，她掌握人间声誉好恶存亡的大权，人类必须服从。因此，前者是朴素唯物哲学的视角，后者是传统的有神论意义上的视角。

值得注意的是诗人对两位权威的态度。在诗中，叙述者在老鹰面前似乎很木讷，老鹰不问他是否同意，从空中扑下来抓起他就往天上飞。在鹰爪之下，叙述者给吓得半死，而且对在天上的飞行并不感到兴奋，有些迫不得已的意思，他似乎更愿意安全地在地上走动。老鹰滔滔不绝地发表它的见解，叙述者却对这些长篇大论反应迟钝，只是一味地听着，不提任何意见。后来老鹰表示，如果叙述者愿意，它可以现场讲解更多的天文学方面的高深学问——因为叙述者只知传说中天上神灵们的故事，不知这些神灵们究竟住在何方，所以这方面的知识有待加强——但叙述者客气地拒绝了。

"No fors," quod y, "hyt is no nede.
I leve as wel, so God me spede,
Hem that write of this matere,
As though I knew her places here;
And eke they shynen here so bryghte,
Hyt shulde shenden al my syghte
To loke on hem."
"不要紧的，"我说，"没有必要。
上帝保佑，我知道
那些书上写的有关他们的事迹，
似乎他们的方位我也知道了；
更何况他们如此光芒万丈，
如果我直接去看
将使我双目失明。"（1 011 ~ 1 017）

"我知道/那些书上写的有关他们的事迹，/似乎他们的方位我也知道了"的意思是说，一个人不知道天上神灵所化的星宿的方位，照样能知道那些神灵的故事。而且，神灵的故事中可能会涉及他们所处的方位的知识，读了故事就可能知道，或者相当于知道这些知识了。其后的三行诗包含两方面的内容：其一，前人的学问和神迹太耀眼，叙述者可能无法读懂；其二，叙述者可能担心一旦专注于这些相对专业、琐细的知识，反而妨碍他认识更重要的内容，如这些事迹本身的真相，关于基督教上帝的真理等。因此，叙述者对老鹰（或者说古代哲人）的学问推崇归推崇，但多少有些敬而远之的意味。

对于声誉的威名、声誉女神的神采，叙述者的态度也差不多。他看到声誉女神宫殿内两侧站立的前辈名人的雕塑，深表景仰，并且感谢那些保存、挖掘、传播这些名人事迹的歌手学者，但从前文中他把伟大的英雄埃涅阿斯的爱情贬得一钱不值来看，他对这些赫赫威名怀有存疑之心。而后在和人聊天时，叙述者声称他老早就知道声誉女神是怎么一回事了，这次只是亲眼目睹一下女神真容以及她断案的具体程序而已，其实他的来意并不在此：

> The cause why y stonde here：
> Somme newe tydynges for to lere，
> Somme newe thinges，y not what，
> Tydynges，other this or that，
> Of love，or suche thynges glade.
> 我站在这里的目的是：
> 我想听到一些新的消息，
> 一些新的事物，我也不知道是些什么，
> 是现在或者过去时代的，有关爱情的
> 消息，或者是类似的趣闻。（1 885 ~1 889）

叙述者声称，他在声誉女神这里没有发现他想要的这种消息和事物。在中世纪，神灵的居所和神迹是最令人激动的材料来源，而叙述者在得到这个宝贵的机会后，居然觉得不过尔尔。叙述者这样做，并无亵渎神灵的意思，其原因应该与前面对古典思想的态度差不多：其一，出于敬畏之心，有关神灵的知识永远都是超出人类智力范围之外的，一切研究探讨神灵的活动都将成为徒劳，或者结果有限。其二，叙述者的兴趣所在，或者说他的思维兴奋点明显地不在这里，他只想了解他的认识能力范围之内

的，并且是最具有实践意义的事物现象。神灵离人类的生活太遥远，神灵对人类生活的干预人类无法控制，所以，叙述者不打算耗费太多时间去研究有关神灵的学问。

进而言之，诗中从朴素唯物主义和有神论两个角度认识声誉本质，即通过理性和超自然（神灵）的启示这两种途径进行分析，这种认识方法既全面又深奥，但并不是诗人乔叟所独创的方法，而是中世纪，尤其是中世纪后期经院哲学采用的一种比较普遍的思维方式。如比乔叟早一个世纪的托马斯·阿奎那一生致力于把基督教神学与亚里士多德哲学结合起来，因此他认为神学研究应该从两个角度进行，一种是超自然的启示途径，另一种是理性的方法。两种方法的目标一致，都是用于理解上帝的本质。[①] 在本诗中，叙述者目睹了声誉女神断案的过程，但他并不想把女神的所作所为刨根究底地弄个一清二楚。这是因为，声誉女神是神灵，只需要直接或者间接地显示她的神威和某些本质就可以了。而从人的角度来说，凡人只能是"被告知上帝是什么样的"，[②] 因为凡人没有资格、也不可能彻底把握神的本质，这是典型的启示性的认识方式。而老鹰的讲述、叙述者在"消息之屋"中的所见所闻，则是原原本本地分析了消息的产生根源和变化规律，是理性的思维方式。但是，消息的这种自我生产、自我发展的过程不是独立完整的，它们无一例外地必须去往神灵（声誉女神）的宫殿里接受最后的裁决，才能返回人类世界。再者，经过声誉女神的胡乱断案，本来已经失真的消息更是真伪难辨，不是理性思维能够理解和控制的。从这个意义上讲，理性的思维方式不能够解释覆盖一切现象，必定与神灵的势力共存。

但是，这并不是说乔叟循规蹈矩地依照基督教经院哲学的思维方式来思考创作，因为乔叟的创作目的和经院哲学是截然不同的。比如说，在托马斯·阿奎那那里，所有理性推论都是为了证明神的存在和本质（如他运用逻辑推理的方法对上帝的存在作出五种证明）。而本诗中的所有推理论证都是用于追溯声誉的本质，这"声誉"是凡人的声誉，神的声誉为何，

---

① ［美］奥尔森著，吴瑞诚等译：《基督教神学思想史》，北京：北京大学出版社2003年版，第361页。

② ［英］麦格拉思著，马树林、孙毅译：《基督教概论》，北京：北京大学出版社2003年版，第172页。

该如何界定，乔叟没有谈，而且从乔叟所处的有神论世界中，这也是不能涉及的命题。也就是说，诗中的启示只是神对人的启示，神界定人的声誉，把这不可怀疑的权威结果发布到人世间，即启示给人类看，仅此而已。命令发布完了，叙述者再无事可做，所以他很快就离开了声誉女神的宫殿。

## 三、现实生活

前文认为，《声誉之宫》中虽然也采用了古典时期和中世纪文学中常见的祷告与梦幻的形式，但诗人在向神灵的祷告中加入了人性的因素，对梦幻的分析基本上是现实理性的。对于古典朴素唯物主义哲学和神灵（声誉女神）对人事的干预现象，诗人均表现为点到为止，敬而远之。作品中的叙述者在梦中一直游历到消息之屋后，他与适才在老鹰的鹰爪之下和声誉女神的宫殿内的木讷迟钝大不一样，变得积极活跃起来：

And as I alther-fastest wente
About, and dide al myn entente
Me for to pleyen and for to lere,
And eke a tydynge for to here…
我尽最快的速度
到处走动，集中所有的注意力
准备游玩和学习，
还打算从这里打听一个消息…… (2 131 ~2 134)

前文已述，消息之屋可以视为人类社会现实生活的真实反映，在这个意义上，叙述者认为，最有价值的是来自于现实生活的最原初的消息。

诗中理性的方法分别运用于自然科学和人文社会科学两个领域，也就是上一节中提到的自然哲学和社会哲学两种本质内涵。如前所述，同样是理性的运转方式，叙述者对“消息之屋”的偏好非常明显，对老鹰的那套朴素唯物哲学则敬而远之，这是文艺复兴时期的一种较普遍的态度。“彼特拉克和后来的人文主义者对那种强调哲学和各种科学的学术传统怀有深深的疑虑，他们偏爱于修辞学和历史学……人文主义者们更关注的是人的道德改善而不是具有传统的高等教育特点的逻辑性的和学院式的论战。”① 在本诗中，诗人乔叟对声音/消息的物理学本质的分析适可而止，他更关注“消息”的主观的、社会的原因和运作规律，因为它直接涉及有关事物现象是非善恶的道德判断。也就是说，乔叟运用理性方法的最终目标是人性自身和与人相关的社会现象，不是自然科学现象。

所以，现实生活、古典朴素唯物哲学理论、传统的有神论三者之中，乔叟思考的最终立足点是现实生活。古典哲学和有神论思想是推动乔叟的精神探索向前进展的有效工具，其中乔叟利用古典的朴素唯物哲学使自己的思想脱离现实世界的有限经验，达到飞升和超越，但在超自然的神的世界的门口停了下来，乔叟没有让这种唯物思想进犯神灵的领域。同时，乔叟承认神灵的力量无所不在，人类不可违背。但乔叟仍旧指出，由神灵作出的神圣裁决并不一定是合理的，也不一定与事实相符。同样地，历史上流传下来的、被一代又一代人称颂的杰出人物的丰功伟业、优良品质，也不一定是名副其实的。

在这里，乔叟提出了一种历史批判的观念，即把事件还原到其发生的历史时代、历史背景中去，认识事情的真相，做出自己的思考和判断。当然，乔叟也不可能完全脱离自己的时代局限、传统影响，更何况历史事件本身已经与他此时的分析隔了相当长的时间，不可能丝毫不差地把握到历史真相，他只能立足于自己的时代和生活，尽量客观地认识历史事件或传统观念，并作出和自己时代相一致的判断。

在本文前言中已经介绍，文艺复兴时期的人文主义者的主要工作之一是研究古代典籍，强调向古人学习，但这种学习不是盲目地追随。

……（人文主义者布鲁尼）说，应当按照过去的本来面目来理解过去，要用世俗的观点来理解现实，要用人的观点来解释人们的历史。人文主义者重视向古人学习，但并不迷信古人的著作，瓦拉说：“这些作品之所以神圣，并不在于他们永远关闭了人们前进的道路，而是打开了人们前

---

① ［美］埃伦·G. 杜布斯著，陆建华等译：《文艺复兴时期的人与自然》，杭州：浙江人民出版社 1988 年版，第 4 页。

进的道路。”回到历史的真实中以后，亚里士多德已不再是“权威”，而和其他人一样，成为一位受自己所处时代限制的思想家。①

这是他们最终不是单纯的复古主义者，而是代表着进步时代思潮的人文主义运动的原因。而乔叟的历史观与这些人文主义者已经十分接近了。

在这个基础上回过来看本诗中的爱情故事，按照亚里士多德的古典悲剧理论，悲剧的主人公必须是人类社会中的高贵人物，人物的行动也因此是高贵的，②只有这样，悲剧的事件才能庄严肃穆，才能吸引听众的注意，并对听众产生足够的震撼作用，以此达到陶冶人的情操的目的。③本诗悲剧中的主角埃涅阿斯和狄多，一个是传奇中的英雄，一个是华美的女王，这种人物的身份前提与这种传统悲剧观是一致的。乔叟对这个被传诵已久的爱情故事作出叙述和评判，虽然尊重了传统中已有的观点，但也不是一字不动地照抄照搬，而是做出自己的推理。他把英雄埃涅阿斯还原为一个平凡世俗的普通男子，显示出他身上的普通人的市侩和鄙俗之气。女王狄多也不是一个光彩照人的国家统治者，而是一个关注自己的世俗名誉的中世纪社会中常见的多情女子。诗人乔叟同情狄多的可悲经历，又谴责了埃涅阿斯的虚假。

---

① ［意大利］E. 加林著，李玉成译：《意大利人文主义》，北京：生活·读书·新知三联书店 1998 年版，第 5 ~ 6 页。

② 亚里士多德指出悲剧必须是模仿严肃的人的行为，“倾向于表现比今天的人好的人”，参见《诗学》，第 38、58 页。（［古希腊］亚里士多德著，陈中梅译注：《诗学》，北京：商务印书馆 1996 年版。）

③ ［古希腊］亚里士多德著，陈中梅译注：《诗学》，北京：商务印书馆 1996 年版，第 63 页。

第三章

# 理想的重建：《百鸟议会》

## 第一节 多种爱情观的论辩

### 一、起因与主线

《百鸟议会》创作于1380年左右，[①] 关于它的写作原因有很多种说法，[②] 近年来的研究者较多认同的起因是1381年理查二世与波希米亚的安妮公主的订婚事件。但所有的原因都缺少足够的证据支撑，基本上都停留于“纯属推测”阶段。[③] 姑且不论其起因，这首诗与《公爵夫人之书》、《声誉之宫》一样，都属于乔叟的梦幻诗系列，不仅如此，它还是英国诗歌史上首次大量使用五音步抑扬格（Iambic Pentameter）的诗作，并且它也在英诗史上最先使用韵脚为“ababbcc”的七行诗节，这种诗节后来据称因苏格兰王詹姆斯一世使用而被称为“君王体”。[④] 全诗一共699行。

这首诗开篇翻译拉丁格言“ars longa，vita brevis”，感叹“生命太短

---

① Wolfgang Clemen，*Chaucer's Early Poetry*，trans. C. A. M. Sym，London：Methuen，1968，p. 140.

② 主要的观点有：①冈特的约翰公爵与他的第一任妻子、兰开斯特的布兰希的婚姻；②1381年英国国王理查二世与波希米亚的安妮公主订下的婚约，他们于第二年结婚；③1381年冈特的约翰为他的大女儿兰开斯特的菲利帕在三个求婚者中挑选女婿的事件；④乔叟自己缔结于1374年的婚姻；⑤1376年到1377年为理查二世与法兰西的玛丽公主婚事进行的谈判，这次谈判以1377年5月玛丽突然去世而告终。（Geoffrey Chaucer，*The Works of Geoffrey Chaucer*，2 Vols.，F. N. Robinson ed.，London：Oxford University Press，1957，p. 791.）第三种观点受到比较多的研究者的认同，因为安妮公主当时正好有三位求婚者：英国的理查二世、德国的一名贵族和法兰西的王太子，与诗中的情节比较接近（Derek Pearsall，*The Life of Geoffrey Chaucer*：*A Critical Biography*，Oxford：Blackwell Publishers，1992，p. 127.）。

③ Gillian Rudd，*The Complete Critical Guide to Geoffery Chaucer*，London；New York：Routledge，2001，p. 79.

④ 肖明翰：《乔叟的探索与〈百鸟议会〉的艺术成就》，《四川外语学院学报》2002年第2期，第4页。

暂，学习技艺需要太多的时间”（The lyf so short，the craft so long to lerne）。[①] 接下来在诠释这个令叙述者苦闷不已的“吾生也有涯，而知也无涯”（《庄子·养生主》）中（1～14），提到他所追求的这个“无涯”之“知”来自于爱神（Love）。为了学习知识，叙述者勤奋阅读，读到一本名为《西皮奥之梦》的书，是古罗马西塞罗写作的《共和国》（*De Republica*）的结尾部分。书中的内容是古罗马名将亚佛里坎努斯（Affrycan/Africanus）带领孙子西皮奥从天空俯瞰地面世界，告诫西皮奥尘世渺小，只有品德高尚、为公众谋福利的人，才能尽早获得永生和永恒的幸福。由于天黑，叙述者只能停止读书，而书中的内容令他作了一个波依修斯式的感慨：“我获得了我不想要的东西，/而想要的我没有得到。”（For bothe I hadde thing which that I nolde，/ And ek I ne hadde that thyng that I wolde，90～91），[②] 因此他心中闷闷不乐。叙述者入睡后做梦，梦中亚佛里坎努斯站在床边，引他到一处有围墙的园地（park），园门的两边刻着两段关于爱的诗句，意思完全相反，一方是金色文字，称里面是“幸福的乐园”，另一方是黑色文字，称凡进去的人都将受到灭顶之灾。叙述者既向往又害怕，亚佛里坎努斯告诉他，这诗句只是对“爱神的侍从们”才管用，他已经与爱情无缘，只是来长长见识，增加些写作的素材，不会有危险。说完，亚佛里坎努斯把他推进门去。他发现里面是一处花园（gardyn/garden），花园里春意盎然，没有黑夜，人们永远年轻，他看到爱神丘比特在那里磨箭，旁边有“快乐”、“盛装”、“殷勤”、“技艺”、“美丽”、“青春”、“莽撞”、“谄媚”、“贿赂”等人。然后，叙述者进入维纳斯女神的铜制神庙，看到“和平夫人”、“耐心夫人”、“巧妙的命令”等，还有嫉妒女神和生育之神普里阿普斯（Priapus）。在一个独立的角落里，维纳斯女神躺在金床上，旁边立着她的侍从“财富”，两边坐着酒神和谷物女神，有一对青年男女跪在下面向维纳斯求援。神庙的墙上挂有断弓，嘲笑崇拜贞洁的猎神黛安娜的女子，壁画中是古时的爱情悲剧。叙述者离开神庙，返回花

① David Wallace，Chaucer's Continental Inheritance，Piero Boitani & Jill Mann 编，《乔叟研究》（*The Cambridge Chaucer Companion*），上海：上海外语教育出版社 2000 年版，第 27 页。

② Derek Pearsall，*The Life of Geoffrey Chaucer*：*A Critical Biography*，Oxford：Blackwell Publishers，1992，pp. 123－124.

园，发现自然女神端坐于鲜花丛中，在主持一年一度的圣瓦伦丁节，即情人节，而所有的鸟类也聚集于此，寻找爱侣。自然女神先为最高贵的鹰类寻找配偶，三只雄鹰向她手中的一只最完美高尚的雌鹰求爱，三方争执不休，一直到天快黑了还没有结果。这引起其他鸟类的抗议，因为它们还没有开始寻找自己的配偶。自然女神命令各级鸟类派出代表来对雄鹰的爱情发表意见，每一种鸟儿提出的意见又各不相同，争吵毫无结果。自然女神只好再次打断，让雌鹰自己选择。雌鹰的答复是，暂时不接受任何一方的求爱，延期一年再作决定。雌鹰的请求得到恩准，其他鸟类终于得空各自找到配偶，唱着歌快乐地离去。此时叙述者被鸟的叫声从梦中吵醒，全诗到此结束。

## 二、问题的提出、辩论

本诗的中心问题是三只雄鹰为了求得雌鹰的爱情而作的自我陈述。由于鹰是最高贵的飞禽，所以，它们的陈述代表着鸟类中最高贵的爱情观念，同一群体中出现三种不同的观念，意味着就哪一种爱情观念最高贵最理想出现了分歧。

先看第一只鹰，自然女神的介绍如下，

The tersel egle, as that ye knowe wel,
The foul royal above yow in degre,
The wyse and worthi, secre, trewe as stel,
Which I have formed, as ye may wel se,
In every part as it best liketh me—
It nedeth not his shap yow to devyse—
这只雄鹰，你们都很清楚，
是位居你们之上的一只高贵的鸟，
他聪明杰出，谨慎可靠，忠实如钢，
你们可以看到，我把它塑造得
让它的每一个部分都最像我——
至于他的外表，就不用多费口舌了——（393～398）

他在出生、品行、外表等方面，都是鹰中之王，最受自然女神的垂青，理当第一个出场选择伴侣。这只鹰的登场亮相的确不负众望：

With hed enclyned and with ful humble cheere
This royal tersel spak, and tariede nought:
"Unto my soverayn lady, and not my fere,
I chese, and chese with wil, and herte and thought,
The formel on your hond, so wel iwrought,
Whos I am al, and evere wol hire serve,
Do what hire lest, to do me lyve or sterve;
低垂着头，神色谦卑
这只高贵的雄鹰开口说，没有迟疑：
"为了我的主后，而不是为了我的伴侣
我作出选择，用我的全部意志、情感和思想来选择
你手中的这位仪表非凡的女士，
我完全归她所有，将永久为她服务，
去做她想要我做的一切，尽我一生，直到死去。(414~420)

这是总的决定和誓言，其后雄鹰详细说明：其一，对他来说，这只雌鹰是"我的主后"(my soverayn lady)，雄鹰请求得到她的怜悯和恩惠，因为他苦恋已久，痛苦至极，如果不能得到应允，他将当场死掉(421~427)；其二，如果他没有绝对忠诚于她，或者服侍稍有懈怠，愿意接受一切严惩(428~434)；其三，再没有其他人像他一样如此爱她，因此她就算是对他没有爱，也应该慈悲为怀而应允他，同时，他除了要求得到这一点怜悯之外，不给她任何约束(435~438)；最后：

Ne nevere for no wo ne shal I lette
To serven hire, how fer so that she wende;
我将永不以之为痛苦，永不犹豫地
为她服务，无论她走到天涯海角；(439~440)

这只雄鹰与《公爵夫人之书》中乔叟心目中的理想形象——黑衣骑士的言行举止、爱情表白颇为相近，雄鹰说在自然女神面前“用我的全部意志、情感和思想来选择”，与黑衣骑士膜拜爱神的行为，“并以作他的仆从为乐/以虔诚的意志、躯体、内心，和所有的一切”[①] 几乎雷同。而且，对照黑衣骑士在爱情中的表现，即经受相思之苦、请求怜悯、表示绝对服从和忠诚，提出不约束对方等，[②] 以及《公爵夫人之书》中同样把黑衣骑士赞颂为德行兼备的完美之士，可以看到这只雄鹰的形象内涵与黑衣骑士是相近的，在爱情观上也与黑衣骑士相同。

第一只雄鹰向自然女神手中那只最高贵的雌鹰求爱，引来其他两位竞争对手，两位对手参与竞争的方式是驳斥这只雄鹰的爱情表白，并陈述自己的观点。后两只雄鹰因为身份和地位低于第一只雄鹰，因此在发言次序上也排后。但他们对第一只雄鹰的演说很不以为然，振振有词地要证明作为求爱者，他们比第一只雄鹰更有资格。

第二只雄鹰的陈述从他服侍雌鹰的时间长短入手：

I love hire bet than ye don, by seint John,
Or at the leste I love hire as wel as ye,
And lenger have served hire in my degre,
And if she shulde have loved for long lovynge,
To me ful-longe hadde be the guerdonynge.
圣约翰为证，我对她的爱超过了你对她的情分，
或者至少不会比你差，
我已经（把她奉为我的主后）尽我所能地为她服务，时间比你长，
如果以爱她的时间的长短为她去爱的依据，
只有我全心全意、长时间地爱她，应当获得回报。(451~455)

他发誓：如果他有虚伪、冷酷、饶舌、忌恨、背叛的恶劣品行，雌鹰

---

① *The Book of the Duchess*,767－768.

② *The Book of the Duchess*,1,194－1,202,1,224－1,235.

尽可惩罚他；他将竭尽心智捍卫她的荣誉，并且把自己的生命和财产都奉献给她。

第三只雄鹰表示，他的爱比起前两位来毫不逊色：

Of long servyse avaunte I me nothing,
But as possible is me to deye to-day
For wo as he that hath ben languysshyng
This twenty wynter, and wel happen may,
A man may serven bet and more to pay
In half a yer, although it were no moore,
Than som man doth that hath served ful yoore.
我长期为她服务，这我毫不夸言，
不过，我的悲伤
和那个苦苦思念二十年寒暑的人一样多
照样可以立即伤心而死，
一个人可以在（未来的）半年时间里
就服务得更好，付出更多，
即使（在过去）没有超过已经用所有时间去服务于她的人。（470～476）

这只雄鹰指出，论效劳的时间和爱的程度，他都不少于前两位，而他的优势在于他在未来的生活中将爱得比前两位更强烈更出色。此外，他的一切服务的目标都在于使雌鹰快乐：

But I dar seyn, I am hire treweste man
As to my dom, and faynest wolde hire ese.
我敢说，我命中注定
将是她最忠诚的仆人，最乐于为她排忧解难。（479～480）

从三只雄鹰的陈述中可以发现：

第一，从时间上来看，第一只雄鹰的着眼点是现在的爱，第二只雄鹰提出的是过去已经有的爱，第三只雄鹰则强调他在未来生活中的爱的表现。

第二，从求爱者本身的条件来看，第一只雄鹰具备先天的高贵血统、优良品德和对爱人的真诚，其路线是从先天到后天、从内心情感到外在表现；第二只雄鹰的经验主义色彩比较浓，强调他为雌鹰已经完成的服务和从这些服务中表现出的良好品行；第三只雄鹰在血统、个人品行、过去的爱的历史中显示不出优势，所以只就现有的爱去谈未来的爱，通过加重爱的强烈程度来使他的爱更加有价值。

第三，从爱的信条来看，第一只雄鹰强调爱的义务，他的条件是自己付出，达到忠贞与服从，而雌鹰不承担服从自己的义务，只需要恩赐怜悯给他；第二只雄鹰强调爱的考验，他以过去已经付出的忠诚服务作为条件，表示未来与过去一样，他的忠诚服务将延续下去；第三只雄鹰强调爱的快乐，表示将全力使雌鹰获得快乐，而这也是他自己的快乐之源。

三只雄鹰的爱情中，是有相同之处的。首先，他们都对雌鹰痴心相恋已久，而且都表示再不可能移情别恋，必将全身心地终生追随，如不能获得回报，他们将无法活下去；其次，他们都表示将对雌鹰奉献自己的一切，毫无保留；再次，他们与雌鹰在爱情关系中，雌鹰是他们的“主后”，命令和控制他们的一切，他们服从、服务于她。

三只雄鹰在向雌鹰求爱中遵循的标准是义务论式的。所谓义务论，是指“一切行为不管其后果如何永远是正确的（或错误的），如自杀、堕胎、通奸、背弃信仰、泄露秘密等”，与之相应的目的论，则认为“某个行为人对错完全（或至少决定性的）是由其所产生的好坏后果来决定，其他任何考虑因素都从属于这个标准；只要出现的结果好大于坏，那么这个行为在伦理上就是正确的”。[①] 在传统基督教神学中，人的行为的好和坏，首先是由上帝来评判的，人的评判居于次要地位。在这个基础上，“传统的伦理神学认为正如人只有一个终极目的那样，至高绝对的伦理规范只有一个，这个至高绝对的规范就是全心爱慕天主及邻人”。[②] 在本书第一章中已

---

① ［德］卡尔·白舍客著，静也等译：《基督宗教伦理学》（第一卷），上海：三联书店 2002 年版，第 178 页。

② ［德］卡尔·白舍客著，静也等译：《基督宗教伦理学》（第一卷），上海：三联书店 2002 年版，第 183 页。

述，黑衣骑士把自己的意中人视为神灵一般的角色，以绝不违逆、绝对服从为行动宗旨。在这里，三只雄鹰各自立论的角度虽然不同，但是在全心爱慕雌鹰、绝对服从她的任何命令这一点上，他们是相同的。

## 三、辩论的展开

三只雄鹰争执不下，耽误了其他鸟类的求偶大事，所以引起抗议。抗议的种类有三：水禽类的代表白鹅认为他有办法能既好又快地解决这个问题；结果食虫的鸟类代表布谷鸟对此不屑一顾，认为自己有权离开会议，去忙自己的事情；吃种子的鸟类代表斑鸠认为布谷鸟的话也不对，白鹅想说就应该让他去说，不过，既然大家都不懂老鹰们争执的真相，最好的方法是管住自己的舌头少说话，让他们去争好了，否则会惹祸上身。（501～518）结果旁观的鸟类也意见不统一，争吵反而更加厉害。自然女神为了消除争议，提出由每一种鸟类派出代表来陈述观点，这样能清楚地理出是非，解决问题。

最高等级的猛禽类的代表是老鹰，他指出，如果再这样争执下去的话，唯一的解决途径只有决斗。三只雄鹰当即都表示愿意以决斗来分出胜负，可见他们具备骑士必有的勇敢的品德，也证明他们为爱不惜一切代价的决心。然而老鹰不赞成决斗的方式，又觉得继续辩论意义不大，他提出的解决方案是排资论辈：

Me wolde thynke how that the worthieste
Of knyghthod，and lengest had used it，
Most of estat，of blod the gentilleste，
Were sittyngest for hire，if that hir leste；
我认为，在骑士界最杰出的，
最长时间拥有这个资格的，
身份最高的，血统最高贵的，
最宜于和她坐在一起，如果她愿意。（548～551）

这个建议符合鹰类（骑士阶层）的价值标准，即追求者具备的骑士品

质是最重要的考虑因素。如果骑士品格最优，他的爱也将是最优秀的，在这场爱情的角逐中理当胜出。当然，老鹰不忘在最后补充另外一个必不可少的前提，即雌鹰必须愿意接受他的爱，他的爱情才能开花结果。

第二位发言的是水禽类代表白鹅，他奉劝雄鹰们不要太固执，实际一点，“除非她爱他，否则他就另外去爱一个”（But she wol love hym，lat hym love another，567）。这个建议招来捕雀鹰的讥讽，认为这是愚蠢的废话，猛禽类因此全部大笑，都赞成捕雀鹰的说法。

第三位发言的是吃种子类代表斑鸠，他也反对白鹅的观点，“就算是他的意中人始终不知道他的爱，/ 他也应该一如既往地为她服务，直到他死去”。(Though that his lady everemore be straunge，/ Yit lat hym serve hire ever，til he be ded，584 ~ 585）而如果意中人死去，他也不应该再另有所爱，应该忠诚到底。

水禽类的鸭子认为这太荒谬了，没有人会去爱一个对自己无情的人，天底下对自己有情的人多得是，追求这个失败，换一个就能成功了（589 ~ 595）。结果老鹰责之见识短浅，根本不知道爱情是什么。

食虫鸟类的代表布谷鸟发言，他表示这些事情与他本人没有什么关系，他不关心这些雄鹰要吵多久，如果吵不出个结果来，“让他们各自独身终老算了”！（Lat ech of hem be soleyn al here lyve，607）灰背隼谴责布谷鸟是个贪吃之徒，只顾填满自己的胃而不赡养把他辛苦养大的树篱上的麻雀，无情无义，应当独身到死，让食虫鸟都灭绝（610 ~ 616）。

当四类禽鸟在自然女神面前集合时，他们是按照等级秩序排列的：猛禽类坐在最高位，其次是食虫的鸟类，水禽类则坐在山谷中，而以植物种子为生的鸟类则坐在草地上。这种等级次序的排列是人类社会各阶级群体排列的缩影。从诗中对每一种鸟类的性格和思想观念的简要介绍来看，可以认为，猛禽类应指因为出身的高贵而位居社会上层的贵族阶层，食虫鸟类指的是比较富有的中产阶级，水禽类指城市小市民，吃种子的鸟类则指农民（323 ~ 329）。因此，每一种鸟类的爱情观反映了人类现实社会里多个阶层的价值观念。

猛禽类遵守的是骑士阶层的观念。中世纪骑士应该具备的品质是“英勇、忠诚、慷慨、虔诚、谦逊文雅，保护弱者，尊重妇女，富有正义感”①，即要求实现和维护所有高贵的品质。因此，在诗中，鹰类代表老鹰从资历、身份和血统三个方面鉴定这种品质，其中先天的因素（身份和血统）占主要部分，但后天的实践（资历）位居第一。在中世纪人看来，一个人一生的功业如何，早在出生时就由神确定下来了。此人的身份和血统可显示出他受神青睐的程度，反过来，受到神灵眷顾的骑士可以尽情地展现骑士理想，这样的人的先天因素与后天实践都将是光彩夺目的。因此，鹰类追求的爱情也像他们天生的高贵血统和社会地位一样，重视名分、资历、荣誉、品德修养，希望爱侣双方都要达到很高的精神境界，所以，他们赞同斑鸠的忠贞不贰，驳斥白鹅和鸭子的见异思迁，谴责布谷鸟的自私自利。

但是，诗人并不是单一地赞美猛禽类，他也指出这一类鸟的凶狠残暴之处，如苍鹰像一个暴君，掠夺成性，食雀鹰残杀鹌鹑，灰背隼欺负美丽的百灵鸟（334～340）。

食虫鸟类对自己阶级的社会地位很有信心，与猛禽类把维护社会正义当成自己的天然神圣使命相比，食虫鸟类的代表布谷鸟是一个利己主义者，他说：

For I wol of myn ownene autorite,
For comune spede，take on the charge now，
For to delyvere us is gret charite.
为了所有人的幸福，
我要运用我的权威，现在行使职权，
让我们离会，是很大的恩惠。（506～508）

布谷鸟虚张声势，打着公众福利的旗号目的却在于满足一己私利，事实上他对别人的幸福毫不关心。因此，灰背隼毫不客气地把他过去忘恩负义的历史揭发出来，指出他唯一关心的是填满自己的胃。布谷鸟对养育之恩都没有回报，那些对他无恩无情的鸟类，他更不可能有所给予。所以，

---

① 朱伟奇：《中世纪骑士精神》，西安：陕西人民出版社2004年版，第12页。

布谷鸟的出发点是利己主义的，一切以获取实际利益为标准，否则全部免谈，这是一个忘恩负义的背德者。在猛禽们看来，这种自私自利的饕餮之徒，没有爱人之心，就不应当获得爱的幸福，应当断子绝孙。但是，与猛禽们具有天生的威权却过分追求名誉，以至于往往缺少或损失现实利益相比，布谷鸟出身平凡却善于利用一切机会为自己谋取利益，在利益得到满足后又毫不犹豫地抛弃自己的恩主，独享一切。他们是现实社会中的既得利益者，因此，猛禽们一看到布谷鸟就愤愤不平。①

水禽类的白鹅认为其他鸟类的观点都不值“一只飞虫”（flye/fly），只有他能献出唯一的良策。他提出的方案是建议求爱者们（三只雄鹰）都放弃他们珍视的忠诚的品德，马上被捕雀鹰评为“愚蠢”。鸭子附议白鹅的理论，老鹰驳为无知浅薄。白鹅和鸭子是只满足于眼前利益的享乐主义者，以能否获得现实的快乐为行动准则。他们没有高远的精神追求，并且如同井底之蛙，看不到自己的局限和不足，所以，他们一再插嘴发表意见，总是惹来嘲笑。换个角度来看，他们有实用主义的优点，能够从实际情况出发，灵活机动地调整自己的行动方案，他们获取现世幸福的机会比猛禽要多。

吃种子类的代表斑鸠因为社会地位最低，对鹰类的争执，他选择明哲保身的态度，避免因为言语不当而受到比他高级的鸟类的侮辱。但他自己的看法还是一套一套的：对白鹅的言论，斑鸠认为白鹅完全可以去发表意见，不过，他似乎同时也预见到了白鹅的发言不会有好下场，提前建议白鹅不说话应该更好些。当白鹅和鸭子先后反对忠贞的品德时，他对忠贞的看法却与猛禽类完全一致。他和布谷鸟一样，对别人的事情不太关心，但又不像布谷鸟一样热衷于追求个人利益。因此，斑鸠具有小农式自给自足的思想特征，独立自尊，清醒务实，能够从旁观者的角度准确地把握事情的发展势态，同时，又像猛禽一样关注自己的个人品行修养，能够实实在在地保持自己良好的情操，使自己的行为在道德上无可指责。此前斑鸠在诗中初次露头时，是“成双的斑鸠，真心实意”（The wedded turtil，with

---

① 诗人在这里可能用布谷鸟暗指他在海关工作时打交道的一些品德上肆无忌惮的城市商人，他们不仅见利忘义，令人生厌，而且还威胁到王族的利益。参见 Derek Pearsall，*The Life of Geoffrey Chaucer：A Critical Biography*，Oxford：Blackwell Publishers，1992，p. 96.

hire herte trewe，355)，诗人似乎是有意识地给他安排一个这样幸福美满的结局。诗中对斑鸠形象的描画，与后来在《坎特伯雷故事》中出现的教区牧师的弟弟、一个普通的乡村农民的朴实形象很相似，可见诗人对这两个形象都是欣赏的。

总体上来看，猛禽类和吃种子的鸟类都有比较高的精神追求，食虫的鸟类和水禽类只关注现实的物质利益。

当叙述者初次目睹自然女神与鸟类集会的场景时，他对多达34种鸟类进行了简短的评论，有赞扬，有针砭，其中没有一种鸟类与其他鸟类是相同的。正如上述每一类鸟的代表提出的观点不一致一样，可以想到，越多的鸟类参与辩论，出现的分歧将越多。三只雄鹰各执一词，鸟类的代表们通过发言，想寻求一个统一的意见，结果只是出现了更多的不同意见。每一种鸟类的品行、价值观念都是不同的，没有一种观念能够以绝对的优势压倒其他观念，产生一个统一的、唯一的价值标准。

## 四、辩论结束

三位求爱者各不相让，鸟类代表们的发言也没有结束争执，主持会议的自然女神不得不再次发言，她命令：停止所有的辩论，让被争执的中心人物——雌鹰发言，由雌鹰自己选择她心仪的对象，由于雌鹰只能选择其中的一个，三位求爱者无论是高兴还是愤怒，都只能服从雌鹰的决定(617~623)。不仅如此，包括自然女神本人，虽然她偏爱那只血统最高贵的雄鹰，但她也只能提出建议，不能替任何人作主，唯一的决定者是雌鹰自己。

雌鹰答复道：她服从自然女神的一切指引，但是眼下她已经决定不作任何选择：

Almyghty queen! unto this yer be gon,
I axe respit for to avise me,

And after that to have my choys al fre[①]
全能的女王！我请求暂缓一段时间，
过了这一年后，再忠告我，
到那时请求你的慷慨恩赐，作出我的选择（647～649）

雌鹰指出，除此之外她不就选择伴侣一事多说一句话，就算是让她死掉，她也不会听从其他人的意见或作出选择。她这样做的原因，是她还没有打算去服侍维纳斯或者丘比特，只有当她决定了要去爱时，她才会从求爱者中选择爱人（650～653）。

自然女神答应了雌鹰的要求，安慰三位求爱者不要灰心，希望他们坚持下去，继续过去的良好表现。这件事情到此算是暂时了结，其他的鸟类同样在自然女神的主持下获得匹配的伴侣，幸福地归去。

可以看到，自然女神和被求爱的雌鹰之间也出现了分歧。自然女神希望雌鹰选择第一只雄鹰，因为他是自然女神花了最多的心血塑造出来的，血统最高贵、品性最优良，这些与生俱来的优点决定了他后天的表现也是最好的。猛禽类的代表老鹰在辩论中也赞成这一评判。在这个意义上，自然女神遵循的价值法则理所当然就是自然的法则，即凡是自然的，就是好的、善的。[②] 但是，雌鹰却拒绝接受她的建议，态度非常坚决。

雌鹰的这种态度可从主观和客观两个角度分析。一方面，从雌鹰自己的主观角度来看，她认为自己有选择爱或者不爱的权力，没有任何力量能够逼迫她在不情愿的条件下去爱一名异性。这说明她看重自己的个人意愿，精神上独立自主，不是一个单纯的被挑选、被追求的对象，也不愿一味消极地去接受一个被指派的爱的对象，更没有把如自然女神这样权威的意见奉为不可违抗的至高意旨。除此之外，她也没有被多种意见绕得糊里糊涂，她清醒地知道自己需要什么、应该怎么去做。因此，雌鹰的形象有

① 雌鹰在第 639 至 644 行的陈述中，承认自己与其他万物一样，归自然女神所有，她不是绝对自由的。因此，此处的 fre/free 中不包含雌鹰在一年后请求自然女神不要干涉她、让她完全自由地作出选择的意思。根据 *The Works of Geoffrey Chaucer* 后所附的词汇表，fre/free 有 noble，generous，liberal，lavish，gracious 等意思，因此，“al fre”应该指的是自然女神给予雌鹰的“all gracious”。

② 自然女神价值观的内涵，本章最后一节将作进一步分析。

个人主义和理性主义色彩。另一方面，从客观的角度来看，虽然自然女神和猛禽类的代表都觉得第一只雄鹰是最出色最匹配的求爱者，认为雌鹰应当与他结为伴侣，但这个意见在辩论中并没有压倒另外两位竞争的求爱者和其他禽类代表的意见。所以，所有的不同意见仍然存在，不同的价值评判标准也没有被完全否定，甚至包括自然女神本人的意见也不是绝对权威。因此，本诗中的价值标准是多元的。

从这个事件的现实原型的角度来看，如果本诗的确是为1381年波希米亚的安妮被三位求爱者争夺一事而创作的，这一年安妮公主年方十四，① 虽然这在中世纪已算进入适婚年龄，但安妮年纪尚轻，如诗中雌鹰说"我还没有打算去服侍维纳斯和丘比特"（I wol nat serve Venus ne Cupide，/ Forsothe as yit，651～652），她拒绝开始考虑婚事，或者心智上不太成熟，要求更多的考虑时间，这两种可能都既符合实情，又是慎重之举，同样反映了安妮独立自觉的性格。当然，历史上的安妮的婚事，最终的决定因素不是安妮本人，而是政治利益上的得失。因为这次联姻是几个国家和几股势力进行政治合作的一部分，它的直接后果，是切断波希米亚与法国的长期友谊，借此打击英国的老对手法兰西，并支持在教会大分裂中位于罗马教廷的意大利人教皇乌尔班六世（Pope Urban VI），并与在法国阿维农教廷的法国人教皇克雷门七世（Clement VII）相抗衡。这次政治合作对整个欧洲格局的影响是很大的，尤其对英格兰相当有利。② 乔叟创作此诗，虽然是歌颂或纪念这一重要事件，但客观上产生了一定的反讽效果。

从诗中的结尾来看，除了三只雄鹰没有得到爱侣之外，其他鸟类都有一个幸福的结局，而三只雄鹰的结局是未知的、开放的，不是悲剧。在叙述者梦中游览的这个"爱的园地（park）"里，自然女神主持的"爱的节

---

① 安妮（Anne of Bohemia）与理查二世1382年结婚，成为安妮王后，她于1394年去世，终年27岁，由此推理，她是15岁时结的婚。安妮的父亲是神圣罗马帝国皇帝查尔斯四世（Charles IV），理查二世出于政治利益的目的与她结婚，但两人婚后感情很好，安妮去世后，理查非常悲痛。参见 Janette Dillon，*Geoffrey Chaucer*，Basingstoke，Hampshire：Macmillan，1993，p. 23，p. 77. 和 John Gardner，*The Life and Times of Chaucer*，New York：Alfred A. Knopf，Inc.，1980，p. 248。

② Oliver Farrar Emerson，The Suitors in Chaucer's *Parlement of Foules*，*Modern Philology*，1910，Vol. 8，No. 1，p. 62.

日”（圣瓦伦丁节）中充满了辩论，鸟类分有贵贱等级，不同等级的鸟类的爱也各自不同，飞禽们按照自己的评判标准判断和选择爱的伴侣。同时，每一种思想观念都自由存在，自由发挥，而且相互尊重，尽管诗人认为这些思想也有贵贱高下之分，但没有哪一种观念是独断专横的。

## 第二节 爱的双面性与困境

前一节已述，《百鸟议会》中自然女神主持的圣瓦伦丁节，聚会的百鸟围绕着“爱的问题”展开了辩论。关于爱，诗中有三位主要的神灵：自然女神、丘比特、维纳斯。三位主宰爱的神灵同时出现，爱的概念由此变得复杂，而诗人在进入“爱的园地”之前，花园门口的两段意思完全相反的箴言使内容更为难辨，本节分析两位爱神的内涵及园中存在的问题，后一节再论述自然女神。

### 一、双面的园门箴言

叙述者在进入“爱的园地”之前从园门上看到的两段箴言，其一是金色的字：

Thorgh me men gon into that blysful place
Of hertes hele and dedly woundes cure;
Thorgh me men gon unto the welle of grace,
There grene and lusty May shal evere endure.
This is the wey to al good aventure.
Be glad, thour redere, and thy sorwe of - caste;
Al open am I—passe in, and sped thee faste!

通过我，人们进入那幸福的乐园
在那里精神得到恢复，重伤得到治愈；
通过我，人们到达那恩惠的源泉，

那里永远都是生机勃勃的快乐的五月。
这是一条通向所有幸运的机会的康庄大道。
高兴起来吧，读者，抛弃你所有的悲伤；
我正敞开着大门——进去吧，赶快！（127～133）

这一段箴言指出在这个地方，不幸的将转变为幸运/幸福，幸运/幸福将成为永恒。每分每秒都是如此。这表达了一种趋利避害的心愿：人人都希望生命永生不死，幸福永不消亡，希望生活于这种伊甸园式的乐园。

另一段箴言是黑色的：

"Thorgh me men gon," than spak that other side,
"Unto the mortal strokes of the spere,
Of which Disdayn and Daunger is the gyde,
Ther nevere tre shal fruyt ne leves bere.
This strem yow ledeth to the sorweful were,
There as the fish in prysoun is al drye;
Th'eschewing is only the remedye!"
"人们通过我，"另一边门上写着，
"将受到长矛的致命打击，
在这里，轻蔑和侮谩是引路人，
树儿不结果，不长叶。
沿着这条溪流前行，你会来到悲伤的围鱼的栅栏，
溪水干枯，鱼被捕获；
唯一的解救办法是不要来到这里！"（134～140）

它在同一扇门上告诫路人，自己既是永生之路，同时又是毁灭之途，令人深思。这种在入口处写下警示性句子的做法，乔叟应该是受到了但丁的影响。在《神曲·地狱篇》的第三章中，但丁由罗马诗人维吉尔引导来

到地狱的门口，看到一段告诫罪人必须接受惩罚、捍卫神圣正义的诗句。① 与之相关的其他经典例子还有荷马史诗《奥德赛》中关于世界有两个入口的说法，以及古希腊英雄赫拉克勒斯在十八岁时要决定自己未来的人生之路了，在一个岔路口与“享受”和“美德”交谈。② 这是欧洲文化史上的一个传统题材，即在两条寓意相反的道路之间，让人选择其中之一。但是乔叟在接受前人的影响之余，也有自己的独到之处，他没有提供两条不同的道路给人选择，“只有一个入口，镌刻着两段铭文。没有‘选择’的余地，任何人通过这道门，必须同时接受两种可能性”③。因此，梦游中的叙述者面对它们时，比《神曲》中的但丁在地狱门口时的心情更为矛盾，他呆立在那里不知如何是好：

For with that oon encresede ay my fere,
And with that other gan myn herte bolde;
That oon me hette, that other did me colde:
No wit hadde I, for errour, for to chese,
To entre or flen, or me to save or lese.
因为其中一段确实叫我害怕，
另一段又使我心里产生勇气；
一段叫我发热，另一段又使我发寒：

---

① 中译为：
由我进入愁苦之城，
由我进入永劫之苦，
由我进入万劫不复的人群中。
正义推动了崇高的造物主，
神圣的力量、最高的智慧、本原的爱
创造了我。在我以前未有造物，
除了永久存在的以外，
而我也将永世长存。
进来的人们，你们必须把一切希望抛开！（［意大利］但丁著，田德望译：《神曲·地狱篇》，北京：人民文学出版社 2002 年版，第 15 页。）

② 参见［德］斯威布著，楚图南译：《希腊的神话和传说》，北京：人民文学出版社 1978 年版，第 147 ~ 149 页。

③ Wolfgang Clemen, *Chaucer's Early Poetry*, trans. C. A. M. Sym, London: Methuen, 1968, p. 140.

我不知道是应该进去，还是逃走，它的结果将是保全自己，还是失去性命，

因为这可能会犯下大错，但也可能值得一试。(143～147)

在乔叟翻译过的《玫瑰传奇》中，做梦人在爱之泉旁边的石头上读到纳喀索斯的爱情悲剧后，心生恐惧，但也心存向往，犹豫不决，[①] 两种矛盾的心情是一样的。不过，乔叟比《玫瑰传奇》的作者洛利斯多加了一个贴切的比喻来解释这种状态：

Right as, betwixen adamauntes two
Of evene myght, a pece of yren set
Ne hath no myght to meve to ne fro—
For what that oon may hale, that other let.
正如两块磁石，它们的引力相等，
在它们中间放入一块铁片
没有力量能使这铁片来回移动——
因为有一块磁石想把它拉过去，但另一块却阻止。(148～151)

也就是说，叙述者自己就像这引力场中的铁片一样，只要进去了，势必会受到对立双方的牵引，这种力量既然存在了，就不可能消失，而且由于它们势均力敌，也就不可能通过扼杀其中一方的方式来结束这种对立。因此，一个人要想得到幸福，就必须准备好痛苦可能正在另一边、以同样的力量在拉扯着你的可能。这种悖论式的情景，可能是诗人对人生本质的沉思的结果。

## 二、园中的丘比特

叙述者没有进行理性选择，而是被他的引路人亚佛里坎努斯直接推进门去。亚佛里坎努斯解释这样做的理由，是箴言的内容不是为叙述者写的，他无

---

① Guillaume de Lorris & Jean de Meun, *The Romance of Rose*, trans. Charles Dahlberg, Princeton: Princeton University Press, 1995, pp. 50–51.

非是一个搜集写作素材和灵感的旁观者而已，这个角色与《公爵夫人之书》和《声誉之宫》中的叙述者是一样的。这让畏首畏尾又举目茫然的叙述者稍感安心。他一走进园中，精神猛地一振，因为他已身处一片河边绿草地，园内开满各色鲜花，有清澈的溪流、活泼的小鱼、歌唱的鸟儿、正在成长的幼鸟、玩耍的小兔以及各种其他小动物，一片生命的迹象（183～196）。这里的声响是绝妙无比的音乐，气候也永远舒适宜人，地上生长着有益健康的香料和药草。人们在这里既不会生病，也不会变老。这里的快乐没有语言能够完全描述出来，而且永远都是晴朗的白天，没有阴沉的夜晚（197～210）。真是一片极乐之园。

这种幸福美好的乐园场景是模仿自薄伽丘的长诗《苔塞伊达》（*Teseida*，1340—1341），但其中的第188至189行和第199至120行是诗人另外补充进来的。[①] 也就是说，乔叟为这清冽的溪水中加入鲜艳活泼的小鱼，并且补充了音乐和四季如春等乐园的细节。奥维德的《变形记》中有过关于四季如春的描写，[②] 本诗的来源更有可能是但丁《神曲》“炼狱篇”中关于伊甸园的描摹：

那些歌颂黄金时代及其幸福状况的古代诗人，或许曾在帕耳纳索斯山梦见这个地方。在这里，人类的始祖曾是天真无邪的；在这里，四季常春，什么果实都有；这河水就是他们每人所说的仙露。[③]

紧跟着这无限春光出现的，是小爱神丘比特在一棵树的下面、一股清泉的旁边铸造和打磨箭头，他那把著名的弓放在旁边，随时准备拿起去履行职责。他的女儿意愿（Wille）在旁边用锉子加工这些箭头，使它们更好使用（211～216）。[④] 丘比特和他的女儿制造的这些箭有两种功能：“有的直接射入人的

---

① Charles O. McDonald, An Interpretation of Chaucer's *Parlement of Foules*, *Speculum*, 1955, Vol. 30, No. 3, p. 448.

② ［古罗马］奥维德著，杨周翰译：《变形记》，北京：人民文学出版社1958年版，第99页。

③ ［意大利］但丁著，田德望译：《神曲·炼狱篇》，北京：人民文学出版社2002年版，第307页。

④ 此处的“Wille”一般解释为“技艺”（skill），即求爱的艺术。但另一种观点认为，“wille/wile”可直接拼成“file”（锉刀）。参见Gerald Morgan, Chaucer's Adaptation of Boccaccio's Temple of Venus in *The Parliament of Fowls*, *The Review of English Studies*, 2005, Vol. 56, No. 223, p. 10.

体内，有的只是击伤和割破皮肤。”（Some for to sle，and some to wounde and kerve. Some for to slay，and some to wound and carve，217）这部分诗句的出处是奥维德的《变形记》第一章第468行至471行诗，① 杨周翰先生的散文体中译是：

> 他取出两支箭，这两支箭的作用正好相反，一支驱散恋爱的火焰，一支燃着恋爱的火焰。燃着爱情的箭是黄金打的，箭头锋利而且闪闪有光；另一支是秃头的，而且箭头是铅铸的。②

奥维德的这部分诗行讲的是太阳神阿波罗冒犯了小爱神丘比特，于是丘比特用金箭射中阿波罗，箭头深入他的骨髓之中，又用铅箭射伤河神的女儿达佛涅。结果，阿波罗狂热地爱慕着达佛涅，达佛涅却对爱情厌恶至极，并且为了躲避阿波罗的追求而宁愿变为月桂树。另外一个可作补充的例子是《玫瑰传奇》，诗中丘比特向做梦人射了五箭，每一箭都命中做梦人的心脏，做梦人冲破很多艰难险阻，获取了理想的爱情。③ “弓与箭在英格兰和威尔士弓箭手的手中是致命的武器（正如那名骑士仆人，他“擅长把他的武器修整得刚劲有力……”，总引，A106行），所有对克雷西战役（1346年）和波瓦第尔战役（1356年）有所了解的人都清楚地知道这一点。因此，乔叟移除了薄伽丘原作中闲适和回忆的含义，代之以丘比特之箭的破坏性后果……”④ 即使如阿波罗这样的神祇也无力抵抗丘比特的金

---

① Geoffrey Chaucer，*The Works of Geoffrey Chaucer*，2 Vols.，F. N. Robinson ed.，London：Oxford University Press，1957，p. 794. 奥维德《变形记》拉丁文、英译均参考：http：//www. sacred – texts. com/cla/ovid/meta/index. htm.

② ［古罗马］奥维德著，杨周翰译：《变形记》，北京：人民文学出版社1958年版，第14页。

③ Guillaume de Lorris & Jean de Meun，*The Romance of Rose*，trans. Charles Dahlberg，Princeton：Princeton University Press，1995，pp. 54 – 56.

④ Gerald Morgan，Chaucer's Adaptation of Boccaccio's Temple of Venus in *The Parliament of Fowls*，*The Review of English studies*，2005，Vol. 56，No. 223，p. 8.

1346年的克雷西战役（battle of crecy）是英法百年战争中第一次重大战役，此役中，英军以长弓手打败数量三倍于自己的法军重装骑兵和十字弓兵。1356年的波瓦第尔战役（Battle of Poitiers）中，英军以同样的方式以少胜多，打败法军，并俘虏了法王约翰二世。

箭所引发的激情，而同样意味深长的是，这位有预言能力的神祇居然也无法让自己的爱情如愿以偿，他的爱情给受到铅箭伤害的达佛涅带来的，只有毁灭性的结局，这应验了花园门口的黑色箴言的训诫。金色的箴言和金制的利箭在颜色上是相同的，铅在空气中的颜色是暗灰色的，在这个意义上，金色和黑色这两段箴言似乎可以对应金箭和铅箭的不同性能。从阿波罗与达佛涅的悲剧故事来看，如果爱情双方都被锋利的金箭射中，金色箴言的美好图景似乎是可以实现的。

但乔叟笔下的爱情之箭与前人的描述又有所不同，丘比特和他的女儿制作的箭被分为驽钝和锋利两类，锋利的箭可以射中人的要害部位（如胸、心脏)，激起爱情的火焰，驽钝的箭则引发爱情的伤痛和失败。与奥维德按照箭的材质（金、铅）分类不同，乔叟关注的是箭头锋利的程度和射箭行为本身的准确度、力度等，具体的行动在很大程度上影响着爱的成败，如示爱的技能、机缘等。因此，乔叟消解了金色箴言与金箭之间可能有的对等关系，让一批人格化的概念形象自然而然地登场了：

Tho was I war of Plesaunce anon-ryght,
And of Aray, and Lust, and Curtesie,
And of the Craft that can and hath the myght
To don by force a wyght to don folye—
Disfigurat was she, I nyl nat lye;
And by hymself, under an ok, I gesse,
Saw I Delyt, that stod with Gentilesse.
接着我马上发现了“快乐”,
“盛装”,“渴望”,“殷勤”,
还看到能够而且可以
引人误入歧途的“技艺”——
她总是乔装改扮，而我不否认；
在一棵橡树下，我想我看到
“喜悦”离开人群，和“温柔”站在一起。(218 ~224)

抽象概念的拟人化现象在《公爵夫人之书》和《声誉之宫》都有，但没有像这样成批地出现。这些形象共同构成典雅爱情中一个连贯的求爱的过程：人出于“快乐”的需求，“盛装”打扮，“渴望”得到爱情的幸福，求爱者向他的意中人献“殷勤”，他们写诗作曲，使用爱的“技艺”，目的在于获取意中人的青睐。叙述者说，求爱者往往滥用“技艺”，利用它把自己的真正面目伪装起来，叙述者反对这种做法，赞成爱情中的真诚表现。“喜悦”和“温柔”另外站在一边，可能指的是求爱结束，有情人享受爱情的甜蜜。

其后的五行诗同样以寓言的方式来表现爱情的内涵，但是角度换了：

I saw Beute withouten any atyr,
And Youthe, ful of game and jolyte;
Foolhardynesse, Flaterye, and Desyr,
Messagerye, and Meede, and other thre—
Here names shul not here be told for me—
我看到“美丽”赤身裸体，
“青春”，全是游戏和酒宴；
“莽撞”，“谄媚”，和“欲望”，
“送信”和“贿赂”，和另外三位——
他们的名字我不应当在此说出——① (225～229)

这似乎描述的是爱情的多种面貌：服侍爱神的人的外在躯体“美丽”，人生的欢娱是“青春”，爱情中的人们举止“莽撞”，“谄媚”讨好，充满“欲望”，“贿赂”其他人“送信”传情等。最后三个没有说出的名字，都柏林三一学院的学者杰拉尔德·摩根（Gerald Morgan）认为应当是欺诈（fraudulence）、暴力（violence）和促成（procurement），因为它们无论是单独使用还是与其他术语联系在一起都会引起读者的反感，所以乔叟有意

① 按照 *The Works of Geoffrey Chaucer*, p. 794, n. 228，乔叟这里采用的名字参考了薄伽丘的诗体传奇作品《苔塞伊达》中开列的一张人名表。“Messagerye and Meede”应该是两个连贯的动作，即“the Sending of messages and giving of bribes”。另参见 Kathryn L. Lynch ed., *Geoffrey Chaucer: Dream Visions and Other Poems: Authoritative Texts, Contexts, Criticism*, New York: W. W. Norton & Co., c2007, pp. 301－302.

隐去不提。[1]

如果说第218至224行诗描写的是典雅爱情中求爱者比较真诚殷切的一面的话，那么第225至229行中，求爱者和求爱的目的充满着伎俩、感官享受。在前文中，可以看到诗人对于求爱者的态度是非常敏感的，《公爵夫人之书》中黑衣骑士与《声誉之宫》中埃涅阿斯截然相反的求爱动机和方式，引起诗人相应的赞叹和抨击。哪一种方式能得到真正的幸福，在诗人的作品中是很明显的。

从诗人熟悉的《玫瑰传奇》中相应的故事情节来看，《玫瑰传奇》的作者歌颂追求美好爱情的行为，但诗中“情人”（Lover）的爱情也不是一帆风顺的。爱上玫瑰花苞的“情人”虽然受到“得体的欢迎”（Fair Welcoming）为他引路，有“理性”（Reason）、“坦诚”（Openness）[2]、“怜悯”（Pity）、“友好”（Friend）等的相助，但“害怕”（Fear）、“羞耻”（Shame）、“危险”（Danger）、“搬弄是非者”（Foul Mouth）、“妒忌”（Jealousy）等一再从中作梗，直到爱神出现，率众攻打关押“得体的欢迎”的城堡，“情人”的爱情才如愿以偿。因此，典雅爱情虽然美好，但也是复杂变化的，也充满着危险和不确定的因素。

## 三、神庙里的维纳斯

与花园中丘比特的工作和典雅爱情人物的自由、生动的景象相比，维纳斯的神庙气氛十分沉闷。虽然神庙的外观富丽堂皇，周围都是姣好的女子在跳舞，但“和平夫人”（Dame Pees/Madame Peace）在门口严肃地掀门帘，在她旁边的“耐心夫人”（Dame Pacience/Madame Patience）由于坐在一堆很不稳定的沙丘上，显得小心翼翼，而脸色苍白，“巧妙的命令”

---

① Gerald Morgan, Chaucer's Adaptation of Boccaccio's Temple of Venus in *The Parliament of Fowls*, *The Review of English Studies*, 2005, Vol. 56, No. 223, p. 22.

② 原词为“Franchise”，C. S. Lewis 解释为“freeborn”，认为它源自历史上生而自由的法兰克人的典故。（C. S. Lewis, *The Allegory of Love*: *A Study in Medieval Tradition*, Oxford: Oxford University Press, 1985, p. 123.）

(Byheste and Art/artful behests) 则聚集了很多人在其周围 (230~245)。[①]

其后叙述者在神庙中遇到嫉妒女神 (goddesse Jelosye) 和生育之神普里阿普斯 (god Priapus)。欲望不能实现的人们发出疾病一样的叹息，这些叹息四处飘荡，满是愁苦，这些都是嫉妒女神兴风作浪的结果 (246~252)。此处普里阿普斯的形象比之于薄伽丘的原诗《苔塞伊达》中的描写增加了一些细节，他站在一个高贵的位置上，手持王节，但因夜间的性欲被人发现而面色羞愧，尽管如此，人们还是在他的脖子上套满了各式各样的鲜花，表示感谢 (253~259)。[②] 这些增加的细节强调了普里阿普斯在神庙中的影响力，他和嫉妒女神一起驾驭着人们的欲望，但整体氛围依旧是相当阴郁沉闷的。

在这些人物出现之后，神庙的主人维纳斯女神才正式出场。这位女神在神庙的一个阴暗的角落里，整天躺在金色的床榻上，一直到太阳西沉，她漂亮的金发披散在身上，从头到胸都裸露着，只用床幔遮蔽着身体。这是一个充满了感官诱惑的场面。与这位浑身散发着欲望的气息的女神相伴的是"财富" (Richesse/Riches)，酒神巴克斯 (Bachus/Bacchus) 和谷物女神 (Ceres)，酒神带来土地丰产，谷物女神使人免除饥饿，但他们此时与维纳斯相伴，目的不应是指履行保障人们日常生活需求的职能，而是暗示物质和感官上的享受，这也折射出这位女神的爱的本质。事实上，薄伽丘在他的《苔塞伊达》的"注释" (*Chiose*) 中直截了当地指出这位女神代表的是性欲之爱 (lascivious desire)，这种爱欲与理性对立，且战胜了理性。[③] 乔叟继续了薄伽丘的视角，并强调维纳斯的整体形象相当慵懒、缺乏生机和活力。在古罗马神话中，维纳斯的丈夫是充满猜忌的丑陋的火神武尔坎 (Vulcan)，她的情人是战神马尔斯 (Mars)。这是 C. S. 路易斯所

---

① Geoffrey Chaucer, *The Works of Geoffrey Chaucer*, 2 Vols., F. N. Robinson ed., London: Oxford University Press, 1957, p. 794.

② 普里阿普斯是古希腊神话中的男性生育之神，爱与美之神阿佛洛狄特和酒神狄奥尼索斯的儿子，园艺和畜牧业的保护神，古人把他描绘成外形奇特、有巨大生殖器的小个子男人，是古代生殖崇拜中重要的神灵。参见 *Columbia Encyclopedia* 中"Priapus"条目。

③ Gerald Morgan, Chaucer's Adaptation of Boccaccio's Temple of Venus in *The Parliament of Fowls*, *The Review of English Studies*, 2005, Vol. 56, No. 223, p. 26.

称的通奸式的典雅爱情。① 所以，无论是在古典的神话中还是在叙述者眼中的神庙里，维纳斯都不是一个快乐的神祇。换言之，维纳斯本性多情，但她所爱的人不是自己的丈夫；伴随她左右的是滋养肉体的谷物女神、享乐的酒神和庸俗的“财富”，并不涉及她的精神层面的需求。因为这种爱情仅限于肉欲层面，并且与婚姻也没有统一起来，维纳斯的爱是矛盾消极的。跪在她的床榻下求助的一对青年男女也是满怀愁苦，欢乐似乎与这座阴暗的神庙绝缘了。

墙上挂着的断箭嘲笑着狩猎女神黛安娜的失败：

That, in dispit of Dyane the chaste,
Ful many a bowe ibroke heng on the wal
Of maydenes swich as gonne here tymes waste
In hyre servyse; …
在那里，尽管是贞洁的女猎神黛安娜，
墙上挂有很多断了的弓箭
是那些崇拜猎神的女子使用的
她们浪费了青春（281～284）

女性的守护神黛安娜是狩猎女神和月亮女神，也是贞洁之神，她和代表着欲望（情欲）的维纳斯是对立的。维纳斯在神庙中虽然满怀愁绪，但还不忘用断箭暗示欲望战胜贞洁。诗中还指出，如果说欲望就是承受痛苦，贞洁则完全是浪费时间，或者说，有欲望会悲哀，放弃欲望则更加没有价值。

墙上的壁画是《声誉之宫》中维纳斯神庙的壁画的补充，都是描述古典传奇故事里的爱情悲剧，如卡利斯托（Calyxte/Callisto）是宙斯喜爱的女神，被宙斯的妻子赫拉所憎恨，赫拉把她变成一只熊；阿塔兰忒（Athlante/Atalanta）和丈夫希波墨涅斯（Hippomenes）因为蔑视神灵而被变为

---

① C. S. Lewis, *The Allegory of Love*: *A Study in Medieval Tradition*, Oxford: Oxford University Press, 1985, pp. 13–14.

狮子;[1] 狄多女王的悲剧，在《声誉之宫》中已经叙述过；希丝比（Thisbe）和辟拉莫斯（Piramus）是一对年轻的殉情者；特里斯坦（Tristram/Tristan）和伊索尔特（Isaude/Iseult）是亚瑟王传说中的一对情人，伊索尔特嫁给了康沃尔国王，却和他的骑士特里斯坦发生了恋情，并殉情而亡；特洛伊王子帕里斯（Paris）和美丽的海伦（Eleyne/Helen）相恋，导致特洛伊城被毁；埃及女王克丽奥帕特拉（Cleopatre/Cleopatra）与罗马将军安东尼相爱，最终国破自杀；特洛伊王子特洛勒斯爱上克丽西德，却失恋被杀，等等。这些故事乔叟在后来创作的未完成的《善良女子殉情记》中大部分作了描述，其中特洛勒斯的故事被诗人扩充为长诗《特洛勒斯与克丽西德》。总之，服侍爱神维纳斯将找不到任何欢乐，而服侍贞洁女神也会遭到嘲笑。

乔叟在铺陈维纳斯的形象所代表的爱情、解释这种爱情的痛苦时，他的态度是同情的。他的这种关注和同情贯穿了他整个创作的始终，从最早的《公爵夫人之书》中渲染黑衣骑士失恋之绝望苦痛，到其终笔《坎特伯雷故事》的“骑士的故事”，他一再感叹：

> 所以你们能感到，智慧与财富，
> 美貌与诡计，力量与勇敢英武，
> 都不能享有维纳斯那种威权，
> 因为她能叫世界遵从她意愿。
> 瞧啊，所有这些人掉入她罗网，
> 最后只得以叹息叹出其悲伤。
> 这里举一两个例子就已足够，
> 尽管要举一千个例子我也有。[2]

在同一个故事中，他依旧安排维纳斯的神庙与贞洁和狩猎女神黛安娜

---

① 阿塔兰忒是古希腊神话中的一名女猎手，她答应嫁给任何在竞走中能战胜她的男人。她被希波墨涅斯超过，他在竞走时扔了三只金苹果在地上，引诱阿塔兰忒停下来去捡，借此取胜。

② ［英］杰弗里·乔叟著，黄杲炘译:《坎特伯雷故事》，南京：译林出版社1998年版，第85页。

的神庙比邻，而且让去黛安娜神庙祈祷的艾米莉未遂心愿，最终与深爱着她的帕拉蒙结为眷属。在这个意义上，在乔叟看来，在贞洁面前，爱情（包括性爱）总是胜利的一方。

到此为止，可以看到，花园中的丘比特和神庙中的维纳斯是一对相伴的概念，他们共同构成一种完整的爱的类型。《坎特伯雷故事》里“骑士的故事”中补述了丘比特的形象，他的雕像被安置在他的母亲维纳斯的雕像身前，“背着弓，带着锃亮又锋利的箭；/同大家平时看到的情形一样，/他双目失明，肩上长着一对翅膀”。[①] 这里增加了爱情的盲目性的意味。维纳斯的丰韵成熟的少妇形象直接显示了形体美和性爱的诱惑力。丘比特的弓箭引发了不可抵抗的爱的欲望（“爱欲”），然而，爱神的庙宇里只弥散着痛苦和绝望，它的含义指向了园门口的黑色箴言。

从花园门口对立的两段箴言、丘比特之箭的双面性到维纳斯式的爱情困境，形成了三个有待解决的问题，诗人让这些问题集中显露出来，目的在于寻求一个较为统一的解决方案。换而言之，在古罗马神话里有一位两面神雅努斯（Janus），他是门神，有两副面孔，分别朝向两个相反的方向，这样他能同时看清楚两个方向的情况，视野比一般人增加一倍。[②]《百鸟议会》让矛盾的、对立的、陷入困境的爱共存于同一个环境中，爱的内涵不是因为矛盾对立而消减了，相反，它希望在量的堆积中蜕变出一种新的爱的类型。

## 第三节　和谐的自然

“自然”是《百鸟议会》中最为重要的概念之一，要想把握诗中蕴含的理想之爱的观念，需要理解诗中“自然”及其拟人化的“自然女神”形象的内涵。本文第一章第三节已经就《公爵夫人之书》一诗中的“自然”

---

① ［英］杰弗里·乔叟著，黄杲炘译：《坎特伯雷故事》，南京：译林出版社1998年版，第85页。

② 参见 *Columbia Encyclopedia* 中的“Janus，in Roman religion”条目。

作出一定的分析，《百鸟议会》中的“自然”是对前一首诗的继续拓展和明确界定。

## 一、自然事物的特征

### （一）分类和差异

在诗中，万物分成各种类别，每一类别的事物都有自己独有的本质和用途。如鸟类分为四大类：猛禽类、食虫类、水禽类、食种子类。而且归入同一类别的禽鸟也各具差异，如向雌鹰求爱的三只雄鹰都个性分明，雄鹰之外，鹰类还有老鹰、灰背隼、食雀鹰等。在“爱的园地”中，不仅仅只有鸟类，还有鱼类、鹿、松鼠、虫子等，各式各样的花卉、树木也都是这样分成各种类别，各不相同。

除了分类上的差异外，它们的用途也各不相同，如诗人这样介绍他看到的树木：

The byldere ok，and ek the hardy asshe；
The piler elm，the cofre unto carayne；
The boxtre pipere，holm to whippes lashe；
The saylyng fyr；the cipresse，deth to playne；
The shetere ew；the asp for shaftes pleyne；
The olyve of pes，and eke the dronken vyne；
The victor palm，the laurer to devyne.
建屋用的橡树，坚实的白蜡树[①]；
做柱子的榆树，做成装载尸体的棺木；
做管乐器的黄杨树，做鞭梢的圣栎；
做帆船的冷杉，柏树，用来哀悼亡者；
做弓箭的紫杉；做光滑的长矛的白杨；
和平的橄榄树，醉酒的葡萄；

① 白蜡树的坚硬有弹性的木材，用于（制作）家具、工具柄、运动器材如板球拍等，所以和建筑房舍的橡树排在一起。

胜利者的棕榈，献神的月桂。(176～182)

这段引文明显改自奥维德的《变形记》，诗中描绘了古希腊最伟大的音乐家俄耳甫斯在一块平原上弹奏竖琴，令草地上长出一片树林：

有卡俄尼亚的橡树，有杨树，高枝的橡树，柔软的椴木，山毛榉，达佛涅女神变的月桂树，脆弱的榛木，适于做枪杆的白蜡树，光滑的银杉，坚果累累的栎树，令人喜爱的梧桐，五色缤纷的枫树，喜欢长在河边的垂柳，恋水的罗陀树，长青的黄杨，纤细的柽柳，双色的爱神木，结深蓝色浆果的灌木。听到了琴声，带青藤也迈开柔韧的脚步来了，和它一起来的还有卷须的葡萄，披挂着藤蔓的榆树，花楸，云杉，挂满红果的杨梅树，奖给优胜者的、柔软的棕榈，还有树干光秃、树顶宽阔叶茂、为众神之母库柏勒所爱的长松（库柏勒喜爱她的少年祭司阿提斯，把他的人形换成一棵松树，僵立在树干之中）。①

奥维德的原诗相当铺陈繁复，而乔叟精减了很多，而且他挑选出来的都是实用的植物：做家具，建房子，做乐器和武器，做饮料，庆典或祭祀用品。这些植物高矮、大小确实各异，但它们平等地服务于人类各种领域的需求。其他的植物、动物也是如此。如从第330行至364行，诗人用长达五节、共三十五行诗介绍了34种鸟，对它们的外形、习性进行了品评，而那些在辩论中出来发言的禽鸟，其性格特征、价值观念更是分明。前文已述，乔叟对它们各自的价值从来都不是单一地否定。由此类推，人类社会中的每一个人也是各有自己的特质和价值。一切存在都不应该被简单地否定。

诗人以海纳百川式的气魄，举陈如此之多的事物，而且还通过自然女神说明：

Thus juge I，Nature，for I may not lye；

---

① ［古罗马］奥维德著，杨周翰译：《变形记》，北京：人民文学出版社1958年版，第202～204页。

To non estat I have non other yë.

因此我——自然女神——宣判，我不会撒谎；

我不会对任何阶层有所偏袒。(629 ~630)

这里，自然女神的态度是绝对公平的。因此，在自然世界里，繁多的种类各有自己不同于其他事物的自然天性，这种自然天性又决定了它们自己特定的用途和价值观念，每一种用途和价值都不应当否定。在这个意义上，叙述者梦中游览的这块园地是丰富复杂、多元共存的，这种丰富复杂与自然女神直接相关，也就是说，自然女神营造的不是一个单调乏味的世界，而是在一种充分认识和尊重每一物种的存在价值的基础上，提供给它们足够的生存空间，组成了一个丰富复杂、多元共存的自然世界。

**（二）等级秩序**

尽管如此，“乔叟与同代的大多数欧洲人一样，也承认自然界和人类世界可被视为共同存在于神的计划之内，二者相互联系，并像天国一样是分等级和有秩序的”。[①] 在宣扬平等的同时，乔叟的等级意识和秩序的观念也非常突出。在诗中，同样是自然女神，她向众鸟宣布她的法令，即允许每一只鸟儿完全按照自己的心愿选择自己的配偶，但这法令中还包含一个“秩序”：

But natheles，my ryghtful ordenaunce

May I nat lete for al this world to wynne，

That he that most is worthi shal beginne.

He shal first chese and speken in his gyse.

And after hym by ordre shul ye chese，

After youre kynde，everich as yow lyketh，

And，as youre hap is，shul ye wynne or lese.

不过，我制定的秩序

我不会允许这个世界上的任何人破坏，

---

① ［英］安德鲁·桑德斯著，高万隆等译：《牛津简明英国文学史》（上），北京：人民文学出版社2000年版，第82页。

所以，只能从最高贵的开始。……（390～392）
他将第一个选择和发言，按照他自己的方式。
在他之后，你们按照顺序选择，
按照你们自己的方式，每个人根据自己的喜好，
和各自的运气去选择，或者成功，或者失败。（399～402）

自然女神指定的第一个雄鹰是鹰类中最高贵的一只鸟，而鹰类又是所有鸟类中最高贵的一类。她的“法令”很明显，是保证每一只鸟都有自由选择配偶的权利，同时，这些鸟类有尊卑的等级之分，同一等级内的鸟也有贵贱之别，选择的过程必须按照其地位高低的顺序进行，位高者优先，这是她的“秩序”。自由选择的权利和等级秩序结合在一起，都必须同时被服从。

叙述者借自然女神这个权威人物敦促执行这种等级秩序，同时，他自己在介绍聚集在自然女神周围的鸟类时，也遵照了这种尊卑秩序：

That is to seyn，the foules of ravyne
Weere hyest set，and thanne the foules smale，
That eten，as hem Nature wolde enclyne，
As worm or thyng of which I telle no tale；
And water-foul sat lowest in the dale；
But foul that lyveth by sed sat on the grene，
And that so fele that wonder was to sene.
这就是说，捕食（其他鸟类）的飞禽
坐在最高的位置上，接下来是次一级的鸟儿，
他们按照自然女神的意愿，
吃虫子或其他我没有介绍的东西；
水禽坐在溪谷中，地势最低；
靠吃种子为生的鸟类坐在草地上，
他们的数量众多，看上去令人惊奇。（323～329）

当诗人其后分别介绍 34 种鸟时，也基本上按照这个等级秩序依次进

行。在鸟类各自的发言中，诗人对其赞赏的程度，也和这种等级秩序基本上相应。

进而言之，这种等级区别是按照每一种鸟类自然天性上的差异决定的：先天外形良好、德性完美、智力超群的，就是高贵的，离完美越远，级别越低。他们各自的品质按照这种等级秩序分有贵贱，品质越高，诗人的赞美越多。

这不是说，乔叟强调了等级秩序后又排斥或减弱了前面提到的自由平等观念。而应当看到，乔叟一直努力保证同时兼容这两个方面，使它们不相冲突。在本章第一节中已述，各级鸟类在辩论时，没有哪一种观念会被其他观念所消灭，所有的观念无论贵贱都最终合法地存在。因此，所有的鸟类和他们的价值观念，虽然有高下之分，但都是合理的，诗人按照它们各自的等级把它们排列起来，使其各自有自由存在的空间，而且局面井然有序。

## 二、自然事物的组合方式

按照诗中的原理，自然事物的组合，都是自然女神一手控制的。自然女神对万物的组合大致分为三个层次：

第一层：按自然女神治理自然界的方法来看，她采用的方法是促成鸟类选择并得到配偶。她对聚集在她面前的鸟类说：

Ye knowe wel how, seynt Valentynes day,
By my statut and thorgh my governaunce,
Ye come for to cheese—and flee youre way—
Youre makes, as I prike yow with plesaunce;
你们很清楚，在这圣瓦伦丁节里，
遵照我的法令，接受我的支配，
我用快乐鞭策你们，使你们来到这里
选择你们的配偶，并各自离开。(386～389)

也就是说，她是通过使他们得到配偶的方式，把他们组合起来。所谓的求偶分两步进行，第一步行动规则前文已引述，她命令鸟儿们“按照你们自己的方式，每个人根据自己的喜好，/和各自的运气去选择，或者成功，或者失败”（401～402），这是指男性一方。第二步由被选择追求的女性一方裁决这种选择的结果：

But natheles, in this condicioun
Mot be the choys of everich that is heere,
That she agre to his eleccioun,
Whoso he be that shulde be hire feere.
This is oure usage alwey, fro yer to yeere;
然而，必须符合这个条件，
这里每一个被选择的女士，
必须同意了他的选择，
他才能够成为她的配偶，无论他是谁。
这是我们通用的惯例，每年都是如此。（407～411）

也就是说，在择偶活动中，自然女神按照性别分配选择（男性）与被选择（女性）的任务，同时没有指明选择者与被选择者中高低贵贱上的差异之处，其原因应该在于这不在考虑的范围之内。明白无误的原则是，无论是选择的和被选择的，双方都必须心中愿意，才能成为配偶。

第二层：从鸟类择偶时依据的标准来看，能够成为配偶的鸟类，双方应当在等级、品质等方面相近才匹配。举自然女神希望组合的一对配偶为例，其中作为被求爱对象的雌鹰条件如下：

But to the poynt: Nature held on hire honde
A formel egle, of shap the gentileste
That evere she among hire werkes fonde,
The moste benygne and the goodlieste.
In hir was everi vertu at his reste,
So ferforth, that Nature hireself had blysse
To loke on hire, and ofte hire bek to kysse.

言归正传:自然女神手持
一只雌鹰,是她喜爱的作品中
塑造得最高贵的一只鸟,
秉性最善良,外表最美丽。
每一种德行都集中在她的身上,
因此,自然女神自己看着她
也满心喜悦,多次亲吻她的硬嘴。(372~378)

自然女神和猛禽类的代表都推举雌鹰的第一位求爱者,认为这位有王室血统的雄鹰才与她匹配。对这只雄鹰,本章第一节已经介绍,自然女神的理由是他的地位最高,最具备骑士的所有美德,且在形貌上与神最相似。而猛禽类代表老鹰的发言简单明了,他认为根本不需要这样争来争去,因为三只雄鹰中哪一只是最好的,而雌鹰又应该选择哪一位,其实早就清清楚楚了:

我认为,在骑士界最有身份的,
最长时间拥有这个资格的,
财富最多的,血统最高贵的,
最宜于和她坐在一起,如果她愿意。(548~551)

老鹰指的就是第一只雄鹰。自然女神赞成老鹰的观点,并且从她的自然理论方面向雌鹰作了一番说教:

But as for counseyl for to chese a make,
If I were Resoun, certes, thanne wolde I
Counseyle yow the royal tercel take,
As seyde the tercelet ful skylfully,
As for the gentilleste and most worthi,
Which I have wrought so wel to my plesaunce,
That to yow hit oughte to been a suffisaunce.
不过,关于选择配偶的问题

如果我是理性（Resoun），能够提建议的话，
确实，我将建议你选择这只王室的雄鹰，
刚才老鹰的发言理由很全面，
他最高贵，最值得尊敬，
我精心塑造他，自己也很满意
他应该配得上你。(631 ~637)

老鹰和自然女神都指出，第一只雄鹰最高贵（gentliest）、最值得尊敬（worthiest），之所以如此，是因为这只雄鹰遵循自然的原则，[①] 先天的出生优良，后天的表现也超群。而雌鹰也是在高贵、德行、外表这三方面最佳。两位各方面的条件都差不多，所以匹配。这是一个“物以类聚”式的选择、配偶方式。进而言之，诗中各种鸟类并没有超过自己群体/种类的范围去挑选自己的配偶，没有出现诸如一只鹰爱上一只天鹅这样的情况，这说明种类差异、物以类聚的观念天然地存在于鸟类的头脑中，不需要额外提出。

第三层：从组合的结果来看，自然女神按照均衡适宜的原则把不同类型的事物组合在一起。

自然女神，这位全能者（上帝）意志的人间代理，
把热与冷、重与轻、湿与干
按照和谐的韵律结合在一起。[②]（379 ~381）

这种对立面和谐共存的观点，从远的角度来看，在古代希腊哲学中已经出现，如生活于公元前6世纪左右的哲学家毕达哥拉斯及其学派对它就有较为成熟的论述，他们认为，宇宙中包含有限/无限、奇数/偶数、单一/众多、右方/左方等十种对立的本原，而世界上“最优美的事物是什么？和谐”[③]。其

---

① 关于“自然的法则”，本书第一章第三节有相关论述。

② “numbre/number”在古英语中有音乐的乐节、节拍或诗的韵律的意思。

③ 苗力田主编：《古希腊哲学》，北京：中国人民大学出版社1989年版，第68页，第70~71页。

中，“音乐是对立因素的和谐的统一，把杂多导致统一，把不协调导致协调”。[①] 比较近的思想来源是中世纪欧洲世界中占统治地位的托勒密（Ptolemy，约100—约170）的宇宙论思想体系。托勒密认为，宇宙间有热、冷、干、湿四种可感的要素，四种要素两两组合，形成四种组合体，产生不同的影响。[②] 在中世纪基督教有神论思想体系中，这些自然现象成为神/上帝所为，即本诗中是由上帝派遣自然女神来执行和谐的命令。本诗这里是对波依修斯和《玫瑰传奇》中的相关论述的直接接受。此外，在《坎特伯雷故事》的序言部分，乔叟介绍医生时也说，医生知道每一种疾病的原因，无论它们是由于热、冷、湿、干的元素造成的，还是因为其他因素（*The Canterbury Tales*：*Fragment* 1：419～421）[③]，可见这是乔叟头脑中一个非常突出的哲学观念。

这种和谐到了花园中，是众多动物、植物、山川河流、各种各样的人物和谐共处的景色，叙述者眼观这些美景，同时耳中听到奇妙无比的音乐之声：

Of instruments of strenges in acord
Herde I so pleye a ravyshyng swetnesse，
That God，that makere is of al and lord，
Ne herde nevere beter，as I gesse.
我听到各种乐器上的琴弦
和谐地演奏着，如此地迷人甜美，
我想，即使是上帝，这位万物的创造者和主宰，
也不曾听过比这更好的音乐。（197～200）

诗人之所以如此专注地把和谐的理念与音乐联系在一起，应该与他非常重视波依修斯的音乐理论有关。波依修斯把音乐分为三种：第一种是

---

① 转引自阎国忠：《古希腊罗马美学》，北京：北京大学出版社1983年版，第23页。

② 胡家峦：《历史的星空：英国文艺复兴时期诗歌与西方宇宙论》，北京：北京大学出版社2001年版，第34页。

③ Geoffrey Chaucer，*The Works of Geoffrey Chaucer*，2 Vols.，F. N. Robison ed.，London：Oxford University Press，1957，p. 796.

“宇宙的音乐”。他说：“没有任何事物是没有音乐的；因为宇宙就被说成是由一种和谐的声音构成的，而天空就在那和谐的音调中旋转。”[①] 这主要是指天空中的各种星体（恒星和行星）的运动组成和谐的音乐。第二种是“人的音乐”。人体是一个和外部大宇宙相对应的微观小宇宙，是人的灵魂和肉体和谐组合而成的，因此，人的灵魂和肉体之间的和谐形成“人的音乐”。[②] 第三种是“器乐”，它是“由于诸如弦的张力，或由于吹奏……或由于某种打击而产生的”。器乐能够调节人内心的和谐，并有助于恢复和谐，而且，器乐还有道德伦理上的作用，优美的音乐调式可以安慰人，相反的调式则使人激动。[③] 其实，这只是对毕达哥拉斯的音乐理论的一种解释和整理。波依修斯认为，三种音乐由上到下按等级排列，前两种是人的耳朵听不到的较为玄奥的音乐，第三种“器乐”等级最低，它不仅仅指由乐器演奏出来的曲调，也包括人的声音。[④] 乔叟的诗中讨论的是“器乐”，说明他只谈他的肉体能够听到的音乐，并不想涉足太玄奥的领域。而且，他对这种“器乐”的评价是：“我想，即使是上帝，这位万物的创造者和主宰，/也不曾听过比这更好的音乐。”这里的器乐之音级别不低，可以与“宇宙音乐”、“人的音乐”比肩并立。

在紧跟着“器乐”之后的诗行中，乔叟谈到自然界的音乐：

Therwith a wynd, unnethe it myghte be lesse,
Made in the leves grene a noyse softe
Acordaunt to the foules song alofte.
此时有风吹过，几乎没有减弱，
吹动树上的绿叶，发出声音

---

① 胡家峦：《历史的星空：英国文艺复兴时期诗歌与西方宇宙论》，北京：北京大学出版社 2001 年版，第 113 页。

② 徐卫翔、李琍：《波埃修哲学及音乐美学初探》，《复旦学报》1997 年第 2 期，第 32 页。

③ 胡家峦：《历史的星空：英国文艺复兴时期诗歌与西方宇宙论》，北京：北京大学出版社 2001 年版，第 121 页。

④ 徐卫翔、李琍：《波埃修哲学及音乐美学初探》，《复旦学报》1997 年第 2 期，第 32 ~ 33 页。

与树枝高处的鸟类的歌唱轻柔相和。（201～203）

这一处是乔叟对但丁《神曲·炼狱篇》的改写，在“炼狱篇”中，诗人但丁在维吉尔的引领下穿过炼狱诸层，在它的顶层伊甸园中初次见到圣林：

一种自身无变化的、温柔的微风打在我额上，犹如通常和风掠面一样轻柔；因此，随风颤动的树枝都朝着这座圣山投下它最初的影子的方向温顺地倾斜；但并未过于偏离天然姿态，以至于使树梢上的小鸟停止它们的一切技能；相反，它们在树叶间唱歌，喜洋洋地迎接清早的时辰，树叶的沙沙声为它们的歌伴奏，这种沙沙声犹如埃俄洛斯释放出西洛可风时，基雅席海岸上的松林中枝柯与枝柯间形成的松涛一样。①

乔叟的改写极为精练，只指出表面上看来偶然无序的各种自然事物（微风、绿叶、鸟鸣）也能共同奏出和谐之音，但丁原诗中神圣的因素被搁置了。这是对波依修斯的三种音乐理论的进一步扩展，扩展到一个纯粹客观自然的领域。这也是对前文中自然女神“把热与冷、重与轻、湿与干/按照和谐的韵律结合在一起”的观点在音乐领域中的应用，把对抽象的物质属性（热、冷、重、轻、湿、干）的协调治理的理论，转入物质的自然领域中进行实践解说，不但使风、叶、鸟这三种完全不属同一类别的事物相互之间产生关联，而且还演奏出一曲美妙的音乐。这说明乔叟的自然和谐的理论包容了自然界的一切事物和现象，认为在自然界的每一个大小领域中，无论是同类的还是不同类的，无论它们各自的功能和属性有什么不同，都能产生和谐的关系。

在这个意义上，《百鸟议会》中大量不同种类的树木、动物、人物形象组合在一起，虽然它们本质各异，但整个场景是和谐美好的。众多的鸟类聚会，它们各自发出的叫声也不是简单的噪音，尤其是当三只雄鹰陈述各自的爱情理念、各级鸟类派出代表发言时，其相互迥异的观点，形成的

---

① ［意大利］但丁著，田德望译：《神曲·炼狱篇》，北京：人民文学出版社2002年版，第304页。

却是一首美好和谐的乐曲。因此，《百鸟议会》不是一个大杂烩，其纷呈罗列的各种哲学思想、价值观念融汇在一起，不但没有发生剧烈的矛盾冲突，反而形成了一曲合奏，成为一部美好的诗篇。换言之，乔叟在本诗中的美学理想、价值观念就是多种不同因素的和谐并存。

## 三、自然女神与丘比特、维纳斯

自然女神是统领自然事物及其现象的神灵，因此，从自然事物和现象中可以折射出自然女神的特性。在诗中，丘比特和维纳斯都是爱神，自然女神主持爱的节日：情人节，也是有关“爱”的活动，三位神灵虽同居“爱的园地”，但没有待在同一地点，似乎互不往来，因此，需要理清楚由抽象概念转化而来的自然女神与古典神话中的丘比特和维纳斯之间的关系。

首先，在“爱”的群体方面，从字面上来看，丘比特和维纳斯保护的“爱”专指人类之爱，自然女神主持的是鸟类的求偶节日，似乎互不相干。但前文（本章第一节）已述，诗中鸟类的聚会，实际上就是人类社会的寓言式表达，这些鸟类的情感观念其实就是人类的情感观念，因此，三位神灵保护的都是人类之“爱”。

其次，从他们与“爱的园地”门口两段箴言的关系来看，盲眼的丘比特的弓箭引发爱与不爱两种情感，他的母亲维纳斯则基本上只指引了爱的消极痛苦的那一面，金色的箴言所示的全然的幸福没有从这两位神祇那里获得保证。丘比特在河边树下，维纳斯在神庙中，自然女神出现于大园子里，三者都在同一个花园内，因此门口的箴言必然与自然女神相关，因此可以推理为她的“爱”的内涵指向金色箴言。从聚会的鸟类们各自陈述的多种爱的观念以及爱的价值观中，自然女神既公正民主又错落有致地把它们融洽地汇聚在一起，其可容纳的范围和潜力是惊人的，应该达到了无所不包的程度。因此，丘比特和维纳斯所代表的“爱”，自然女神是可以容纳进来的。

再次，从“爱”的本质来看，维纳斯的神庙是用黄铜（bras/brass）打造的，靠碧玉（jasper）的柱子支撑（230～231）。黄铜的颜色与黄金接近，虽然看起来也富丽堂皇，但它毕竟只是一种低级的金属，不可能与贵重的黄金相比拟，在这个意义上，维纳斯所代表的“性欲在得到满足之前被想象为快乐的，但在实际经历过后，只留下了苦涩”。[①] 而自然女神的宝座摆放在露天开阔的百花丛中，直接与维纳斯那位于神庙中一个阴暗私密角落的床榻形成鲜明对照；[②] 自然女神端坐在首座上对百鸟发号施令，维纳斯则懒洋洋地躺在床上接受一对情侣的苦苦哀求；自然女神在明媚的阳光下光芒四射，维纳斯则衣着暴露，展示她的肉体的魅力等。这些对比都强烈地提醒读者和听众分清两种爱的差异，即肉欲之爱虚假短暂且充满了苦痛，自然之爱心旷神怡，受到永恒的祝福。

最后，从“爱”的结果来看，“毫无疑问最为重要的是，诗人在‘爱的园地’游览的终点，是自然女神的身边，而不是维纳斯的神庙。同样不是例外的是，是这位意味着‘生育之母’（‘mater generationis’）、万物繁衍其后代这一天性的具体形象、生殖的象征、上帝创造持续不断的丰富的创造能力的自然女神，来主持了鸟类的巨大的集会，促成他们在圣瓦伦丁节选择了他们的配偶”[③]。也就是说，自然女神并没有禁绝人类的包括肉体欲望在内的爱的天性，而是引领人类的这种天性去完成神所赋予的繁衍和创造的职责，其中的合理性和正义性完善和解决了丘比特、维纳斯的缺陷和问题。

“爱的园地”门口金色和黑色两段箴言告知人们，拥有爱的幸福和忍受爱的痛苦是同时发生的，然而，自然女神就是解决这个两难困境的一个对策，即她把多元的现象观念统合在神圣的创造力之下，用这种“和谐”的原则消解弊端，维护幸福。所以，在诗的结尾，鸟类们歌颂自然女神在圣瓦伦丁节赐予的恩惠：

Wel han they cause for to gladen ofte,
Sith ech of hem recovered hath hys make,

---

① Gerald Morgan, Chaucer's Adaptation of Boccaccio's Temple of Venus in *The Parliament of Fowls*, *The Review of English Studies*, 2005, Vol. 56, No. 223, p. 24.

② Charles O. McDonald, An Interpretation of Chaucer's *Parlement of Foules*, *Speculum*, 1955, Vol. 30, No. 3, p. 451.

③ Wolfgang Clemen, *Chaucer's Early Poetry*, trans. C. A. M. Sym, London: Methuen, 1968, p. 149.

Ful blissful mowe they synge when they wake:
Now welcom, somer, with thy sonne softe,
That hast this wintres wedres overshake,
And driven away the longe nyghtes blake!
他们（百鸟）如愿以偿，尽兴地快乐，
因为每一只鸟儿都已经（从冬日中）复原，找到了伴侣，
当醒来时，他们幸福无比，尽情歌唱：
欢迎你，初夏，和你的温暖的阳光，
你的阳光挥去了冬季的寒风，
驱散了漫长的黑夜！（687～692）

因此，诗人最终提倡的理想的人生观念是以自然的和谐为根本立足点的。具体来说，它包含两个方面：一方面，立足于每一事物现象天生的品质，尊重所有这些品质本身的价值，通过民主的辩论而不是对立斗争的方式，使它们达到和谐一致；另一方面，不能从某种抽象的概念出发、以颁布命令的方式来执行某种单一的人生信条，而应该立足于自然现象和自然天性，量体裁衣，使每一种价值观念都有一个合适的位置，在这个基础上遵照理性的、公正的、有秩序的原则把它们组合起来，只有这样，才能达到一种真正的理想状态。

所以，这个“自然”虽然有着中世纪传统的影子，有一个高高在上的主宰——上帝，但它完全是以人类的现实幸福生活为终极目标的，而不是追求来世的神的世界中的生活。这个“自然”是人文主义意义上的。

# 结　语

从形式上来看,《公爵夫人之书》、《声誉之宫》和《百鸟议会》都属于诗人乔叟的梦幻诗系列，它们的共同之处有五点，“开始时阅读一本书,[1] 接下来是睡眠和做梦，神秘的引路者，美丽的景色，用寓言的方式表达抽象的观念”。[2] 而上述三首诗又都通过四个方面的内容，具体表达了乔叟的人生态度和价值观。

## 一、人的品格

《公爵夫人之书》中主人公黑衣骑士和他的意中人是乔叟着力歌颂的对象，因此乔叟对他们进行了理想化的描述。在作品中，人物的美好不仅仅在于出生的高贵，还在于他们后天的德行兼备以及精神和肉体的双重完美。诗中否定了基督教传统观念中对于人类生而有罪的“原罪”观念，明确地肯定了两位主人公品德上的完美。这种对人地位的提升，对人类美好的外形的赞美，是对尘世的赞美。

《声誉之宫》中，主人公埃涅阿斯不再是维吉尔的作品《埃涅阿斯纪》中所描绘的完美英雄，而是一名狡狯无情的势利之徒。通过对这个经典形象的重新介绍和点评，诗人提出应返回事件本身的历史背景中去观察人物，理性地进行价值评判。在这里，埃涅阿斯不再因为其出身高贵、建立过伟大的功业而成为完美理想的人物形象，乔叟谴责了他在爱情中的表现，并且同情被侮辱和损害的狄多。这里爱情的悲剧不是变幻莫测的命运所致，而是人性本身的弱点造成的。一个人的善恶不是由出生的血统和后世的传颂决定的，返回事实本身，自有其公正的评判。

《百鸟议会》中众多形象荟萃一堂，同样是贵族骑士（三只雄鹰），贵族理想的表现却是多种多样的，由于被这些贵族骑士所追求的贵族女子（雌鹰）最终只能选择其中一个，过去被视为完美单一的爱情观念出现了分裂。而同时其他的鸟类（各个阶层的人物）各有所长，也各有所短，乔叟对他们不像《公爵夫人之书》那样一味歌颂，也不是像对《声誉之宫》

---

① 《声誉之宫》中不是叙述者读古典书籍，而是谈梦的原理。

② Geoffrey Chaucer, *The Works of Geoffrey Chaucer*, 2 Vols., F. N. Robinson ed., London: Oxford University Press, 1957, p. 309.

中的埃涅阿斯那样明确地谴责，而是表现出包容的态度，肯定他们各有自己独特的价值和人生追求。

## 二、爱的秩序

基督教传统的“爱”的道德诫令（首先是爱上帝，然后是爱人）在乔叟的这三首诗作中主要表现为男女之间的爱情关系。在作品中，尽管中世纪提倡的对神的爱并没有消失，但是相对抽象空泛，而青年男女之间的爱情却有声有色、占据着整个事件情节的前台。在乔叟的所有诗作中，凡是真挚的爱情都是道德高尚的。乔叟甚至赞美：“仁慈的爱神，你是万物的神圣纽带。”[①] 这是爱情至上的观念。

《公爵夫人之书》中的爱情在形式上是中世纪的典雅爱情，但是在实质上改变了典雅爱情和中世纪传统中爱情和婚姻对立的观念，提出爱情和婚姻两全的理想。黑衣骑士既膜拜神，也狂热地追求和崇拜他的理想爱人，而膜拜神的目的在于希望神能降恩于他，使他得到意中人的爱情，“爱”的起点和终点都是尘世中的人。而且传统典雅爱情观认为，“爱情”能够提升人的精神品质，[②] 使人生达到接近于神圣的高度，这不仅仅是世俗的爱情和上帝的爱情的类比，更是两种爱的重叠。乔叟在这里提出他的人生理想：在精神上达到神圣的爱的高度，通过人类良好的品行、理想的追求（爱情）与现实责任（婚姻）的调和，这个高度能够在现实世界中得到实现。

《声誉之宫》中，爱情由于人性的弱点而酿成悲剧，乔叟通过对爱情中的一个命题——女性的名誉——进行追根溯源，怀疑和反思一直被歌颂的古典英雄事迹，指出美好的爱情与功利的现实难以两全。在作品中，乔叟对神灵干预现实的行为敬而远之，并从现实主义角度谴责了虚假的爱情。

---

① ［英］杰弗里·乔叟著，吴芬译：《特洛勒斯与克丽西德》，北京：中国对外翻译出版公司 1999 年版，第 187 页。

② 《特洛勒斯与克丽西德》中说主人公特洛勒斯陷入爱情后“种种瑕疵都化为美德种种”。（［英］杰弗里·乔叟著，吴芬译：《特洛勒斯与克丽西德》，北京：中国对外翻译出版公司 1999 年版，第 45 页。）

《百鸟议会》中的爱情是多样的，鹰有鹰的爱情，布谷鸟有布谷鸟的爱情，这些爱情虽然有贵贱好坏之分，但它们都有自己的用途，都具有合理性。在这里，现实主义和理想主义并行不悖。因为复杂多样的现实价值的填充，《公爵夫人之书》中提出的理想人生更加明晰，增加了它的可行性。

## 三、古典的法则

在《公爵夫人之书》中，乔叟提到的古典作品是奥维德的《变形记》中的一段传奇故事，乔叟把古典作品中王侯夫妻的悲剧和他梦中的黑衣骑士与意中人的爱情悲剧捏合在一起，指出古典作品之所以值得一读，是因为它们符合神圣的"自然法则"，而且诗中的叙述者由此获益匪浅——治好了将置他于死地的失眠症。"自然法则"是古典作品之所以有存在价值的原因，但这个法则的内容究竟是什么，这首诗中却叙述得比较模糊。

在《声誉之宫》中，乔叟花费大量笔墨介绍了古典的爱情故事，并站在他自己的时代里剖析传奇故事中的爱情悲剧，既尊重传统的观点，又得出自己的结论。此外更重要的是，乔叟运用古典哲学理论来分析声誉在人间升至"消息之屋"、"消息之屋"如何生产和传播谣言的过程，虽然声誉女神的断案方式与《公爵夫人之书》中专断无理的命运女神的形象较为接近，但是乔叟思考的重心根本不在这些女神身上。这是乔叟对古典思想的一次灵活运用。诗中的声誉产生的第一个阶段是古典朴素唯物主义意义上的自然现象，第二个阶段中，乔叟用寓言的方式介绍人类社会中作为一种社会现象的"消息"和"谣言"，并且让这种分析带上了一种朴素唯物辩证主义的色彩。因此，与《公爵夫人之书》中把古典传奇和典雅爱情拼凑的效果相比，《声誉之宫》中古典的故事和哲学理论与中世纪的寓言象征手法有机地融合在一起。

《百鸟议会》中不但有古典的哲理故事（古罗马名将亚佛里坎努斯和孙子西皮奥的故事），古典神灵丘比特和维纳斯在作品中各有安置，但诗中的主要情节是自然女神在圣瓦伦丁节组织众鸟寻找配偶，自然女神是对丘比特和维纳斯这两个形象的兼容和提升。"自然"的本质和法则在这首诗中得到了相当系统和详细的介绍，即万物各有自己的特征和价值，世界由各式各样不同的事物现象构成，众生按照一定的等级秩序排列，按照和谐的原则组合在一起，组成一个和谐美好的世界。

## 四、自然

可以看到，在乔叟早期的三篇诗作中，人、爱情、古典法则三个概念的范围越来越丰富，越来越系统。其中“自然”的概念贯穿三个概念，“自然”的人具有美德，“自然”的爱情是神圣不可侵犯的，古典是“自然”的一个部分。“自然”是测量事物现象之善恶得失的标尺。

在基督教的背景之下，中世纪早期的教父时期的重要人物之一奥古斯丁认为，上帝创造的东西都是善的，万物按照自身具有的上帝之善的程度的差异来排列等级，所谓恶，是善的缺乏，即缺乏上帝或无上帝。[①] 这种对上帝、善、恶的界定一直延续到中世纪晚期的托马斯·阿奎那，基本上没有太大的变化。[②] 在这个意义上，“大自然（或被造物）是其创造者——上帝的一个见证，这是基督教神学的一个共识”，[③] 所以，自然是善的，自然法则就是善的法则，是基督教的传统法则的一部分。

乔叟在他的诗作中对上帝保持了敬虔之心，同时也表达了他把“上帝”与“自然”相融合的观念。在第一章第三节中已指出，自然女神作为上帝的代理人创造了万物并治理尘世，但这个“自然”已与万物的“本性”（nature）交叉在一起，被创造、被治理的人类的自由意志得到了很大的支持，人类服从“自然”/上帝的统治，同时人类有自己的独立存在，最明显的例子是《百鸟议会》中自然女神不干预鸟类们的决定。而乔叟在后来创作的《特洛勒斯与克丽西德》中对人类的自由意志与命运（神意的预定）的关系作过深入的探讨，最终的结论基本上没有改变——既肯定了神的影响力，又坚持了人类自由意志的独立性。也就是说，在人类的行为

---

① 宋希仁：《西方伦理思想史》，北京：中国人民大学出版社 2004 年版，第 130 ~ 131 页。

② 宋希仁：《西方伦理思想史》，北京：中国人民大学出版社 2004 年版，第 139 ~ 141 页。

③ ［英］麦格拉斯著，马树林、孙毅译：《基督教概论》，北京：北京大学出版社 2003 年版，第 173 页。

与上帝的干预之间，乔叟在双重肯定的前提之下，赋予了人在现实世界（或者说自然界）的行为以足够的价值。

综上所述，乔叟的早期诗歌涉及人、人的爱情、古典法则、自然四个方面的价值评判。在关于人的形象和爱情的观念中，有一个由理想（理想人物和理想爱情）转化为否定理想（反面人物和悲剧爱情）再转移到现实（多种人物和多种爱情）的思想轨迹。对古典作品的运用有一个由相对生硬地粘贴（《公爵夫人之书》）到全面反思和运用（《声誉之宫》）再到与他自己的现实题材融为一体（《百鸟议会》）的过程。关于“自然”的把握，也是逐步深化、体系化的。这些创作实践为他后期的创作，尤其是《坎特伯雷故事》的创作奠定了良好的基础。总之，乔叟肯定了人的品格、爱情、古典法则、自然这四个方面的价值，这一切最终都归总到肯定人的现实生活，认识和改善人的生存状态，而不是把人类置于神灵的阴影之下。乔叟这些作品中表现出的人生观和价值观，贯穿着他一生创作的始终，并与欧洲文艺复兴早期的人文主义精神相一致。

在这三部作品中，乔叟的探索是一个逐步成熟并完善的过程。《公爵夫人之书》中兼有传统基督教和人文主义两套价值准则，但它偏向于贵族阶层的理想化特点。《声誉之宫》引入了历史的和批判的思想，过去的骑士理想在很大程度上遭到了否定，神灵是独断专行的，古典传奇中的爱情是卑微痛苦的，乔叟从更为开阔的现实生活的角度重新审视了自己过去的理想人生观念。《百鸟议会》重建了最初的理想，骑士式的人生理想仍旧是乔叟最中意的，但这一次重建是在经历了否定之痛苦后才完成的，他让这个理想深深地扎根于现实生活的土壤里，期望着能开出最美丽的花朵。与《公爵夫人之书》同样有差异的是，这些花朵与其他种类、品质的花朵同时绽放，所有的花朵都是健康和美好的。正如诗中的自然女神所言：“因此我——自然女神——宣判，我不会撒谎；/我不会对任何阶层有所偏袒。”[①] 诗人乔叟以极大的胸怀容纳了来自社会各个阶层的不同的价值观念，描画出一个新的和谐的世界。

---

① *The Parliament of Fowls* , 629 - 630.

附　录

# 论欧洲文艺复兴时期的基督教人文主义[①]

① 拙文已发表于《基督教文化学刊》2007年秋季号（第18辑）。

作为一次在欧洲以全新的方式复苏古典文化的运动，文艺复兴从14世纪的意大利萌芽，在16世纪的伊丽莎白时代的英国文艺复兴运动中达到顶峰，及至17世纪又日渐消退。在这次运动中产生的人文主义观念在不同的民族、国家和时期面貌各异，它是对前期的中世纪基督教神学体系和更早的古希腊罗马的思想观念的一次有益的整合和发展，同时，人文主义者带着巨大的宗教热情从事神学研究，使对《圣经》的研究和注释更为准确深入，有效地推动了基督教神学的发展，形成了基督教人文主义这一富有时代特色的潮流，其后的宗教改革运动是基督教人文主义运动的必然结果和某种裂变。本文试论述之。

## 一

### （一）从时间的角度来看，古典文化与中世纪传统形成了继承和回归的关系

“人文主义”一词最早出现于1808年一位德国教育家之手，他从拉丁文词根humanus杜撰了德语单词Humanismus，译成英语即humanism。[①] 事实上，拉丁文humanitas被西塞罗及其同时代的人用于表示一种被称为“自由教育”所带来的文化价值，studia humanitatis（“人文学”）指的是包括语言、文学、历史、道德哲学在内的一系列“艺术”学科。[②] 到了15世纪末，意大利的学生用humanista（humanist）称呼教他们古典语言和文学的教师，这些教师讲授的课程也叫studia humanitatis（the humanities），在15世纪，学习这些课程需要阅读基督教历史前的古典时代的拉丁文作品，包括希腊著作的拉丁文译本和希腊原文，后者占的比例较小。因此，humanism指的是古代经典的复活或再生，Renaissance（文艺复兴）以此得

① 参见［英］阿伦·布洛克著，董乐山译：《西方人文主义传统》，北京：生活·读书·新知三联书店1997年版，第5页。

② 参见Nicholas Mann, The Origins of Humanism, Jill Kraye ed., *The Cambridge Companion to Renaissance Humanism*, Cambridge: Cambridge University Press, 1996, p. 1.

名，[1] 而文艺复兴时期的"humanitatis"，是人性修养的意思，[2] 目的是重拾古典时期的优雅与自然和谐的状态，人文主义思想也应运而生，它是人文主义者批判性地继承古典思想，改造中世纪以来的文化传统而建立起来的新的思想体系。它既不是一成不变地吸收古典的文化，也不是全盘否定中世纪的传统文化，而是二者的有机结合。

14 世纪意大利文艺复兴运动发生之前，作为古典世界的继承者，中世纪在它的基督教神学的旗帜下包容了历经战火而所剩无多的古典文化，同时，"中世纪的教会不得不与希腊哲学妥协"[3]，并有过两次古典文化学习的热潮：8 世纪中期至 9 世纪初期的加洛林文艺复兴和 12 世纪的文艺复兴。具体来说，"加洛林文艺复兴的主要内容是恢复学习拉丁文，通过建立宫廷学校和修道院学校使古典拉丁文化在西欧得到了最基本的保存，没有对拉丁文学习的恢复，古典文化的延续就失去了最根本的基础；12 世纪文艺复兴使古典文化回归，在对古典文化的学习和研究的过程中建立了中世纪的大学，为学术和知识提供了栖身和衍生之地"[4]，在此基础上，才有了第三次文艺复兴运动中对古典文化的成功运用和创新。

中世纪和文艺复兴之间的连续性关系，并不意味着二者完全统一，关于对古代世界的接受方式，14 世纪与它的前代相比有着关键性的不同。"中世纪能够从古代经典中取其所需，正是因为他们与古代世界之间没有分隔感……只有到了彼特拉克和十四、十五世纪的意大利人文主义者，古人的世界才开始被看作是一种凭其自身价值而单独存在的文明，不再是一个任人劫掠的货栈。"[5] 文艺复兴时期第一次从历史的角度对这个世界进行整体的观照，并认为它比现有的世界优越得多，人们佩服得五体投地。在

---

① 参见［英］阿伦·布洛克著，董乐山译：《西方人文主义传统》，北京：生活·读书·新知三联书店 1997 年版，第 5 ~6 页。

② 参见董乐山："译序"，［英］阿伦·布洛克著，董乐山译：《西方人文主义传统》，北京：生活·读书·新知三联书店 1997 年版，第 3 页。

③ ［英］阿伦·布洛克著，董乐山译：《西方人文主义传统》，北京：生活·读书·新知三联书店 1997 年版，第 9 页。

④ 王亚平：《论西欧中世纪的三次文艺复兴》，《东北师大学报》2001 年第 6 期，第 1 ~2 页。

⑤ ［英］阿伦·布洛克著，董乐山译：《西方人文主义传统》，北京：生活·读书·新知三联书店 1997 年版，第 10 页。

此基础上，才有了人文主义者们不同于前代的新的世界观，即强调现世生活和人的价值，而不是来世的天堂和地狱，以及作为拯救和惩罚对象的人。

诞生文艺复兴运动的14世纪的意大利是一个四分五裂的国家，教皇、封建君主、商人、贵族混杂在一起，地理、政治、经济情况复杂，尽管意大利是古罗马的直接继承者，但经历了中世纪基督教文化的浸润，不可能对古典文化进行单一的重复，而是把古典文化与基督教文化进行了混合。事实上，即便是文艺复兴运动的先驱但丁（1265—1321），也是“既表现了这种对教皇和神职人员的蔑视，同时也表达了对教会和宗教的崇敬”①。彼特拉克（1304—1374）本人则是一名教士，他的人文主义著作致力于调和人文学研究与基督教义，声称：“我的心灵最深处是与基督在一起的。”②薄伽丘（1313—1375）在《十日谈》里讽刺教会，研究古希腊文学，讲授但丁的《神曲》，但他在《十日谈》面世仅三年后便否定了自己在《十日谈》中的思想，还考虑去做一名僧侣，但被彼特拉克劝阻。人文主义者讽刺和揭露教会的丑行，但从来没有达到否认宗教和教会的程度。③ 同样地，人文主义者如曼内蒂（Giannozzo Manetti，1396—1459）、皮科（Pico della Mirandola，Giovanni，1463—1494）等歌颂人的自由意志和理性尊严，④ 这也没有妨碍他们对上帝的虔诚之心，因为所有这些美德和尊严都是上帝赋予的。总之，“大多数人文主义者具有真正的宗教感情。在各学园聚会的学者们虔诚地参加俗人修士会的礼拜，肯定不是稀罕的事情；在整个人文主义时代，的确没有忽视对早期基督教著作家的研究。”⑤

---

① ［英］丹尼斯·哈伊著，李玉成译：《意大利文艺复兴的历史背景》，北京：生活·读书·新知三联书店1988年版，第63页。

② 转引自［美］保罗·奥斯卡·克利斯特勒著，姚鹏等译：《意大利文艺复兴时期八个哲学家》，上海：上海译文出版社1987年版，第4页。

③ 参见赵立行：《宗教与世俗的平衡及其相互制约——意大利人文主义者的宗教观》，《历史研究》2002年第2期，第133～137页。

④ 参见孟广林：《西欧文艺复兴对神学文化传统的批判继承》，《史学集刊》2002年第3期，第43～44页。

⑤ ［英］G. R. 波特主编，中国社会科学院世界历史研究所组译：《新编剑桥世界近代史·第一卷：文艺复兴1493—1520》，北京：中国社会科学出版社1999年版，第136～137页。

**（二）从学理本身来看，人文主义研究与基督教学说之间的包容和互动**

首先，从人的角度来看，人文主义者寻求在现有的基督教体系中肯定并颂扬人以及人在尘世行为的价值。曼内蒂认为，“这个世界和它的所有美好事物看来是全能的上帝为了让人使用而首先构建起来的。然后人们接受了它并使之更美丽、更荣华与更典雅……”[①]，皮科在《有关人的尊严的演讲》中更进一步写道：“上帝理解人，让他有自己个人的想象，并且把人置于世界的中心，对人这样说：‘……像以往那样，你作为你自己的自由的创造者与塑造者，应该用最能够适合你的形式来构建自己……’”[②] 他们颂扬上帝的无上权威，依照《圣经》中“上帝造人”、人是上帝在世间的杰作的陈述，推理出人沾有神的特性的结论，把长期被贬损的人的价值提升上来，扩大了神学的内涵和外延。

这种对人的肯定必然延伸到对人的世俗行为价值的肯定。早期的彼特拉克还在“消极生活”和“积极生活”中有所犹豫，并且肯定禁欲主义，其后的萨卢塔蒂（1330—1406）等人则公开斥责隐居和闲散生活，提倡去做“积极活动的公民”[③]，还在保卫佛罗伦萨不受专制暴政的过程中产生了把公民对城邦的服务视为最高美德的公民人文主义。在命运的无常和拒绝对之屈服的人的美德之间的冲突中，“像亚尔培蒂这样的人文主义者坚持认为，人只要有足够大的胆量是能够制服命运的”，这又回过头来产生了对人的个性和提高自我意识的兴趣。[④] 为了适应尘世的生活，他们声称追求世俗的名誉和财富“既满足了个人的需要，又为上帝作出了更大的贡献”[⑤]，为了肯定这一点 ，人们甚至“隐讳地有时也是公开地抛弃与超物

---

① 孟广林：《西欧文艺复兴对神学文化传统的批判继承》，《史学集刊》2002 年第 3 期，第 43 页。

② 孟广林：《西欧文艺复兴对神学文化传统的批判继承》，《史学集刊》2002 年第 3 期，第 43 ~ 44 页。

③ ［英］丹尼斯 · 哈伊著，李玉成译：《意大利文艺复兴的历史背景》，北京：生活 · 读书 · 新知三联书店 1988 年版，第 128 页。

④ ［英］阿伦 · 布洛克著，董乐山译：《西方人文主义传统》，北京：生活 · 读书 · 新知三联书店 1997 年版，第 31 ~ 32 页。

⑤ ［英］丹尼斯 · 哈伊著，李玉成译：《意大利文艺复兴的历史背景》，北京：生活 · 读书 · 新知三联书店 1988 年版，第 131 页。

质的宗教结合在一起的禁欲主义原则”[①]。尽管在意大利文艺复兴晚期，马基雅维里（1469—1527）批评“基督教教义提高了错误的价值观……结果把世界双手拱让给‘坏人当猎获物’”，但是，“在16世纪中期人文主义者从早先的充满信心转向幻灭之前，很少有人会走得像马基雅维里那么远，或考虑到有那样的需要”[②]，大多数人文主义者心目中，对人的价值、人的世俗行为的肯定，和基督教教义并无冲突。

其次，就神学自身而言，在参加这次古典文化复兴运动的精英分子心目中，中世纪基督教传统的信仰观念，与古典文化倡导的理性精神，是两个可以并存的概念。文艺复兴时期的神学思想直接继承中世纪经院哲学，后者重要的学术活动之一，是运用从亚里士多德著作中发现的逻辑方法——综合、推理、论证——建构一个完整的神学体系，如经院哲学的集大成者托马斯·阿奎那（1224/1225—1274）毕生致力于调和基督教神学与亚里士多德学说的关系，认为通过理性予以证实的真理和借助于天启而获得的真理，二者并无矛盾之处，共同纳入并组成基督教真理。在此，“坚定的信仰主义与普遍的理性主义并行不悖地融会在托马斯主义的理论体系中”[③]，都得到肯定和鼓励。作为一个不断发生变化的过程，在人文主义运动离中世纪越来越远的15世纪晚期，新柏拉图主义重新抬头，亚里士多德思想被重新进行宗教上的解释，“意大利在长期集中注意于世俗生活的问题之后，已经在许多方面恢复了对宗教的兴趣和心灵的虔诚态度”。[④]这种宗教上的某种程度上的回归影响了阿尔卑斯山以北对文艺复兴运动的接受，但兴盛于1200—1500年的经院哲学，基本上贯穿了文艺复兴运动的始终。

再次，从人文主义者的研究活动来看，他们不仅发掘基督教产生之前

---

① ［英］丹尼斯·哈伊著，李玉成译：《意大利文艺复兴的历史背景》，北京：生活·读书·新知三联书店1997年版，第133页。

② ［英］阿伦·布洛克著，董乐山译：《西方人文主义传统》，北京：生活·读书·新知三联书店1997年版，第34~36页。

③ 徐善伟：《中世纪盛期西方理性主义的盛行及其意义》，《史学理论研究》2004年第2期，第43页。

④ ［英］G. R. 波特主编，中国社会科学院世界历史研究所组译：《新编剑桥世界近代史·第一卷：文艺复兴1493—1520》，北京：中国社会科学出版社1999年版，第98页。

的古典学说，而且还返回古典教父时期的典籍，搜集、校勘《圣经》各个版本的注释和译文，探寻原初意义上的基督教精神和道德哲学，在此基础上呼吁修正教会弊端和宗教宽容精神。[①] 1453 年君士坦丁堡被土耳其人攻占前后，游历东方的学者和从拜占庭逃出来的学者把大量古希腊典籍带到西方，促进了这一古典学术的复兴。在这一复古潮流中，以瓦拉（Lorenzo Valla，1407—1457）为首的“圣经人文主义者”发挥了巨大的作用，这些人文主义学者反对中世纪以来罗马教会肯定的从“微言大义”中导出正统神学的传统，直接从古希伯来文和古希腊文的原版《圣经》开始研究。如 1449 年，瓦拉出版《新约全书注释》一书，对拉丁文与希腊原文两种版本进行比较，纠正了拉丁文版本中的众多讹误。15 世纪意大利著名的人文主义学者曼内蒂精通拉丁语、希腊语和希伯来语，阅读研究了希腊文和希伯来文版本的《圣经》，逐词通读希伯来文注释者的注解，指出了其中的一些错误。[②] 这些研究成果有力地推动了基督教自身的良性发展，为伊拉斯谟的基督教人文主义思想、宗教改革运动等开辟了道路。

## 二

### （一）意大利的状况：罗马教会的世俗化与平信徒的虔诚化

在文艺复兴时期，教会世俗化倾向非常严重，并日渐衰落。1309 年，教廷迁往法国的阿维农，1377 年才返回罗马，其后同时出现两三个教皇，直到 1417 年康斯坦茨会议才结束教廷分裂的局面。这次大分裂使教会的声誉一落千丈。在 1453 年君士坦丁堡陷落前，由于教会势力的空缺和意大利政治上的四分五裂，文艺复兴在意大利已得到充分发展，人们对教会的态度冷漠，异教的观点随着这场复古运动而普遍复兴，[③] 然而教会对此漠不关心。与之相应，历任教皇对世俗名利的热情远甚于发挥教会的精神引路

---

① 参见赵立行：《宗教与世俗的平衡及其相互制约——意大利人文主义者的宗教观》，《历史研究》2002 年第 2 期，第 138 ~ 140 页。

② 孟广林：《中古西欧基督教“经学传统”的积淀与更新》，《河南大学学报》2002 年第 1 期，第 41 页。

③ ［美］威利斯顿·沃尔克著，孙善玲等译：《基督教会史》，北京：中国社会科学出版社 1991 年版，第 358 页。

人职能，到14世纪，罗马教廷已成为“一种新型独裁政府的样板”[1]。当文艺复兴的意大利朝着世俗化的方向转变时，所有的人都追逐财富，教会在这方面并无二致，它通过捐赠和税收拥有庞大的地产和财富，并为这种不符合早期基督教贬斥物质利益的教义的行为作自我辩护，如1438年，教皇宫廷里的拉波·达卡斯蒂廖基说，“基督的贫困是暂时的，那种贫困适合于帝国最初的寺庙生活；而今天教皇和教廷的任务是不断获取新的财富，要使周围的环境都变得富丽堂皇”[2]。正因为这一世俗转向，在今天看来有明显的异端色彩的文艺复兴运动，其庇护者除了封建君主、城市兴起的商人贵族外，罗马教皇也是它最重要的赞助人之一，教会没有认为它有不妥之处。教会内部纪律涣散，道德败坏，信仰衰落，教职成为有利可图的工具而被争夺。虽然教会继续其传统的对大众传道、慈善事业等，教会还对世俗社会生活进行了比中世纪更积极的介入，如利用其司法权，不仅裁决平民的精神信仰问题，也干预诸如婚姻、经济等案件。[3] 整体上来说，教会组织已离开或未能充分履行其灵性职能，促使知识分子更多地从古代典籍中寻求思想的源泉，而普通民众则自行组织，或者进行偶像崇拜，或者从事纯粹的迷信活动。教会对民众精神生活的影响力明显减弱，甚至被视为堕落的典范而为世人所诟病。

意大利的普通民众对宗教仍旧保持着相当程度的虔诚，具有实物崇拜、仪式性、娱乐性的特点。正如人文主义者对复兴古典文化和信仰基督教教义并不矛盾地混杂在一起一样，普通民众尽管猛烈抨击教会的丑行，追求物质生活享受，但他们“对宗教的虔诚、对先知的崇拜和对世俗生活的迷恋，存在着一致之处”[4]。当时意大利城市有三种宗教活动：以圣徒崇拜为中心的宗教游行和集会；日常的布道会；兄弟会的活动。除了这三种

---

① ［英］丹尼斯·哈伊著，李玉成译：《意大利文艺复兴的历史背景》，北京：生活·读书·新知三联书店1988年版，第113页。

② ［英］丹尼斯·哈伊著，李玉成译：《意大利文艺复兴的历史背景》，北京：生活·读书·新知三联书店1988年版，第151页。

③ 参见王挺之：《意大利文艺复兴时期的城市宗教生活》，《历史研究》1996年第5期，第134～136页。

④ ［英］丹尼斯·哈伊著，李玉成译：《意大利文艺复兴的历史背景》，北京：生活·读书·新知三联书店1988年版，第61页。

之外，由中世纪开始的传统的宗教活动，如早晚祈祷、星期日望弥撒、婚丧嫁娶时的宗教仪式在城市居民中作为日常基本的宗教活动继续开展。在意大利各城市里，“教会的象征物和纪念物随处可见；街头巷尾都有基督殉难像和供着烛光的圣母像；小而残破的教区教堂和宏伟高大的修道院也是比比皆是”，而耗资巨大的城市游行集会活动，不但满足了市民的宗教热情，也为他们提供了交往和娱乐的机会和场所。中世纪开始的去宗教圣地朝拜也是教士和俗人信徒很流行的崇拜方式，如乔叟在《坎特伯雷故事》中对之进行过详尽的描述。因此，基督教道德观念在俗人的生活中仍旧起着重要的引导的作用。[①] 但同时也为宗教改革者们要求去除华而不实的外在崇拜形式、过真正内心虔诚的灵性生活埋下了铺垫。

可以认为，意大利人文主义运动是古典文化遗产和中世纪基督教传统的结合和发展，在15世纪中后期这一运动达到较为完整的扩展和提升之前，意大利的文化和道德观念对欧洲其他国家并没有形成真正有力的冲击。如离意大利较远的英国，一直到15世纪末以前，尽管已有一些意大利人文主义者来英国为权贵当秘书或教师，国内也有一些人文主义运动先驱者，图书馆增添了人文主义著作的手稿，学校增加一些希腊语课程，[②] 但没有出现真正崭新的思想或文风，人们调侃道：“如果乔叟的幽灵回到15世纪晚期的英国环境中来的话，虽然已经过去了100年，他必然会感到完全舒适自如的。”[③]但是，在宗教领域内，英国就已经出现了被后人称为“宗教改革运动的晨星”的约翰·威克利夫（John Wycliffe，1320—1385）[④]。因此，把阿尔卑斯山以北的文艺复兴文化完全归功于从南方意大利引进的结果，这种说法也有些武断，在北方的土壤里，尤其是它的文学

① 王挺之：《意大利文艺复兴时期的城市宗教生活》，《历史研究》1996年第5期，第136~140页。

② ［英］G. R. 波特主编，中国社会科学院世界历史研究所组译：《新编剑桥世界近代史·第一卷：文艺复兴1493—1520》，北京：中国社会科学出版社1999年版，第73页。

③ ［英］G. R. 波特主编，中国社会科学院世界历史研究所组译：《新编剑桥世界近代史·第一卷：文艺复兴1493—1520》，北京：中国社会科学出版社1999年版，第70页。

④ 柴惠庭：《英国清教》，上海：上海社会科学院出版社1994年版，第48页。

艺术中有一种清新的现实主义，个人主义精神也在悄悄地滋长。[①]

**（二）北方古典文化复兴运动：基督教的人文主义的形成**

"北方的人文主义同意大利的人文主义后期交叠"[②]，而北方的文艺复兴运动与其宗教领域内的革新运动基本上同步进行。从学理上来看，"用追根溯源的办法来复兴基督教，与以同样的方法来达到古典文化的复兴，是天然一致的"。[③] 虽然南北双方文化传统和社会环境完全不同，北方在接受的过程中仍然保留了意大利人文主义的很多合理内核，其一是北欧人文主义同样模仿古典时期的风格，追求书写和口头语言的优雅；其二，在宗教领域发起了追求基督教会全面复兴的运动，它的拉丁语口号"基督教重生了"（Christianismus renascens），与古典文化的"复兴"（renaissance）在方式方法上是相近的，尽管二者最终的结论有所区别。[④] 因此，为了区别于意大利的世俗人文主义，人们把传到北方的人文主义称为基督教人文主义，[⑤] 这种"基督教"思想与"人文主义"精神的交叉结合，是顺应历史潮流而发生的，不是牵强、偶然的历史事件。但是，这一结合从开始即已暗含二者分道扬镳的前景：其一为古典文化复兴运动的继续，其二为宗教沿着自己的运动轨迹前进并发生变异，即宗教改革，人文主义运动与宗教革新运动同时存在，各自发展。

意大利古典文化复兴运动最早征服的是德国。早期的德国学生们在把意大利放荡的生活方式带回祖国的同时，也带回了对古典作品的热爱。到1500年，人文主义在德国已成为一股生气勃勃的力量，[⑥] 学者们研究希腊

---

① ［英］G. R. 波特主编，中国社会科学院世界历史研究所组译：《新编剑桥世界近代史·第一卷：文艺复兴 1493—1520》，北京：中国社会科学出版社 1999 年版，第 68 页。

② ［英］阿伦·布洛克著，董乐山译：《西方人文主义传统》，北京：生活·读书·新知三联书店 1997 年版，第 29 页。

③ ［美］G. F. 穆尔著，郭舜平等译：《基督教简史》，北京：商务印书馆 1981 年版，第 261 页。

④ ［英］麦格拉思著，马树林等译：《基督教概论》，北京：北京大学出版社 2003 年版，第 285 页。

⑤ 参见《简明不列颠百科全书》"文艺复兴"条目（第八卷，中国大百科全书出版社简明不列颠百科全书编辑部译编，1986 年版，第 268 页）。

⑥ ［美］威利斯顿·沃尔克著，孙善玲等译：《基督教会史》，北京：中国社会科学出版社 1991 年版，第 371 ~ 372 页。

语和希伯来语，目的是为了更好地理解《圣经》和早期基督教作家的著作，也就是说，人文学科被顺利地纳入神学研究的范围。稍后法、英等国的学者也开始了这一工作。

在这个南北文化交流时期，出生于荷兰鹿特丹的伊拉斯谟（Desiderius Erasmus，1466—1536）起了关键性的作用。他于1504年在一家女修道院图书馆里发现瓦拉的《新约全书注释》，很快就在巴黎公开出版。此后，他搜集研究希腊文《新约圣经》的各种手抄本，编成一部希腊文《新约圣经》，并附以详尽的注释，1516年印刷发行，[①] 其后他又发表了一系列关于早期教父神学研究的著作。这些著作，尤其是希腊文版的《新约圣经》，成为宗教改革的原动力。尽管“就伊拉斯谟而言，在耶稣与苏格拉底之间，在基督教教导和古代经典智慧之间，在虔诚和伦理之间，既无道德方面的争议，也没有无法沟通的敌意”[②]，但身为神父的伊拉斯谟的最终目标是宗教方面的，是清除现有的宗教谬误和不必要的宗教争论，实现他设想的基督教人文主义理想，即“按基督的典范借着有道德的生活，彰显内在和心智的虔诚，来取代无知和狂热主义”[③]，这是一种“普世的、伦理的有神论”。[④] 在他的领导下，1500到1520年之间，基督教人文主义成为意大利以外的人文主义的最重要的潮流。[⑤]

如果说意大利的人文主义者们把古典文化与基督教传统放置在一起，

---

① 伊拉斯谟发现的这些希腊文手抄本是拜占庭的文本，被归为圣杰罗姆名下的武加大译本（通俗拉丁文译本）应该是从埃及的文本翻译的，所以伊拉斯谟发现的这些希腊文手抄本不能说就是权威版本，尽管这些手抄本在当时被认为比武加大译本更接近原始的《新约圣经》。参见 Alastair Hamilton，Humanists and *The Bible*，*The Cambridge Companion to Renaissance Humanism*，Jill Kraye ed，Cambridge：Cambridge University Press，1996，p. 105，p. 110.

② ［美］奥尔森著，吴瑞诚等译：《基督教神学思想史》，北京：北京大学出版社2003年版，第390页。

③ ［美］奥尔森著，吴瑞诚等译：《基督教神学思想史》，北京：北京大学出版社2003年版，第392页。

④ ［美］威利斯顿·沃尔克著，孙善玲等译：《基督教会史》，北京：中国社会科学出版社1991年版，第375页。

⑤ ［英］G. R. 波特主编，中国社会科学院世界历史研究所组译：《新编剑桥世界近代史·第一卷：文艺复兴1493—1520》，北京：中国社会科学出版社1999年版，第87页。

那么在伊拉斯谟这里，可以看到北方人文主义者对意大利的先驱们取得的成就进行了更为全面的整合和深化。作为公认的基督教人文主义的领袖，伊拉斯谟的思想大致可归纳为四点：揭露、批判罗马教皇和天主教会的愚昧与腐败，主张清除教会弊端，革新教会；主张《圣经》是唯一权威，提出把学习古典文化同发扬基督教传统结合起来，以理性重整人类道德；提倡和平主义，反对侵略战争，反对暴力，要求发展教育、科学和文化；提出贤明君主当政，但国家的政策应以基督的训诫为指导。[①] 这是一种旨在恢复基督教的纯洁和虔诚而提出的，借助古典理性观念和原始基督教教义来改良教会和社会现状的人文主义理想。所以，当有的神学家指责伊拉斯谟为马丁·路德反叛罗马教廷的宗教改革埋下铺垫、路德孵出的是他下的蛋时，伊拉斯谟拒绝接受："我下的是一个雌鸟的蛋，路德孵出的是完全不同的一只鸟。"[②]

因此，肇始于意大利的古典文化复兴运动在欧洲催生出拉伯雷、塞万提斯、莎士比亚这些人文主义大师的同时，也促成了宗教改革运动，后者导致自 1054 年罗马天主教与拜占庭东正教大分裂、1378 年至 1417 年多位教皇并立后基督教的第三次分裂，新教（Protestantism，抗罗宗，或抗议罗马宗）产生，欧洲大部分地区政治、经济、文化等方面受到剧烈震荡。

## 三

自文艺复兴运动开展以来，人文主义者的研究活动在深化和扩展基督教的神学思想的同时，客观上为它从中世纪基督教传统中蜕变出来埋下伏笔，如瓦拉证明"君士坦丁赠礼"为赝品，直接质疑罗马教廷统治的合法性。[③] 伊拉斯谟 1516 年出版的希腊文版《圣经》，揭示罗马教会奉为权威的武加大译本（拉丁文）有众多讹误之处。如武加大译本把耶稣最初传教

---

① 参见刘明翰：《伊拉斯谟新论》，《世界历史》2002 年第 3 期，第 77 ~ 78 页。

② Donald Kelley, *Renaissance Humanism*, Boston : Twayne Publishers, c1991, p. 70.

③ 参见吕大年：《瓦拉和"君士坦丁赠礼"》，《国外文学》2002 年第 4 期，第 36 ~ 45 页；米辰峰：《劳伦佐〈瓦拉的生平与思想〉》，《史学月刊》2004 年第 8 期，第 69 ~ 78 页；米辰峰：《瓦拉批驳〈君士坦丁赠礼〉的学术得失》，《史学月刊》2006 年第 3 期，第 98 ~ 103 页。

的话语（太 4：17）译为“作忏悔吧（do penance），因为天国近了”，暗含天主教重要的外在礼仪（忏悔礼），伊拉斯谟指出这句话应译为“悔改吧（repent），因为天国近了”，坚持它指向的是内在心理的态度，即“悔改的”心态，[①] 质疑了教会仪式的有效性和教会在神学上的唯一与最高解释者的地位。

作为一次重要的历史事件，宗教改革是一个曲折复杂的过程，包括新教从罗马天主教中分裂出来，建立自己的教义和教会组织，以及天主教会的内部改革和反宗教改革运动。新教自身也派别林立，大致分为四个宗派：德国路德宗（Lutheranism，信义宗）、瑞士加尔文宗（Reformed Church，归正宗）、英国安立甘宗（Anglicanism，英国国教）和再洗礼派（Anabaptism），其中前三个宗派紧密倚靠当地世俗政权，被称为“威权主义”宗派。再洗礼派是在普通民众中传播的一个激进派别，遭到来自罗马天主教会和新教威权主义派别的双重镇压。

在基督教世界里，自 15 世纪开始，西班牙、法国、英国分别出现强有力的君主政体，它们有效地控制了本国的教会组织；四分五裂的德国由于内部不统一而在经济上深受罗马教廷的盘剥；瑞士领土内包含众多独立的城市政权；这种政治局面在一定程度上决定了一个民族国家是否会为了维护自身利益而与罗马教廷公开决裂。

宗教改革的点火者是德国奥古斯丁会修士、神学博士马丁·路德（1483—1546）。路德是从教义入手开始其改革活动的，这一教义即“因信称义”说。此说并非路德首创，《圣经》中保罗的书信、奥古斯丁的著作、天主教的经义注疏、人文主义者如勒费弗尔等，都承认或强调过这一点。[②] 在天主教教义中，称义是罪人借着浸礼、信心、爱心的行为以及整个补赎的生活，才能转变为义人，赎罪获救，这是一个缓慢渐进的过程。[③] 路德则认为：“因信基督……基督的义就变成我们的义，并且他所拥有的一切

---

① ［英］麦格拉思著，马树林等译：DK‖《基督教概论》，北京：北京大学出版社 2003 年版，第 287 页。

② ［美］G. F. 穆尔著，郭舜平等译：《基督教简史》，北京：商务印书馆 1981 年版，第 233 ~ 234 页。

③ ［美］奥尔森著，吴瑞诚等译：《基督教神学思想史》，北京：北京大学出版社 2003 年版，第 421 页。

都变成我们的，因为他本身已变成我们的。”[1] 因此，除了耶稣受难的事迹、福音、罪人心里的信心三者之外，没有任何思想、实物、补赎行为是拯救所必需的，因为耶稣受难的事迹已替人类赎罪，只要信仰上帝，上帝的恩典就能白白赐予人类，人类就能脱罪获救。[2] 尽管路德排除了中世纪天主教传统中的很多约定俗成的东西，但新的“因信称义”观仍与传统有四重联系：①天主教敬虔传统，充分信任《圣经》所载上帝的拯救意志和耶稣基督受难的拯救意义；②中世纪神秘主义，上帝的无上荣耀，人及人的行为在上帝面前无限卑微；③奥古斯丁神学，罪为人的本质，上帝的恩典是白白赐予人类的；④中世纪晚期经院哲学中唯名论，[3] 如奥卡姆主义关于“上帝的意志不受理性约束”等理论。[4] 因此，路德的“因信称义”是从传统教义中生发出来的，与人文主义提升人的地位相比，路德返回对人的“罪”的看法，认为人唯一的希望是信仰上帝。

在路德看来，毫不犹豫地信仰上帝是人得救的唯一途径，如果没有上帝的允许，人无论做多少善事都不可能获得拯救，更何况人无论做多少善事，都不可能与上帝的功德相比，人对善完全无能为力。这种理论必然导致上帝预见并决定人是否能得救的“预定论”，在这个意义上，路德认为，教皇批准发行赎罪券等做法是错误的，“对罪的赦免只有上帝才能做到”[5]。1517 年路德针对赎罪券事件发表《九十五条论纲》，触及了以教皇为代表的罗马教会的利益和权威，事情变得一发不可收拾，从未想过与教会决裂的路德走上了挑战罗马权威的不归路。

与路德的宗教活动差不多的时期里，茨温利（Huldreich Zwingli，1484—1531）1519 年在瑞士城市苏黎世开展其改革活动。茨温利是一名

---

① ［美］奥尔森著，吴瑞诚等译：《基督教神学思想史》，北京：北京大学出版社 2003 年版，第 422 页。

② ［美］奥尔森著，吴瑞诚等译：《基督教神学思想史》，北京：北京大学出版社 2003 年版，第 422 页。

③ 参见［德］汉斯·昆著，包利民译：《基督教大思想家》，北京：社会科学文献出版社 2001 年版，第 124 ~ 127 页。

④ ［美］G. F. 穆尔著，郭舜平等译：《基督教简史》，北京：商务印书馆 1981 年版，第 235 页。

⑤ 参见［德］汉斯·昆著，包利民译：《基督教大思想家》，北京：社会科学文献出版社 2001 年版，第 128 页。

“毫无保留的伊拉斯谟主义者，以及圣经人文主义之杰出拥护者”[①]，比路德拥有更多人文主义倾向，因此从一开始就在“圣餐”等教义上与德国宗教改革者们有着不可弥合的裂痕。茨温利1531年战死在苏黎世城外后，第二代瑞士改教家加尔文（John Calvin，1509—1564）在茨温利与路德之间采取较为中和的做法，使日内瓦成为欧洲宗教改革的温床。但加尔文宗始终没有与路德宗合为一体。

路德宗与加尔文宗在三点教义上是相同的：①唯独靠恩典而因信称义；②《圣经》至高无上的权威；③信徒皆可为祭司。[②] 三条教义都否定了罗马教廷的独一无二的权威，结果是，路德宗倚靠德国世俗诸侯、加尔文宗倚靠瑞士的城市政权，建立新的教权。人们对此的态度是矛盾的：“在传统的罗马天主教看来，宗教改革代表着对真正形式的基督教的背叛；但是对于趋向于福音的人来说，它却代表着恢复基督教的原初形式。后者兴高采烈地抛弃中世纪的基督教典范。”[③]

与基督教人文主义相比，这两派在神学研究中，“始终认为精通古典研究和把它用于《圣经》是恢复基督教导的本来面目的钥匙”[④]；在圣事活动中“反对牧师的中间角色”、“坚持个人与上帝的直接沟通”[⑤]；在现实生活中，鼓励人们追求物质利益，认为这是增添上帝的荣耀的行为，同时反对享受物质生活，肯定神职人员结婚的行为，认为这是顺从人的自然天性，是上帝允许的等。这些都是前期的基督教人文主义的继续和发展。但另一方面，“路德复活了——加尔文甚至比他更加强烈地复活了——对人

---

① ［美］奥尔森著，吴瑞诚等译：《基督教神学思想史》，北京：北京大学出版社2003年版，第431页。

② ［美］奥尔森著，吴瑞诚等译：《基督教神学思想史》，北京：北京大学出版社2003年版，第429页。

③ ［德］汉斯·昆著，包利民译：《基督教大思想家》，北京：社会科学文献出版社2001年版，第138页。

④ ［英］阿伦·布洛克著，董乐山译：《西方人文主义传统》，北京：生活·读书·新知三联书店1997年版，第40页。

⑤ ［英］阿伦·布洛克著，董乐山译：《西方人文主义传统》，北京：生活·读书·新知三联书店1997年版，第41页。

的罪恶本性的毫不妥协的看法，认为只有靠神意干预才能得到赎免”①，斥责亚里士多德主义，包括中世纪后期托马斯主义中的理性精神，这些与意大利人文主义和基督教人文主义都是不相容的。因此，有的学者认为，文艺复兴和宗教改革都不属于近代史时期，因为像路德和加尔文这样的宗教改革家，他们“与中世纪经院哲学家的共同点，较之与近代思想家的共同点要多得多。他们提出的问题，他们对问题的阐述，他们试述解决问题的前提，以及他们所采取的方法，基本上都是中世纪的，不是近代的”②。

英国的宗教改革发生于一度被教皇封为“信仰维护者”的亨利八世的离婚事件时，其后几任国王、女王在天主教和加尔文宗的新教之间几度徘徊，独立于罗马天主教的英国国教直到文艺复兴盛期的伊丽莎白女王政府统治下才完全稳定下来。这一派教义在天主教和新教之间采取模棱两可的态度，而旧有的天主教行政和礼仪大部分被保留下来，引起新教与天主教的不满，尤其是新教中出现了要求彻底清除天主教因素的激进派别，即“清教”。清教徒奉行激进的清教思想，与英国国教中相对宽容含混的制度和思想观念发生冲突，为后来的英国资产阶级清教革命埋下伏笔。

作为对宗教改革运动的回应，天主教在1544年至1563年召开了特兰托会议，对大量的现存问题、教义、法规进行审订。这次会议既是对宗教改革运动的一次反扑，加剧了基督教世界分裂的局面，同时也“确实巩固了罗马天主教教义，并赋予它复苏与更生的动力”③。经过内部革新后的罗马教廷在新教的冲击下站稳了脚跟，旧有的天主教思想得以保存下来。在天主教覆盖的区域内，罗马教廷至今仍旧对人们的道德生活起着重要的指导作用。

因此，“宗教改革时代是一个充满激情富有宗派性的时代，又是一个思

---

① ［英］阿伦·布洛克著，董乐山译：《西方人文主义传统》，北京：生活·读书·新知三联书店1997年版，第41~42页。

② ［美］G. F. 穆尔著，郭舜平等译：《基督教简史》，北京：商务印书馆1981年版，第291页。

③ ［美］奥尔森著，吴瑞诚等译：《基督教神学思想史》，北京：北京大学出版社2003年版，第469页。

想狭隘的时代”[1]，新权威建立起来了，人文主义裂变了。尽管“这一时期有才能的思想界领先人物专注于宗教问题”[2]，但在宗教领域之外，文艺复兴开拓的世俗科学研究迅猛发展，为宗教与科学在下一阶段的碰撞打下基础。

## 结 论

从 14 世纪到 17 世纪，欧洲出现了一批堪称“巨人”的杰出的人文主义者，即使后期的人文主义者分裂了，无论改革派还是反改革派，都与前期的人文主义者一样，与基督教、古典思想关系密切，其区别只在于他们分别支持早期、中世纪基督教神学，分别支持柏拉图主义或亚里士多德主义。在这个意义上，人文主义是对古典和中世纪思想的继承和发扬。因此，他们的思想及作品显现出相当大的包容力和创造力，其中如达·芬奇、伊拉斯谟、塞万提斯、莎士比亚、马基雅维里等人文主义者兼有理性与感性、虔敬与世俗等特色，形成一个后世难以跨越的高峰，他们的声音即使在现今世界里仍旧有着巨大的回音。

---

① ［英］G. R. 埃尔顿著，中国社会科学院世界历史研究所组译：《新编剑桥世界近代史·第二卷：宗教改革 1520—1559》，北京：中国社会科学出版社 2003 年版，第 5 页。

② ［英］G. R. 埃尔顿著，中国社会科学院世界历史研究所组译：《新编剑桥世界近代史·第二卷：宗教改革 1520—1559》，北京：中国社会科学出版社 2003 年版，第 23 页。

# 参考文献

**中文著作（包括译著）：**

1.《圣经》（中英文），南京：中国基督教协会1995年版。

2.［荷兰］伊拉斯谟等著，李瑜译：《文艺复兴书信集》，上海：学林出版社2002年版。

3.［英］艾弗·埃文斯著，蔡文显译：《英国文学简史》，北京：人民文学出版社1984年版。

4.［美］奥尔森著，吴瑞诚等译：《基督教神学思想史》，北京：北京大学出版社2003年版。

5.［古罗马］奥维德著，杨周翰译：《变形记》，北京：人民文学出版社1958年版。

6.［古罗马］奥维德著，南星译：《女杰书简》，北京：生活·读书·新知三联书店1992年版。

7.［德］卡尔·白舍客著，静也等译：《基督宗教伦理学》，上海：三联书店2002年版。

8.［德］弗里德里希·包尔生著，何怀宏、廖申白译：《伦理学体系》，北京：中国社会科学出版社1988年版。

9. 鲍屡平：《乔叟诗篇研究》，杭州：杭州大学出版社1990年版。

10.［英］鲍桑葵著，张今译：《美学史》，北京：商务印书馆1985年版。

11.［德］约阿希姆·布姆克著，何珊、刘华新译：《宫廷文化：中世纪盛期的文学与社会》，北京：生活·读书·新知三联书店2006年版。

12.［古罗马］波依修斯著，荣震华译：《神学论文集　哲学的慰藉》，北京：商务印书馆2012年版。

13. ［英］G. R. 波特主编，中国社会科学院世界历史研究所组译：《新编剑桥世界近代史·第一卷》，北京：中国社会科学出版社 1999 年版。

14. ［英］J. A. 伯罗著，沈弘译：《中世纪作家和作品：中古英语文学及其背景（1100—1500）》（修订版），北京：北京大学出版社 2007 年版。

15. ［意大利］乔万尼·薄伽丘著，肖聿译：《爱情十三问·爱的摧残》，南京：译林出版社 2012 年版。

16. ［瑞士］雅各布·布克哈特著，何新译：《意大利文艺复兴时期的文化》，北京：商务印书馆 1979 年版。

17. ［法］马克·布洛赫著，张绪山等译：《封建社会》，北京：商务印书馆 2004 年版。

18. ［英］阿伦·布洛克著，董乐山译：《西方人文主义传统》，北京：生活·读书·新知三联书店 1997 年版。

19. ［意大利］但丁著，田德望译：《神曲：地狱篇、炼狱篇、天国篇》，北京：人民文学出版社 2002 年版。

20. ［美］埃伦·G. 杜布斯著，陆建华等译：《文艺复兴时期的人与自然》，杭州：浙江人民出版社 1988 年版。

21. 范明生：《晚期希腊哲学和基督教神学——东西方文化的汇合》，上海：上海人民出版社 1993 年版。

22. ［法］保罗·富尔著，冯棠译：《文艺复兴》，北京：商务印书馆 1995 年版。

23. ［英］丹尼斯·哈伊著，李玉成译：《意大利文艺复兴的历史背景》，北京：生活·读书·新知三联书店 1988 年版。

24. 胡家峦：《历史的星空：英国文艺复兴时期诗歌与西方宇宙论》，北京：北京大学出版社 2001 年版。

25. ［意大利］E. 加林著，李玉成译：《意大利人文主义》，北京：生活·读书·新知三联书店 1998 年版。

26. 李赋宁：《蜜与蜡：西方文学阅读心得》，北京：北京大学出版社 1995 年版。

27. 李赋宁：《英国文学论述文集》，北京：外语教学与研究出版社 1996 年版。

28. 刘进：《乔叟梦幻诗研究：权威与经验之对话》，北京：社会科学文献出版社 2011 年版。

29. 陆扬：《欧洲中世纪诗学》，上海：上海社会科学院出版社 2000 年版。

30. ［英］麦格拉思著，马树林、孙毅译：《基督教概论》，北京：北京大学出版社 2003 年版。

31. ［英］约翰·麦克曼勒斯主编，张景龙等译：《牛津基督教史》，贵阳：贵州人民出版社 1995 年版。

32. ［美］G. F. 穆尔著，郭舜平等译：《基督教简史》，北京：商务印书馆 1981 年版。

33. ［比利时］亨利·皮朗著，乐文译：《中世纪欧洲经济社会史》，上海：上海人民出版社 1964 年版。

34. ［英］杰弗里·乔叟著，黄杲炘译：《坎特伯雷故事》（上、下卷），南京：译林出版社 1998 年版。

35. ［英］杰弗里·乔叟著，方重译：《乔叟文集》（上、下卷），上海：上海译文出版社 1979 年版。

36. ［英］杰弗里·乔叟著，吴芬译：《特洛勒斯与克丽西德》，北京：中国对外翻译出版公司 1999 年版。

37. ［以色列］苏拉密斯·萨哈著，林英译：《第四等级——中世纪欧洲妇女史》，广州：广东人民出版社 2003 年版。

38. ［古罗马］塞涅卡著，赵又春、张建军译：《面包里的幸福人生》，西安：陕西师范大学出版社 2003 年版。

39. ［英］安德鲁·桑德斯著，高万隆等译：《牛津简明英国文学史》，北京：人民文学出版社 2000 年版。

40. ［德］斯威布著，楚图南译：《希腊的神话和传说》，北京：人民文学出版社 1978 年版。

41. 宋希仁：《西方伦理思想史》，北京：中国人民大学出版社 2004 年版。

42. 孙津：《基督教与美学》，重庆：重庆出版社 1990 年版。

43. ［美］詹姆斯·W. 汤普逊著，徐家玲等译：《中世纪晚期欧洲经济社会史》，北京：商务印书馆 1996 年版。

44. 王佐良：《英国诗史》，南京：译林出版社 1997 年版。

45. ［美］威利斯顿·沃尔克著，孙善玲等译：《基督教会史》，北京：中国社会科学出版社 1991 年版。

46. ［英］苏珊·伍德福特、安尼·谢弗克兰德尔、罗莎·玛丽亚·莱茨著，罗通秀、钱乘旦译：《剑桥艺术史（一）：希腊和罗马、中世纪、文艺复兴》，北京：中国青年出版社 1994 年版。

47. 肖明翰：《英语文学之父：杰弗里·乔叟》，北京：社会科学文献出版社 2005 年版。

48. ［美］欧文·辛格著，高光杰等译：《爱的本性——从柏拉图到路德》（第 1 卷），昆明：云南人民出版社 1992 年版。

49. 玄珠：《骑士文学 ABC》，上海：上海书店 1990 年版。

50. ［古希腊］亚里士多德著，陈中梅译注：《诗学》，北京：商务印书馆 1996 年版。

51. 阎国忠：《古希腊罗马美学》，北京：北京大学出版社 1983 年版。

52. 杨慧林、黄晋凯：《欧洲中世纪文学史》，南京：译林出版社 2001 年版。

53. ［美］米尔恰·伊利亚德著，晏可佳、吴晓群、姚蓓琴译：《宗教思想史》，上海：上海社会科学出版社 2004 年版。

54. 朱光潜：《西方美学史》，北京：人民文学出版社 1979 年版。

55. 朱伟奇：《中世纪骑士精神》，西安：陕西人民出版社 2004 年版。

**英文著作：**

1. Malcolm Andrew eds. , *The Palgrave Literary Dictionary of Chaucer*, Basingstoke：Palgrave Macmillan，2006.

2. Paull F. Baum, *Chaucer：A Critical Appreciation.* Durham：N. C. Duke University Press，1958.

3. Lillian M. Bisson, *Chaucer and the Late Medieval World*, New York：St. Martin's Press，1998.

4. Piero Boitani & Jill Mann ed. ,《乔叟研究》，上海：上海外语教育出版社 2000 年版。

5. Piero Boitani, *English Medieval Narrative in the Thirteenth and Fourteenth Centuries*, trans. Hall, Joan Krakover. Cambridge：Cambridge University

Press, 1982.

6. Derek Brewer, *An Introduction to Chaucer*, London: Longman, 1984.

7. Peter Brown ed., *A Companion to Chaucer*, Oxford: Blackwell Publishers, 2000.

8. Geoffrey Chaucer, *The Works of Geoffrey Chaucer*, 2 vols., F. N. Robinson ed., London: Oxford University Press, 1957.

9. Wolfgang Clemen, *Chaucer's Early Poetry*, trans. C. A. M. Sym, London: Methuen, 1968.

10. Robert M. Correale & Mary Hamel eds., *Sources and Analogues of The Canterbury Tales*, vol. I, Rochester, NY: D. S. Brewer, 2002.

11. Susan Crane, *Gender and Romance in Chaucer's Canterbury Tales*, Princeton, N. J.: Princeton University Press, c1994.

12. Martin Crow & Clair Olson, *Chaucer Life-records*, Oxford: Clarendon Press, 1966.

13. Norman Davis eds., *A Chaucer Glossary*, Oxford: Clarendon Press, 1979.

14. Janette Dillon, *Geoffrey Chaucer*, Basingstoke, Hampshire: Macmillan, 1993.

15. Robert Edwards, *Chaucer and Boccaccio: Antiquity and Modernity*, Houndmills, Basingstoke, Hampshire; New York: Palgrave, 2002.

16. Oliver Farrar Emerson, *Chaucer: Essays and Studies: A Selection from the Writings of Oliver Farrar Emerson*, 1860—1927, Cleveland, Ohio: Western Reserve University Press, 1929.

17. Judith Ferster, *Chaucer on Interpretation*, Cambridge, New York: Cambridge University Press, 1985.

18. William Frost ed., *The Age of Chaucer*, Englewood Cliffs, N. J.: Prentice-Hall, Inc., 1951.

19. John Gardner, *The Life and Times of Chaucer*, New York: Alfred A. Knopf, Inc., 1980.

20. J. A. Burrow ed., *Geoffrey Chaucer: A Critical Anthology*, Harmondsworth, Middlesex, England: Penguin, 1969.

21. George Kane, *Chaucer*, Oxford: Oxford University Press, 1984.

22. Jill Kraye, *The Cambridge Companion to Renaissance Humanism*, Cambridge; New York: Cambridge University Press, 1996.

23. William Langland, *Piers Plowman*, New York: W. W. Norton, 2006.

24. C. S. Lewis, *The Allegory of Love: A Study in Medieval Tradition*, Oxford: Oxford University Press, 1985.

25. C. S. Lewis, *Studies in Words*, Cambridge: Cambridge University Press, 1960.

26. Guillaume de Lorris & Jean de Meun, *The Romance of Rose*, trans. Charles Dahlberg, Princeton: Princeton University Press, 1995.

27. Kathryn Lynch ed., *Geoffrey Chaucer: Dream Visions and Other Poems: Authoritative Texts, Contexts, Criticism*, New York: W. W. Norton & Co., c2007.

28. Jill Mann, *Geoffrey Chaucer*, New York: Harvester Wheatsheaf, 1991.

29. Dieter Mehl, *English Literature in the Age of Chaucer*, New York: Longman, 2001.

30. Dieter Mehl, *Geoffrey Chaucer, an Introduction to His Narrative Poetry*, Cambridge, New York: Cambridge University Press, 1986.

31. Lynn King Morris, *Chaucer Source and Analogue Criticism: A Cross-referenced Guide*, New York: Garland Publishers, 1985.

32. Naiyin Liu, *Reading the Canterbury Tales: A Bakhtinian Approach*（刘乃银:《巴赫金的理论与〈坎特伯雷故事集〉》），上海:华东师范大学出版社1999年版。

33. Richard Neuse, *Chaucer's Dante: Allegory and Epic Theater in The Canterbury Tales*, Berkeley: University of California Press, 1991.

34. Derek Pearsall, *The Life of Geoffrey Chaucer: A Critical Biography*, Oxford: Blackwell Publishers, 1992.

35. Brown Peter ed., *A Companion to Chaucer*, Oxford: Blackwell Publishers, 2002.

36. Rob Pope, *How to Study Chaucer*, Houndmills, Basingstoke, Hampshire: Macmillan Education, c1988.

37. Gillian Rudd, *The Complete Critical Guide to Geoffrey Chaucer*, London; New York: Routledge, 2001.

38. Jay Ruud, *Encyclopedia of Medieval Literature*, New York: Facts on File, 2006.

39. Corinne Saunders ed. , *Chaucer*, Oxford, UK; Malden, Mass. : Blackwell Publishers, 2001.

40. Larry Scanlon, *Narrative, Authority, and Power: The Medieval Exemplum and the Chaucerian Tradition*, Cambridge: Cambridge University Press, 1994.

41. Jeffrey Singman & Will Mclean, *Daily Life in Chaucer's England*, Westport, Conn. : Greenwood Press, 1995.

42. A. C. Spearing, *Medieval to Renaissance in English Poetry*, Cambridge; New York: Cambridge University Press, 1985.

43. Caroline Spurgeon ed. , *Five Hundred Years of Chaucer Criticism and Allusion*, 1357—1900, London: Cambridge University Press, 1925.

44. William George Dodd, *Courtly Love in Chaucer and Gower*, Boston: Ginn and Company, 1913.

45. Xianjun Yuan, *Paradox of Love in Chaucer's Troilus*（袁宪军:《乔叟的〈特罗勒斯〉新论》),北京:北京大学出版社 1995 年版。

46. 丁建宁:《超越的可能:作为知识分子的乔叟》(*Possibility of Transcending: Chaucer as an Intellectual*),北京:北京大学出版社 2010 年版。

**论文:**

1. Franklin D. Cooley, Two Notes on the Chess Terms in *The Book of the Duchess*, *Modern Language Notes*, 1948, Vol. 63, No. 1 .

2. Oliver Farrar Emerson, The Suitors in Chaucer's *Parlement of Foules*, *Modern Philology*, 1910, Vol. 8, No. 1.

3. G. L. Kittredge, Chauceriana, *Modern Philology*, 1910, Vol. 7, No. 4.

4. G. L. Kittredge, Guillaume De Machaut and *The Book of the Duchess*, *PMLA*, 1915, Vol. 30, No. 1.

5. Johnye E. Mathews, The Black Knight as King of the Castle in *The Book of the Duchess*, *The South Central Bulletin*, 1971, Vol. 31, No. 4.

6. Charles O. McDonald, An Interpretation of Chaucer's *Parlement of Foules*, *Speculum*, 1955, Vol. 30, No. 3.

7. Gerald Morgan, Chaucer's Adaptation of Boccaccio's Temple of Venus in *The Parliament of Fowls*, *The Review of English Studies*, 2005, Vol. 56, No. 223.

8. Hugh White, Chaucer Compromising Nature, *The Review of English Studies*, 1989, Vol. 40, No. 158.

9. Victoria Rothschild, *The Parliament of Fowls*: Chaucer's Mirror up to Nautre?, *The Review of English Studies*, 1984, Vol. 35, No. 138.

10. 鲍屡平:《〈巴思妇人的开场语和故事〉评释》,《杭州大学学报》1987 年第 2 期。

11. 鲍屡平:《〈修女长的教士讲的故事〉论析》,《杭州大学学报》1986 年第 1 期。

12. 鲍屡平:《论〈坎特伯雷故事集·总引〉中的人物和人物描写》,《杭州大学学报》1983 年第 1 期。

13. 鲍屡平:《论〈骑士讲的故事〉的四个方面》,《杭州大学学报》1988 年第 1 期。

14. 曹航:《论方重与乔叟》,《中国比较文学》2012 年第 3 期。

15. 曹航:《模仿与超越——论乔叟〈坎特伯雷故事〉的独创性》,《英美文学研究论丛》2009 年第 1 期。

16. 曹航:《乔叟在中国的译介与研究》,《外语教学》2013 年第 3 期。

17. 曹航:《新质的诞生——乔叟〈众鸟之会〉的独创性因素解读》,《英美文学研究论丛》2010 年第 2 期。

18. 陈才忆:《〈特洛伊罗斯与克瑞西达〉的发展演变》,《重庆交通大学学报》2010 年第 1 期。

19. 陈才宇:《中古英语辩论诗述评》,《浙江大学学报》2003 年第 1 期。

20. 陈琛:《〈坎特伯雷故事〉与〈圣经〉精神》,《新疆石油教育学院学报》2005 年第 6 期。

21. 陈惠君:《徘徊在地狱与天堂之间的女人——〈坎特伯雷故事集〉中学者故事之原型解读》,《牡丹江大学学报》2013 年第 8 期。

22. 陈静茹:《从〈坎特伯雷故事集〉看乔叟的人生态度》,《时代文学》2011 年第 12 期。

23. 陈元元:《〈坎特伯雷故事〉中两性问题的艺术表现》,《赤峰学院学报》2012 年第 10 期。

24. 崔永禄：《乔叟——第一个伟大的英国诗人》，《文化译丛》1983年第4期。

25. ［英］德雷克·布鲁尔著，张富生译：《乔叟创作思想中的理性主义》，《黄淮学刊》1991年第3期。

26. ［英］德雷克·布鲁尔著，张富生译：《乔叟的韵文故事诗》，《开封教育学院学报》1992年第1期。

27. ［英］德雷克·布鲁尔著，张富生、宋立民译：《乔叟通俗喜剧故事的悲喜剧结构和人物分类》，《黄淮学刊》1990年第1期。

28. 丁建宁：《德行，抑或是策略？——“学士的故事”中的三重克制》，《外国文学研究》2007年第1期。

29. 丁建宁：《价值与困境：文化资本视角下的乔叟研究》，《四川外语学院学报》2008年第4期。

30. 杜世洪：《言与不言：乔叟〈托依勒思与克莱西荻〉的关联分析》，《宁波大学学报》2004年第2期。

31. 盖雅明：《试论乔叟在〈巴斯妇的引子〉和〈巴斯妇的故事〉中表现出的反女性主义倾向》，《赤峰学院学报》2005年第3期。

32. ［英］格斯·埃文斯著，周非译：《乔叟的〈坎特伯雷故事集〉》，《文化译丛》1983年第4期。

33. 郭磊：《“经验”对“权威”的颠覆——兼谈乔叟的文学创作传统》，《楚雄师范学院学报》2010年第4期。

34. 郭世绪：《浅谈译文保存原著时代特色的问题——就汉译〈乔叟文集·总引〉与译者商榷》，《新疆师范大学学报》1984年第2期。

35. 韩敏中：《谈兰格朗和乔叟》，《国外文学》1985年第2期。

36. 何冬：《黎明的诗人——从〈坎特伯雷故事集〉的艺术成就看乔叟的文学史地位》，《天中学刊》1995年第S1期。

37. 何岳球：《〈坎特伯雷故事〉中的狂欢化喜剧特色》，《外国文学研究》2003年第4期。

38. 何岳球：《〈坎特伯雷故事〉中的人文主义思想探析》，《咸宁学院学报》2004年第5期。

39. 何征：《对〈坎特伯雷故事〉中巴思妇人的女性解读》，《四川外语学院学报》2006年第3期。

40. 贺晴宇:《试论〈坎特伯雷故事〉的喜剧性》,《世界文学评论》2007年第2期。

41. 黄晓燕:《文本展示的独特模型——〈坎特伯雷故事集〉的叙事框架探析》,《湖南大学学报》2003年第4期。

42. 纪晓云:《〈坎特伯雷故事集·总引〉中的“实”与“虚”》,《宁夏大学学报》2007年第6期。

43. 江泽玖:《〈坎特伯雷故事〉总引的人物描写》,《外国语(上海外国语学院学报)》1985年第1期。

44. 李安:《乔叟〈公爵夫人之书〉中的“自然”》,《外国文学研究》2009年第4期。

45. 李春长:《宗教爱的世俗化与世俗爱的宗教化——〈坎特伯雷故事集〉与〈红字〉比较研究》,《广州大学学报》2004年第9期。

46. 李赋宁:《乔叟诗中的形容词(上)》,《西方语文》1957年第2期。

47. 李赋宁:《乔叟诗中的形容词(下)》,《西方语文》1957年第3期。

48. 李金达:《英国第一位诗人乔叟》,《外国文学》2005年第4期。

49. 李力群:《乔叟的文学轨迹》,《内蒙古民族大学学报》2008年第5期。

50. 廖金罗:《从后现代女权主义视角阐释巴斯女主体性建构模式》,《邵阳学院学报》2009年第2期。

51. 林国兴:《辛辣的讽刺 无情的揭露——略谈乔叟〈坎特伯雷故事集〉的讽刺手法》,《惠州大学学报》1994年第1期。

52. 林黄真:《试析〈女修道士的故事〉中的人文主义》,《莆田学院学报》2009年第3期。

53. 刘进:《乔叟的梦幻诗和欧洲中世纪梦幻文学传统》,《外国文学研究》2005年第6期。

54. 刘铁铠:《〈坎特伯雷故事〉:一幅14世纪英国生动的社会风俗画》,《佳木斯大学社会科学学报》2004年第6期。

55. 刘伟:《乔叟笔下的贵族形象历史学解读》,《湖南税务高等专科学校学报》2010年第5期。

56. 刘洋风：《信仰和现实之间的徘徊——论〈坎特伯雷故事〉的宗教思想》，《南京师范大学文学院学报》2007年第1期。

57. 刘洋风：《游走在悍妇与斗士之间——论巴斯妇形象》，《河南机电高等专科学校学报》2010年第2期。

58. 陆扬：《乔叟式框架结构——论〈坎特伯雷故事〉的结构形态》，《广西师范大学学报》1985年第2期。

59. 陆扬：《乔叟现实主义美学思想窥探》，《解放军外语学院学报》1997年第2期。

60. 吕大年：《人文主义二三事》，《外国文学评论》2002年第1期。

61. 倪世光：《西欧中世纪人本思潮的产生及其表现》，《东北师大学报》1994年第1期。

62. 聂文杞：《从象牙之塔走向现实主义——论乔叟和他的〈坎特伯雷故事集〉》，《武汉大学学报》1984年第3期。

63. 欧光安：《放诞乖张　言为心声——浅析〈坎特伯雷故事集〉中的巴斯妇形象》，《绥化学院学报》2010年第5期。

64. 钱坤强：《乔叟与英语标准的兴起》，《山东外语教学》1995年第3期。

65. 区鉷：《修女院院长及其故事与〈红字〉的比较研究》，《广东工业大学学报》2006年第1期。

66. 屈平：《"从心所欲，不逾矩"——乔叟〈坎特伯雷故事集〉现实主义新论》，《殷都学刊》2008年第2期。

67. 任岩：《论〈坎特伯雷故事〉对14世纪英国传统价值观念的突破》，《长白山大学学报》2006年第3期。

68. 尚秀玲：《〈坎特伯雷故事集〉与〈十日谈〉之比较》（英文），《语文学刊》2006年第11期。

69. 沈弘：《乔叟何以被誉为"英语诗歌之父"?》，《外国文学评论》2009年第3期。

70. 沈弘：《试论早期英国文学作品中的"剽窃"问题》，《国外文学》2001年第2期。

71. 史亚娟：《二十世纪英美〈坎特伯雷故事〉研究概述》，《菏泽学院学报》2009年第1期。

72. 谭念：《〈坎特伯雷故事〉中巴斯妇人的女性解读》，《电影评介》2007 年第 5 期。

73. 谭念：《试论〈坎特伯雷故事〉中的人文主义思想》，《戏剧文学》2007 年第 4 期。

74. 汤玲、张小号：《乔叟反犹太主义思想辨》，《湖北社会科学》2012 年第 6 期。

75. 唐逸：《进入中世纪的思想家波依修斯》，《世界宗教研究》2000 年第 3 期。

76. 田仙枝：《解读〈坎特伯雷故事集〉的特点》，《长沙大学学报》2010 年第 6 期。

77. 汪家海：《论〈坎特伯雷故事〉的多元化特征》，《学术界》2013 年第 8 期。

78. 王翠：《试析乔叟的人文主义思想及其表现》，《河南大学学报》1997 年第 4 期。

79. 王凤玲：《浅议乔叟作品中的人文主义思想》，《咸阳师专学报》1995 年第 2 期。

80. 王含：《小孩是成人的父亲——论乔叟与布莱克的思想共性和迥异叙述》，《漳州师范学院学报》2011 年第 1 期。

81. 王建开：《诗与艺术——乔叟〈特罗勒斯与克丽西德〉一诗的结构分析》，《贵州教育学院学报》1989 年第 2 期。

82. 王萍：《乔叟作品中女性形象与其时代的一致性》，《唐山师范学院学报》2011 年第 1 期。

83. 王泉：《政治解读乔叟〈坎特伯雷故事集〉之〈女修道士的故事〉》，《四川外语学院学报》2003 年第 2 期。

84. 王伟：《〈坎特伯雷故事〉中的中世纪朝圣背景初探》，《荆楚理工学院学报》2013 年第 1 期。

85. 王伟：《细节描写的魅力　巧妙的结构安排——评〈坎特伯雷故事集〉的〈序言〉》，《齐齐哈尔大学学报》2006 年第 4 期。

86. 王文渊：《朝圣者众生相——〈坎特伯雷故事集〉之总引》，《宿州师专学报》2001 年第 2 期。

87. 王欣：《乔叟语言艺术中的讽刺幽默》，《哈尔滨学院学报》2003

年第4期。

88. 王莹章：《论乔叟人文主义思想的形成》，《徐州师范大学学报》2000年第1期。

89. 王莹章：《乔叟人文主义思想初探》，《历史教学问题》1996年第6期。

90. 王莹章：《乔叟人文主义思想探析》，《徐州教育学院学报》2004年第1期。

91. 魏红：《对于基特里奇关于坎特伯雷故事中“婚姻故事”观点的重新探讨》，《时代文学》2011年第4期。

92. 吴超平：《由巴斯妇形象的二元对立性解读乔叟的女性解放意识》，《内蒙古农业大学学报》2009年第1期。

93. 吴芬：《克丽西德与典雅爱情文学》，《外国文学评论》1993年第3期。

94. 吴钧陶：《〈特罗勒斯与克丽西德〉简介》，《外国语（上海外国语学院学报）》1987年第1期。

95. 吴日娜：《“自然”这一概念在中世纪形成的演变——浅谈对乔叟作品有影响的拉丁及法国文学传统》（英文），《语文学刊》2005年第19期。

96. 吴日娜：Deflection in the Mirror—A Reconsideration on Chaucer's Feminine Discourse in *The Wife of Bath's Tale*，《内蒙古师范大学学报》2002年第S2期。

97. 肖明翰：《〈坎特伯雷故事〉的朝圣旅程与基督教传统》，《外国文学》2004年第6期。

98. 肖明翰：《〈坎特伯雷故事〉与〈十日谈〉——薄伽丘的影响和乔叟的成就》，《国外文学》2002年第3期。

99. 肖明翰：《〈声誉之宫〉——乔叟对诗歌创作的探索》，《外国文学研究》2002年第2期。

100. 肖明翰：《〈特洛伊罗斯与克瑞西达〉——乔叟对中世纪宫廷爱情文学传统的继承与超越》，《四川师范大学学报》2002年第6期。

101. 肖明翰：《〈贞女传奇〉的得与失》，《四川师范大学学报》2006年第1期。

102. 肖明翰：《宫廷爱情诗传统与乔叟的〈公爵夫人颂〉》，《外国文学研究》2003 年第 6 期。

103. 肖明翰：《乔叟的探索与〈百鸟议会〉的艺术成就》，《四川外语学院学报》2002 年第 2 期。

104. 肖明翰：《乔叟对英国文学的贡献》，《外国文学评论》2001 年第 4 期。

105. 肖明翰：《乔叟文学思想初探》，《国外文学》2011 年第 3 期。

106. 肖明翰：《乔叟与欧洲中世纪后期悲剧精神的复苏》，《解放军外国语学院学报》2007 年第 2 期。

107. 肖明翰：《试论〈坎特伯雷故事〉的多元与复调》，《外国文学研究》2006 年第 4 期。

108. 肖霞：《"你能化严肃认真为儿戏一场"——〈坎特伯雷故事〉中伙食采购人故事的解构分析》，《外国文学评论》2011 年第 4 期。

109. 肖霞：《象征的困扰：谁是卖赎罪券教士故事中的老者》，《天津外国语学院学报》2008 年第 1 期。

110. 肖霞：《一个对立元素的聚合体：乔叟卖赎罪券教士的解读》，《外国文学评论》2009 年第 4 期。

111. 熊云甫：《论乔叟的修辞艺术》，《四川外语学院学报》1995 年第 4 期。

112. 徐卫翔：《波埃修哲学及音乐美学初探》，《复旦学报》1997 年第 2 期。

113. 徐振忠：《乔叟与屈原诗歌比较》，《黎明职业大学学报》2007 年第 2 期。

114. 杨红秋：《诺曼人入侵对英语词汇的影响——读乔叟〈坎特伯雷故事集〉》，《山东外语教学》1986 年第 1 期。

115. 杨洁：《从巴斯妇看乔叟的妇女解放思想》，《湖南农业大学学报》2001 年第 1 期。

116. 杨林：《论〈坎特伯雷故事集〉的人文主义精神》，《学术交流》2012 年第 10 期。

117. ［美］约翰·费希尔著，吴钧陶译：《乔叟事略》，《外国文学研究》1983 年第 1 期。

118. 曾丽贞：《乔叟〈坎特伯雷故事集〉的人文主义精神》，《怀化学院学报》2011 年第 11 期。

119. 张道义：《赞美春天的千古绝唱——读〈坎特伯雷故事集·序诗〉(十八行)》，《深圳大学学报》2002 年第 5 期。

120. 张富生：《试析〈众鸟之会〉的艺术风格》，《商丘师范学院学报》1999 年第 1 期。

121. 张国庆：《胡子、丘疹、疣痘及其他——〈坎特伯雷故事集〉序言中类型化人物的个性化策略》，《长江学术》2011 年第 2 期。

122. 张金凤：《狂欢和对话：对〈坎特伯雷故事集〉的重新解读》，《四川外语学院学报》2003 年第 2 期。

123. 张俊：《中古英语语法发展与特点研究——以乔叟诗歌〈坎特伯雷故事〉为例》，《英语广角》2011 年第 Z5 期。

124. 张炼：《论乔叟的妇女观》，《四川教育学院学报》2012 年第 6 期。

125. 张瑄：《论〈商人的故事〉中女性意识的缺席》，《河南师范大学学报》2004 年第 5 期。

126. 张亚婷：《〈坎特伯雷故事〉中“不合适”的母亲》，《国外文学》2013 年第 2 期。

127. 张莹波：《从〈骑士的故事〉看乔叟的“金色法则”》，《常州师范专科学校学报》2003 年第 5 期。

128. 张永慧：《为什么克丽西德会选择戴沃密得——浅论〈特罗勒斯与克丽西德〉中的情感剥削》，《安徽文学》2012 年第 8 期。

129. 赵军涛：《〈坎特伯雷故事〉与〈圣经〉》，《乐山师范学院学报》2007 年第 3 期。

130. 赵军涛：《〈坎特伯雷故事·梅利比的故事〉中的基督教因素》，《周口师范学院学报》2006 年第 6 期。

131. 赵立行：《中世纪西欧骑士的典雅爱情》，《世界历史》2001 年第 4 期。

132. 赵世洪：《言与不言：乔叟〈托依勒思与克莱西获〉的关联分析》，《宁波大学学报》2004 年第 2 期。

133. 宗端华：《乔叟与英国文艺复兴》，《西南民族大学学报》2008 年第 12 期。

# 后　记

本书是在本人2005年博士学位论文的基础上修改完成的。其实，当我在2002年秋天迈入华中师范大学校门时，我并没想到自己是用乔叟研究结束这一阶段学业的——我准备的选题是19世纪的英国女作家乔治·艾略特。入校后参加了一个课题的工作，我有点随随便便地接受了乔叟部分的写作任务，没想到一掉进这个巨坑，至今没有爬出来。十年，几乎只是弹指一挥间，就过去了。

人生预料不到的事情一向不少，正如我从来没有预料到自己当下会坐在温暖的羊城的白云山脚下，如此平静地工作、学习和生活一样。意外和惊喜、彷徨和安宁之间的转换，很多时候只是一瞬间的事情。

作为一个阶段性的研究总结，面对着书稿回顾过往，我只能说自己从来没有为这个选择遗憾过。通过乔叟这个窗口，我幸运地瞥见了一个多姿多彩的中世纪和文艺复兴时期的欧洲，同时，我也深深地感觉到对欧洲这两个时代，尤其是这两个时代的转型阶段的思想文化的研究，还有太多的工作需要去做。因为自己的学术积淀不够丰厚，所以在本书的写作和修改的过程中，我时时感到惴惴不安，担心材料阅读不齐全，担心理论依据不可靠，担心推理独断片面……但丑媳妇总有去见公婆的那一天，今天还是鼓起勇气把它交出来了。

老想起革命前辈说的那句豪迈的话：这只是万里长征走出了第一步。终于走出这一步了。

我是一个幸运的人，不断遇到良师益友，他（她）们照亮了我有些跌跌撞撞的人生，让我从未感到孤单和失落。

感谢我的硕士导师麦永雄先生、博士导师聂珍钊先生和博士后合作导师杨慧林先生，他们一直默默地关注着我的成长，包容着我的懈怠和失误，并无私地引领我去思考。感谢广东外语外贸大学外国文化研究中心的栾栋先生，栾先生对后辈学子的热情提携和时时鞭策，令大家倍感温暖。

这部书稿是借广东外语外贸大学外国文学文化研究中心的“人文学丛书”之东风才得以出版，免去了我寻找出版经费的苦恼，在此对研究中心的负责人和丛书主编栾栋先生致以诚挚的谢意，并感谢研究中心的李瑛女士亲切及时地通知和反馈信息。本书的责任编辑林丽旋女士耐心细致的工作态度给了我深刻的印象。

感恩一切。